A IMPERATRIZ
Romance

GIGI GRIFFIS

A IMPERATRIZ

Romance

Tradução
Isadora Prospero

The Empress ©/™ Netflix, 2022. Usado com permissão.
Baseado na série *A imperatriz* da Netflix.
A imperatriz é uma obra de ficção inspirada em fatos e personagens históricos. Além das figuras históricas conhecidas, dos eventos históricos e dos locais reais apresentados neste livro, o uso dos quais não se destina a alterar a natureza ficcional da obra, todos os outros nomes, personagens, lugares, diálogos e incidentes são usados de maneira fictícia.
A Zando apoia o direito à liberdade de expressão e valoriza os direitos autorais. O objetivo dos direitos autorais é incentivar escritores e artistas a produzirem obras criativas que enriqueçam nossa cultura. Obrigado por comprar uma edição autorizada deste livro e por cumprir as leis de direitos autorais não reproduzindo, digitalizando, baixando ou distribuindo este livro ou qualquer parte dele sem permissão. Se você deseja adquirir permissão para usar o material do livro (exceto para breves citações em resenhas), entre em contato com connect@zandoprojects.com.

Copyright © Editora Planeta do Brasil, 2022
Copyright da tradução © Isadora Prospero
Todos os direitos reservados.
Título original: *The Empress*

Preparação: Ligia Alves
Revisão: Elisa Martins e Maitê A. Turano
Coordenação editorial: Algo Novo Editorial
Diagramação: Márcia Matos
Capa: Evan Gaffney
Adaptação de capa: Beatriz Borges
Imagens de capa: Thomas Schenk e juriskraulis/Adobe Stock (moldura dourada)

Dados Internacionais de Catalogação na Publicação (CIP)
Angélica Ilacqua CRB-8/7057

Griffis, Gigi
  A imperatriz / Gigi Griffis; tradução de Isadora Prospero. - São Paulo: Planeta do Brasil, 2022.
  272 p.

ISBN 978-85-422-1938-8
Título original: The Empress

1. Ficção norte-americana I. Título II. Prospero, Isadora

22-5139   CDD 813

Índice para catálogo sistemático:
1. Ficção norte-americana

Ao escolher este livro, você está apoiando o manejo responsável das florestas do mundo

2022
Todos os direitos desta edição reservados à
EDITORA PLANETA DO BRASIL LTDA.
Rua Bela Cintra, 986 – 4º andar
01415-002 – Consolação
São Paulo-SP
www.planetadelivros.com.br
faleconosco@editoraplaneta.com.br

Para minhas irmãs, de sangue e de escolha:
RJ, Natalia, Sarah e David.

Nas ondas revoltas do mar do Norte
Meu amado,
Jazias estendido;
Eu te consumi pouco a pouco,
Coberto de sal e espuma.
Do diário da duquesa Elisabeth da Bavária

1853

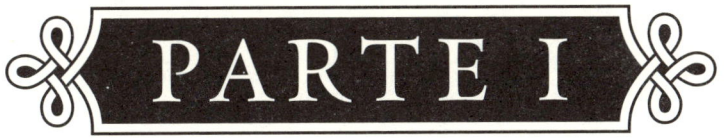

A MÃE DE ELISABETH ERA TODA PÂNICO E FÚRIA, UM VENDAVAL DE saias e schnapps atravessando a casa com barulho suficiente para acordar os mortos.

— Sisi!

Elisabeth odiava aquele apelido, e a mãe sabia. Era um nome de criança — e a desculpa da mãe para tratá-la como uma.

— Sisi, onde você está? — A voz da mãe estava mais próxima agora.

Elisabeth estava escondida atrás de uma cortina azul-celeste elegante que ia do chão ao teto. O tecido combinava com os azuis opulentos das cadeiras luxuosas na sala de estar onde ela estava escondida, que por sua vez combinavam com o luxuoso assoalho de madeira de imbuia, e tudo combinava com a opulência do gosto da mãe. O resto da casa era parecido: arcadas e portas azul-bebê, colchas coloridas e pisos quentes de madeira cobertos com tapetes, tudo estampado com flores ou vinhas entrelaçadas.

A irmã de oito anos de Elisabeth, Spatz, se esgueirou para trás da cortina ao lado dela com ar conspiratório. Elisabeth agitou as sobrancelhas para a irmãzinha de olhos arregalados e levou um dedo aos lábios. Mas não precisava dizer a Spatz para manter silêncio. A essa altura, a irmã já sabia muito bem brincar de esconde-esconde com a mamãe. Todas elas sabiam. Apenas Helene tinha se tornado séria demais nos últimos tempos e abandonado as brincadeiras.

O pensamento fez Elisabeth fechar os olhos. No dia anterior, a irmã a repreendera dizendo que ela precisava crescer. "Você parece a nossa preceptora", Elisabeth respondera, não conseguindo evitar que a decepção transbordasse dela. Metade do dia havia passado e Helene ainda não falara com a irmã.

— Si-si! — gritou a mãe outra vez, pronunciando cada sílaba separadamente como se pudesse atraí-la para fora de seu esconderijo.

Elisabeth sabia que a mãe queria fazer algo com seu cabelo. Já conseguia imaginar as duas horas seguintes de sua vida: *Fique quieta, Sisi! Não se mexa, Sisi! Deixe-nos puxar sua cabeça em todas as direções e espetá-la com alfinetes, Sisi!* Mesmo quando ela tentava fazer o que a mãe queria, nunca era suficiente. Cada respiração era um movimento. Cada careta involuntária era uma reclamação. Elisabeth tinha tentado – *realmente tentado* – mas da última vez que um duque a visitara para discutir um noivado, no fim, as coisas acabaram do mesmo jeito: com a mãe irritada e o duque de partida.

Naquele dia, ela preferia se esconder.

Elisabeth esfregou um dedão contra a cortina grossa e sedosa enquanto uma brisa entrava pela janela aberta atrás dela e fazia cócegas em sua nuca. As três garotas já haviam descido por aquela janela várias vezes para brincar de esconde-esconde – e sempre que precisavam escapar depressa. Claro, Helene provavelmente não se rebaixaria mais a descer pela treliça até a grama, agora que tinha perdido o senso de aventura. Agora que ia se casar com o imperador.

E o pior, Elisabeth percebeu, era que Helene seria prudente e distante *e* não estaria mais ali. Casar-se com o imperador significava mudar-se para Viena. E deixar Elisabeth para trás com...

— Onde você está? — A pergunta da mãe foi seguida por um ruído frustrado, quase animalesco, e soou tão surpreendente e tão próximo que Elisabeth deu um pulinho e Spatz cobriu a boca para abafar uma risadinha. A mãe tinha conseguido entrar na sala sem que elas ouvissem – um feito e tanto, com seus passos normalmente pesados.

Elisabeth recuperou a compostura e deu uma piscadinha para a irmã.

— Pelo amor dos céus, Sisi. O duque vai chegar a qualquer minuto!

O duque. A grande esperança da mãe para o futuro de Elisabeth e um dos seres humanos mais pomposos da Terra. A mãe esperava que ele fizesse o pedido naquele dia; Elisabeth esperava que ele caísse do cavalo no caminho.

Outro par de pés entrou correndo na sala. Uma criada, sem dúvida. Helene não se rebaixaria mais a correr.

— Ela nem está vestida ainda? Não pode ser! O duque vai chegar a qualquer minuto! — queixou-se a mãe.

Elisabeth revirou os olhos. *A qualquer minuto* era um exagero. O duque não era esperado por horas. Ela sorriu para Spatz, erguendo uma sobrancelha. Nenhuma das duas estava sequer perto de estar vestida – ambas usavam camisolas brancas, estavam descalças e tinham o cabelo desgrenhado e despenteado.

Reunindo coragem, as irmãs espiaram pelo canto da cortina. A criada estava segurando o vestido de Elisabeth para o dia – glamoroso, cheio de babados e enfeitado com laços, tão rigidamente engomado que a peça parecia capaz de ficar em pé sozinha. Talvez fosse a resposta para os suplícios do dia: o vestido podia tomar o lugar de Elisabeth. Ela duvidava que o duque repararia se não houvesse uma mulher de verdade dentro dele. Na verdade, talvez pensasse que era melhor assim.

Elas observaram a mãe colocar as mãos dramaticamente na cintura e apoiar todo o peso do corpo contra a pobre criada exausta, que se esforçou para manter em pé tanto a si mesma como ao vestido que parava sozinho.

Apesar do nervosismo, a mãe estava perfeita como sempre, seu vestido de um verde muito escuro com decote cavado e mangas bufantes. Um colar floral atraía os olhos para sua garganta delicada e estrutura óssea perfeita. O cabelo da mãe tinha um tom de mel, e suas feições eram elegantes, um contraste gritante com os cachos escuros e rostos brincalhões de Elisabeth e Spatz. Helene, por outro lado, tinha herdado os tons dourados e movimentos graciosos da mãe, e agora também tinha adotado o decoro para combinar.

Sentindo que a mãe poderia se virar a qualquer momento e pegá-las ali, Elisabeth e Spatz recuaram depressa para trás da cortina. E, quando as mulheres mais velhas levaram sua conversa para outra sala, Elisabeth se virou para Spatz, segurando a cintura em uma imitação exagerada da mãe.

— Estou sangrando até a morte por dentro, e tudo por causa daquela criança! Tragam-me um schnapps!

Spatz riu, cobrindo a boca.

Mais longe agora, elas ainda podiam ouvir a voz estridente da mãe, dessa vez dirigida a Helene, que deve ter escolhido aquele momento infeliz para sair do quarto e aparecer no corredor.

— Não vou permitir que as coisas deem errado. Não de novo, não no último minuto.

Mas era esse o problema: o duque dera errado desde o *primeiro* minuto, suas atenções indesejadas antes mesmo de entrar pela porta. No entanto, não importava quão gentilmente Elisabeth dissesse isso, ninguém parecia ouvi-la.

Spatz olhou para a irmã, curiosa.

— Mamãe disse que ele quer pedir você em casamento.

— Bem, ele pode pedir o quanto quiser — respondeu Elisabeth, inclinando-se com ar cúmplice —, mas eu não o quero.

Ela deu um sorriso irônico, bagunçando o cabelo castanho da irmã. Spatz era parecida com Elisabeth naquela idade: nariz aquilino, pele pálida, as faces rosadas de menina travessa. A única diferença eram os olhos: os de Elisabeth eram de uma cor misteriosa em algum ponto entre azul e verde; os de Spatz, de um castanho-escuro como o chão de uma floresta após a chuva.

— Por que não?

Elisabeth cutucou a irmã e sussurrou, com horror fingido:

— Você viu como ele se veste?

No primeiro encontro deles, em um jantar muito constrangedor, o duque tinha usado um colarinho tão empertigado que parecia um peru. Claro, muito pior fora o dia em que ele ficara falando sem parar sobre si mesmo no jantar e então apoiara uma mão atrevida no joelho de Elisabeth sob a mesa. Mas Spatz não precisava saber desta última parte. Eram as roupas que teriam ficado na memória da jovem duquesa.

Spatz revirou os olhos com a lembrança.

Então, mais séria, Elisabeth afastou uma mecha solta do rosto da irmã.

— Eu não o amo, e quero fazer minhas próprias escolhas.

Spatz assentiu com sinceridade, mas, antes que pudesse fazer outra pergunta, o barulho revelador de uma carruagem chacoalhando na pista de cascalho entrou pela janela aberta atrás delas. As sobrancelhas de Elisabeth se ergueram de surpresa. Ela havia pensado que os gritos de "a qualquer minuto" da mãe fossem exagerados, como de costume. Mas agora o duque tinha chegado – e estava descendo da carruagem. Elisabeth pegou vislumbres dele através das árvores que ficavam entre a janela e a pista. Seu pretendente tinha a pele pálida, um bigode enrolado e a expressão ridiculamente autossatisfeita para um homem que usava o maior chapéu emplumado que Elisabeth já vira. Ela o observou até ele desaparecer pelo canto da casa.

Elisabeth se virou da janela, tomou o rostinho da irmã nas mãos e se inclinou para olhar fundo em seus olhos inquisitivos.

— Eu quero um homem que sacie minha alma. Você entende?

Spatz assentiu, depois sacudiu a cabeça e deu um risinho.

— Quero isso para você também. Um dia. — Elisabeth beijou a testa da irmã. A pele de Spatz estava quente e seca, com cheiro de mel e do chá com o qual os sabonetes delas eram feitos.

— Sisi! — A voz da mãe estava próxima de novo. Próxima demais.

Então, antes que a mãe pudesse encontrá-la e arrastá-la para seu martírio, Elisabeth ergueu as saias, subiu no peitoril da janela e caiu na grama fria de orvalho.

Enquanto escapava pela lateral da casa, ouviu os gritos estridentes da mãe outa vez.

— Onde ela está?

E Spatz, a querida, a adorável Spatz, respondeu com toda a seriedade:

— Sisi disse que quer um homem que sacie a alma dela.

Sim, irmãzinha. Elisabeth teria um grande amor ou não aceitaria homem nenhum. Era a linha que havia traçado na areia – e não avançaria além dela.

DOIS

FRANZ AMAVA TUDO SOBRE A ESGRIMA: O AR FRIO E PURO CONTRA A garganta, seus ombros tensos como a corda de um arco, o cheiro doce da grama molhada, e o modo como o mundo se estreitava até que tudo que restava era foco – movimentos e contramovimentos. Era a única hora em que ele se sentia no lugar certo no mundo, completamente seguro. A única hora em que não estava cercado por pessoas pedindo que considerasse uma aliança ou um nobre ou alguma moça bonita que seria uma imperatriz calada e obediente. Todos precisavam de algo dele, e Franz estava exausto.

A esgrima era seu modo de esquecer de tudo isso, de conseguir – por alguns momentos — ser apenas Franz. Não o imperador. Não um Habsburgo. Não uma fonte de dinheiro, apoio, herdeiros. Só um homem com uma espada se provando com seu intelecto e treinamento contra o pano de fundo de um jardim real – repleto de arbustos altos e caminhos de pedra branca reluzente. Sozinho exceto por seu oponente e Theo, seu criado pessoal, parado ao lado.

— Arrá! — Seu oponente soltou uma exclamação triunfante, pulando para aproveitar a abertura que Franz lhe deixara. Como de costume, porém, a abertura tinha sido proposital. Franz se defendeu e avançou para dar o golpe final.

— Arrá para você também — replicou ele, confiante de que sua espada estava prestes a atingir o alvo.

Mas não. O oponente bloqueou o golpe com facilidade, contra-atacando com vigor.

— E agora? — Uma voz familiar soou através da máscara do outro homem. — Não se pode vencer todas, não é?

Surpresa e irritação perpassaram Franz, fazendo seus músculos se enrijecerem. Ele achou que estivesse praticando com o mestre de esgrima – a ausência de conversa sendo uma parte normal da rotina deles desde que Franz pedira que ignorassem as formalidades. Mas aquela voz não tinha a cadência grave e calma do mestre de esgrima. Era afiada demais para isso. Tão afiada que só podia pertencer ao irmão mais novo de Franz: Maxi.

Mas desde quando Maxi estava de volta ao palácio? O Habsburgo menos confiável já estava longe havia meses, fazendo sabe-se lá o quê com sabe-se lá quem. Franz o enviara em missão de reconhecimento à Itália, e Maxi tinha negligenciado a correspondência de novo, então não havia como dizer onde estivera de fato.

Franz cerrou a mandíbula. É claro que Maxi surgiria para alfinetá-lo na única hora em que Franz podia apenas *ser ele mesmo*. Maxi não podia deixá-lo em paz. E justo naquele dia, também – quando Franz precisava de sua compostura mais do que nunca.

Os pés de Franz se moveram com urgência, quase sem permissão, e ele pulou para a frente. Maxi ficaria insuportável se ganhasse a luta. De repente, ganhar se tornou mais importante do que manter a boa forma.

As espadas se chocaram, os irmãos presos numa dança complicada: dois passos para a frente, para trás, para trás, para a frente, para trás. Franz pressionou, atacou, quase tropeçou. E então...

Lá estava ele. Finalmente, a espada de Franz encontrou seu alvo no coração de Maxi, a ponta cega amassando o tecido no peito do irmão.

— A partida é minha. — Franz recuou, respirando pesadamente, e ergueu a máscara.

Os ombros de Maxi desabaram e ele deixou sua máscara cair na grama, passando a mão pelo cabelo loiro-escuro de modo casual. Maxi parecia imperturbável, e Franz queria conseguir aparentar tanta calma. Se não conhecesse o irmão, acharia que ele não se importava com a derrota. Contudo, Maxi sempre se importava. Ambos se importavam.

A competição era o sangue vital dos dois jovens. Era nisso que a mãe deles acreditava, e com base nesse conceito os havia criado. Agora nenhum dos dois suportava perder.

— Você não tem negligenciado os treinos, irmão. — O sorriso de Maxi não alcançou seus olhos. — Vejo que os boatos de sua morte eram exagerados.

— Foi bom saber que aqueles boatos fizeram você voltar correndo, meses atrás, preocupado com a minha saúde. — O comentário tinha um tom frio. Franz sabia que não devia se aborrecer com Maxi; a inconstância do irmão era familiar demais. Mas *estava* magoado. Franz tinha estado no leito de morte, e Maxi não se dera ao trabalho de retornar para casa.

Maxi fez um gesto de desdém.

— Não consegui chegar a tempo. E, enfim, você se ergueu das cinzas como uma maldita fênix, exatamente como eu sabia que faria.

Era verdade. Os médicos tinham ficado chocados com a recuperação rápida de Franz. Uma faca no pescoço e mesmo assim ele estava fora da cama, caminhando, exercitando-se e governando antes que os médicos julgassem possível.

A verdade mesmo era que precisara fazer isso. Se não houvesse saído da cama, teria desmoronado. A pele no pescoço podia ter se recosturado, mas as lágrimas em sua mente não secaram. Um barulho ou um cheiro, uma ilusão de ótica, era capaz de enviá-lo diretamente para o inferno. Todo dia ele sentia a lâmina entrar, sentia a vida deixando seu corpo, sentia o ódio por trás do ato. A única cura era estar em movimento constante, manter um controle perfeito.

Franz sacudiu os ombros, expulsando os pensamentos. Naquele dia em especial, não podia permitir se afligir com a lembrança. Torceu para parecer que estava apenas se alongando. Não podia deixar Maxi notar qualquer sinal de fraqueza.

— Majestade. Está na hora.

Franz virou-se para encarar Theo – nos últimos meses, seu confidente, a única pessoa no palácio que conhecia seus segredos e ria de suas piadas. Eles só trocaram um pequeno aceno agora, mas esse simples gesto fez Franz sentir-se mais firme, apoiado. Não sabia como teria sobrevivido àqueles meses sem Theo.

Franz deixou os olhos vagarem além de Theo até o palácio a distância. A fachada branca se suavizara para um tom dourado nas primeiras horas da manhã, os telhados de um verde metálico: um belo exterior que escondia algo mais frio e duro. Ele cerrou o punho.

Maxi o observava atentamente, então Franz sacudiu os ombros de novo e tentou sorrir. Parecia errado, o rosto perdera a prática.

Maxi apanhou sua máscara e se virou para seguir Theo colina acima. Franz caminhava logo atrás – devagar e relutantemente. O coração acelerou conforme deixava o jardim, o senso de perigo aumentando vertiginosamente. Ele abaixou a mão e correu os dedos sobre as pétalas suaves como seda de uma rosa para se recordar de onde estava.

Você não está morrendo, Franz. Não está em perigo.

Só está indo para uma execução.

Agora, Elisabeth era o vendaval. Selvagem e livre, seu cavalo Puck ganhando velocidade embaixo dela, irrompendo num galope. Sua camisola agarrava-se aos lados do corpo, e seu cabelo balançava ao ritmo dos movimentos do cavalo. Ela cavalgava para longe de duques presunçosos, de mães que tentavam espremê-la numa forma menor, atando sua alma em um espartilho. Não se encolheria por ninguém.

Sabia que se apaixonaria um dia, e que o amor a tornaria mais expansiva – não menos. Ela escrevera poemas sobre isso, seus versos preferidos gravados no fundo da alma. Conforme ela e Puck galopavam pela floresta e saltavam riachos serpenteantes, Elisabeth os recitou para si mesma:

> *Em desfiladeiros fundos e rochosos,*
> *Em baías cingidas de vinhas,*
> *A alma sempre busca*
> *Apenas ele.*

Apenas ele. Elisabeth sabia com todo o coração que o reconheceria quando o encontrasse. Sua alma se estenderia através do espaço e reconheceria a dele imediatamente. Sabia que não era o duque pomposo, então, por enquanto, ela cavalgava. Para longe, longe, *longe*. Vendaval, granizo, tempestade. Subindo as colinas até onde arbustos baixos, campos ondulantes e lagos brilhantes como espelhos se estendiam sob ela em todas as direções.

Ela só queria levar Helene para as colinas consigo, trazê-la de volta a si mesma. As duas podiam colher frutas do bosque, encharcando a bainha dos vestidos no orvalho. Deitar-se sob as estrelas de noite. Viver, respirar e parar de tentar caber em alguma outra forma – e por quê? Não havia nada pelo que valesse a pena perder-se: nem os caprichos da mãe, nem mesmo um imperador. Era isso que Elisabeth dissera à irmã na semana anterior, depois que Helene errara o nome dos garfos nas aulas de etiqueta: "Se ele não a ama por ser você, então não a merece". Se você tivesse que ser certinha o tempo todo, saber o nome de cada garfo... não sufocaria na caixa em que fora obrigada a entrar?

Além disso, Elisabeth ouvira os boatos. Alguém tinha tentado assassinar o imperador. Helene merecia alguém doce e humilde – não um homem que as pessoas queriam ferir. Ela merecia um amor verdadeiro – não um casamento político com o objetivo de reabilitar a imagem do imperador. O coração de Elisabeth se apertou com a ideia de que o noivado poderia pôr Helene em perigo também.

Elisabeth impeliu Puck a cavalgar mais rápido. Ela era uma criatura selvagem, indomável feito uma tempestade ou um incêndio. Nunca aceitaria ser o que a mãe queria que fosse: uma garota sem esperança, sem sonhos, sem amor. Encontraria seu grande amor um dia e eles seriam indomáveis juntos.

Hoje, Puck era o único que entendia esse sentimento. Seu amado cavalo era o único que a conhecia de verdade, que sabia como era ser livre. Ela sentiu uma onda de afeto por ele quando chegaram ao topo de uma colina, e reduziu o ritmo. Estava no cume, com uma queda íngreme e rochosa de cada lado, o sol era um círculo rosa-amarelado a distância.

Ela fechou os olhos, desfrutando o calor do sol sobre sua pele, o aroma de pinheiros no ar, a força de Puck embaixo dela. Se toda a vida pudesse ser assim – tão vivida, tão real.

Mas então, inesperadamente, o mundo pendeu para o lado. Puck pinoteou embaixo dela, e Elisabeth voou pelo ar, conseguindo endireitar-se o suficiente para cair sobre mãos e joelhos. Ofegou com o impacto, sentindo os joelhos latejarem, e agarrou a grama como se aquelas finas hastes verdes pudessem ancorá-la à terra.

Quando ergueu os olhos, Puck estava desaparecendo no caminho da colina, desgovernado após se assustar com alguma coisa.

Então ela viu: uma cobra na grama. Não era venenosa, mas Puck não sabia disso. Ele odiava cobras como ela odiava duques. Ambos fugiam antes da mordida.

— Puck. — A voz dela estava resignada. Ele estava longe demais agora. Mas era irrelevante; o importante era que eles não tinham se machucado. Ela iria atrás de Puck e tudo ficaria bem. Melhor ainda: ela teria uma desculpa excelente para não estar em casa e receber o duque. — Vai ficar tudo bem — repetiu baixinho para si mesma enquanto caminhava, seguindo o caminho do cavalo colina abaixo. Ali estava Puck, às margens de um lago, o sol cintilando em seu pelo castanho. Como era lindo. Como ela o amava.

Mas então ele se virou – e tudo não estava bem.

O pai estava dormindo quando ela entrou no quarto dele – mas não estava sozinho. Não apenas uma, mas *duas* mulheres estavam deitadas a seu lado, e nenhuma delas era a mãe de Elisabeth. O quarto tinha uma decoração elegante, como todo cômodo que a mãe dela tocara, mas estava cheio de taças de vinho e garrafas vazias espalhadas. Enquanto se esgueirava na escuridão, Elisabeth pisou com cuidado sobre as roupas que deviam ter coberto as duas mulheres – mas que certamente não as estavam cobrindo agora. O pai estava emaranhado em braços e pernas, seios e os contornos de coxas expostas. As colinas e curvas que o confortavam não eram as mesmas que Elisabeth buscava.

O quarto cheirava a sexo, vinho insípido e fumaça de charuto. Elisabeth torceu o nariz involuntariamente enquanto avançava até o pé da cama, sendo recebida pelos mamilos de uma terceira mulher que não tinha visto de imediato.

E era por isso que se recusava a se casar sem amor. Ela não queria uma vida como a da mãe, fingindo não notar que o marido recebia outras mulheres em sua própria casa. E não queria uma vida como a do pai, constantemente buscando conforto fora do casamento porque nunca amara a mãe dela um único dia em sua vida.

Não era o sexo que a incomodava. Ela nunca estivera com um homem, mas o comportamento inconsequente do pai significava que sabia muito sobre o assunto. Ela não era pudica; não tinha medo. Só odiava a maneira como aquilo demonstrava a falta de amor entre os pais – duas pessoas que deviam amar uma à outra acima de tudo.

Mas Elisabeth não tinha tempo para reflexões naquela manhã. Puck estava ferido. Além disso, não era a primeira vez que encontrava o pai naquele estado, e sabia que não seria a última.

Ela falou para a escuridão.

— Papai? Preciso de ajuda.

Sonolento, ele abriu os olhos. Como sempre, seu olhar era descarado em vez de constrangido. Seu pai, o libertino.

— Puck está ferido — sussurrou Elisabeth.

O pai não respondeu – apenas se sentou e começou a se desvencilhar do emaranhado de membros na cama. Elisabeth se virou. Tinha visto o suficiente.

Quando ele entrou em sua linha de visão, estava vestido e trazendo um charuto e seu rifle, duas coisas que raramente largava. Ele gesticulou para ela ir na frente.

— O que aconteceu? — perguntou ele quando saíram da casa.

— Ele feriu a perna... não quer andar. — Elisabeth ficou aliviada ao ver que soava firme. Segura.

— Vamos dar uma olhada. — O pai acelerou o passo, então sorriu quando percebeu que dia era e se virou para olhar a filha do meio. — Achei que você fosse ficar noiva esta manhã. Sua mãe e o duque não estão esperando por você?

Elisabeth deu um olhar de soslaio para ele.

— Quero só ver que coisa absurda ele está usando hoje. — O pai ergueu uma sobrancelha para ela, e Elisabeth riu, ainda que um pouco triste. Papai era um aliado estranho e volúvel, mas pelo menos entendia como os pretendentes dela eram ridículos.

— Você podia pôr um fim nisso, sabia? — respondeu Elisabeth. — Podia mandar os duques embora.

Ele dispensou a sugestão com um gesto.

— Você sabe que esses assuntos são da alçada da sua mãe. Não têm nada a ver comigo. — Era a mesma resposta de sempre. Claro, o pai as ensinava a cavalgar e ria com gosto das suas travessuras. Porém, quando importava, nunca se impunha. Elisabeth não sabia por que continuava a esperar algo diferente.

E então finalmente chegaram lá. Puck estava parado à frente deles, mantendo uma perna erguida do chão. Sua respiração estava muito mais pesada agora, os olhos desvairados. Parecia muito pior do que Elisabeth se lembrava. Ela olhou para o pai enquanto os olhos dele se estreitavam, os lábios curvando-se para baixo. O coração dela estremeceu. Era sua culpa. Ela tinha levado Puck para sentir a liberdade do vento em seu rosto e agora...

Agora o duque tolo seria o fim de ambos.

O pai se adiantou para examinar a perna de Puck.

— Está quebrada — disse ele, mais irritado do que triste. Puck podia ser amigo de Elisabeth, mas para o pai era uma de suas posses. Outra coisa a ser substituída.

Os olhos dela se encheram de lágrimas, mas o pai sacudiu a cabeça.

— A perna dele está quebrada, Elisabeth. Você sabe o que fazemos quando um cavalo quebra uma perna. Ele não vai conseguir correr, você não vai poder montá-lo.

Montá-lo. Era assim que o pai via Puck: uma coisa para ser montada, um cavalo de carga, nada mais.

Quando Elisabeth era pequena, ele lhe contara que era preciso atirar num cavalo de perna quebrada porque o cavalo não podia mais viver uma vida plena. Mas isso era só uma desculpa, uma decisão de negócios racional. Por que o pai podia decidir como Puck se sentia sobre a plenitude e o potencial de sua vida?

O pai engatilhou o rifle e o entregou a Elisabeth, a forma pesada e familiar nas suas mãos.

— Vá em frente — disse ele, assentindo para o cavalo.

A pele de Elisabeth ficou fria e suas mãos começaram a tremer. Puck era seu cavalo, seu amigo, seu conforto havia mais de dez anos.

— Não posso — sussurrou ela.

— Você causou o dano, você paga o preço.

O pai era tão bom em atribuir culpa. Os defeitos *dele* nunca estavam em questão. Elisabeth mordeu o interior da bochecha.

— Puck não é uma mercadoria estragada para ser descartada. É meu amigo. — Ela sabia o que o pai ia falar, mas valia a pena lutar por Puck. Mesmo que ela fosse perder.

— É um cavalo, Elisabeth. Não uma pessoa. E você nem devia estar aqui fora. — O pai tomou a arma de novo e a mirou contra Puck. Seu pobre, precioso, selvagem e livre Puck.

Elisabeth agarrou o cano do rifle.

— Não, espere. Ele vai sarar. Eu sei que vai. — Era um apelo inútil, mas ela o fez mesmo assim. Se falasse em voz alta, talvez houvesse alguma chance de o pai acreditar nela. Ou só esquecer por tempo suficiente para deixar Puck passar o resto da vida em um estábulo aconchegante, comendo maçãs das mãos de Elisabeth.

O pai manteve-se firme, sua expressão inflexível, e o ar ficou preso no peito de Elisabeth, roubando suas palavras. O tempo pareceu se estreitar, reduzindo, aquietando-se. Os pássaros silenciaram, a brisa parou – até a natureza fez um momento de silêncio pelo seu querido e doce Puck.

Ela foi até Puck uma última vez e apertou as mãos contra seu rosto macio, então encostou a bochecha no topo do seu focinho. Tentou transmitir seus pensamentos a ele. *Sinto muito, Puck. Vou sentir sua falta.*

— Mexa-se, Elisabeth — vieram as palavras atrás dela.

Ela se mexeu. E então chorou.

QUATRO

Q UE BOM QUE O UNIFORME DOS HABSBURGO ERA RÍGIDO COMO um tanque, porque Franz estava tremendo feito vara verde dentro dele. Odiava não conseguir parar. Sua única esperança de manter a compostura era que ninguém mais percebesse. O colarinho da camisa se esfregava asperamente contra a cicatriz em seu pescoço — um lembrete constante, mas pelo menos estava coberto. Ele não deixaria aqueles desgraçados verem as marcas que seu ataque tinha deixado nele: nem a cicatriz, nem os tremores.

Franz estava parado em seu quarto, cercado por um exército de criados de cabelo engomado e luvas brancas que levaram quinze minutos inteiros para fechá-lo naquele uniforme monstruoso. Pelo canto do olho, ele podia ver seu reflexo — elegante e majestoso — no espelho de moldura dourada à sua esquerda. Mas o quarto ao redor parecia tão rígido quanto o uniforme: o papel de parede sem graça, o ocre escuro das cortinas pesadas e inflexíveis. Era incrível como um quarto podia refletir seu próprio humor de volta para ele.

A única pessoa presente menos confortável que Franz era seu novo criado, parado em posição de sentido junto ao espelho. Será que o homem estava vivo? Ele parecia tão empalhado quanto o urso taxidérmico no canto que fora entregue naquela manhã, cortesia do tsar russo — um lembrete de mais uma coisa que alguém queria de Franz: apoio militar.

Franz quebrou o silêncio:

— Theo, me faça um favor.
— É claro, Majestade.
— Descubra se o novato ainda está respirando. — Apesar do tom inexpressivo, Theo sorriu da piada e Franz se sentiu um pouco melhor.

Ele respirou fundo e ajustou o colarinho. O novo criado se parecia um pouco com Maxi – algo nos olhos, no maxilar –, e Franz se perguntou onde estaria o irmão e se a mãe tentaria levá-lo para a execução. Maxi tinha – previsivelmente – desaparecido. Franz nunca conseguiria se safar desse jeito, enquanto Maxi era livre como um pássaro. Mais livre ainda. Os pássaros tinham que construir ninhos e alimentar seus filhotes. Os ninhos de Maxi eram construídos por ele mesmo, e, embora Franz suspeitasse de que houvesse alguns bebês com os olhos do irmão chorando pelo mundo, Maxi definitivamente não estava alimentando ninguém.

Franz ouviu a mãe se aproximar pelo corredor. Ela sempre caminhava com propósito, algo que ele achara útil quando era um garoto tentando se esquivar de seus deveres e que agora lhe dera um aviso prévio para endireitar a coluna.

A condessa Esterházy, companheira favorita da mãe, estava rapidamente apresentando a agenda do dia com sua voz nítida e calma.

— Há uma audiência curta com a delegação boêmia após o café da manhã, e em seguida Vossa Alteza Imperial terá uma prova de roupa para o guarda-roupa de inverno. Mas primeiro a execução.

Os passos pararam abruptamente, e as sobrancelhas de Franz se arquearam de surpresa. Não era típico da mãe hesitar diante de uma execução. Será que ela estava sentindo parte da ansiedade no coração dele?

Mas então os passos recomeçaram e o asco em sua voz foi dirigido para outro alvo.

— Outra prova, não. Adie.

Sua mãe: a arquiduquesa Sophie de Habsburgo, a pragmática. As pessoas a chamavam de "o único homem no Palácio Hofburg". Era dito como uma alfinetada contra Franz, mas nunca o incomodara. Eles não estavam errados. Ela era a melhor estrategista, a mente mais afiada, em toda Viena. Tinha uma habilidade quase sobrenatural de saber a coisa certa a fazer, de ver o perigo antes que chegasse. Até havia dito a Franz para não sair no dia da tentativa de assassinato. Dissera a ele que havia inquietação nas ruas, que ele estava em perigo.

Era culpa dele não ter escutado. Só ter levado um guarda. Então, se a decisão de a escutar fazia as pessoas fofocarem, bem, ele suportaria o escárnio. Devia isso a ela.

Franz se virou quando as portas se abriram e a mãe entrou no quarto. Ela estava imponente como sempre, em um vestido preto com colarinho alto e rígido. Uma cruz pendia ao redor do seu pescoço, o que era irônico considerando que estavam a caminho de uma execução. Como sempre, ela preenchia cada centímetro de espaço livre com seu poder discreto.

— Mãe.

Ela fez um esboço de mesura e sorriso.

— Majestade.

Ele avançou para beijar a mão dela, aliviado ao ver que as suas não tremiam mais.

— Ouvi que você já saiu hoje. Chegou a dormir, querido?

Ele sacudiu a cabeça. Não dormia uma noite ininterrupta desde o dia em que ganhara a cicatriz. Ele se perguntava se depois da execução voltaria a dormir bem, sabendo que tinha reprimido a revolução que o queria morto. Mas não adiantava incomodar a mãe com isso; ela não entenderia.

— Você está perfeito, Franz. — Sophie gesticulou para a porta e ele foi para o lado dela enquanto os dois passavam para o corredor de mármore cintilante, seus pés batendo alto no piso e o barulho ecoando até o teto elevado.

Às vezes, a mãe parava para admirar os detalhes do palácio – os retratos dos predecessores deles alinhados nas paredes, os detalhes intricados nas colunas de pedra –, mas hoje não fez isso. Hoje, tinha uma missão. Virou-se de repente, olhando para o filho com seriedade.

— Essa não será uma manhã agradável, mas você vai ter que se acostumar com isso.

Franz sustentou o olhar dela.

— Acredito que é impossível se acostumar com certas coisas.

• A IMPERATRIZ •

Uma hora depois, Franz e a mãe estavam em pé em uma praça onde forcas tinham sido montadas. Cinco homens aguardavam, com os rostos sujos e inexpressivos, em uma plataforma de madeira rústica. Cordas pendiam atrás deles. Franz fitou as mãos dos homens, as unhas pretas de fuligem e roxas como ameixas, algumas delas faltando. Será que sempre foram assim ou os guardas dele tinham feito aquilo? O pensamento embrulhou seu estômago. Responder a sofrimento com mais sofrimento não causaria apenas mais sofrimento?

— Mostre seu rosto a eles. — A voz da mãe atravessou seus pensamentos. — Há momentos em que um governante deve demonstrar sua força.

Franz tentou manter a expressão calma enquanto afastava o olhar das mãos dos homens e mirava seus rostos. Suor brotava dentro do colarinho, por baixo do chapéu, e pingava quente e depois chocantemente frio pelo seu pescoço e coluna. Ele inspirou pelo nariz e expirou pela boca, mas a respiração ainda saía rápida e o coração batia com força no peito. O lábio superior coçava de novo, e ele sabia – ainda que ninguém mais percebesse – que estava prestes a desmaiar. Acontecia às vezes, quando a lembrança daquele dia voltava. Um entorpecimento se esgueirava por seu corpo, a visão ficava estreita, e então: escuridão. Por enquanto só tinha acontecido quando Franz estava sozinho. *Por favor, Deus*, ele pensou, *não deixe acontecer agora.*

Ao redor dele, as pessoas vaiavam, suas vozes erguendo-se num rugido ininteligível. O barulho piorava a sensação, tornando mais difícil controlar sua respiração. Ao lado dele, a mãe assentiu para o chefe de polícia.

— Cordas! — gritou o chefe, e Franz quase pulou quando homens se apressaram para colocá-las ao redor dos pescoços.

Franz ergueu a mão para a lapela e soltou uma das medalhas fixadas ali, deslizando-a para o punho fechado e deixando as bordas afiadas se cravarem em sua palma. *Foco, Franz. Sinta o corte na pele. Você está aqui agora. Não está lá.* Se dissesse isso a si mesmo vezes suficientes, talvez um dia seu corpo acreditasse e parasse de formigar e voltar ao passado aos gritos.

— Vocês foram sentenciados à morte sob as acusações de lesa--majestade e conduta sediciosa, roubo e alta traição. — O chefe de polícia prosseguiu: — Somente Sua Majestade, o Imperador, tem o poder de perdoar aqueles que foram condenados à morte.

Franz pressionou a medalha com mais força contra o punho, apertando os dedos e sentindo as bordas afiadas rasgarem a pele. Encarou nos olhos o revolucionário no meio: um dos líderes do movimento que tinha tentado matá-lo.

Nenhum daqueles homens havia empunhado a faca, mas todos eram perigosos. Tinham planejado o assassinato. Tinham-no sancionado. Eram a agitação do povo afiada na forma de uma arma, apontando para o coração dos Habsburgo.

Franz sustentou o olhar dele.

— Os condenados têm algo a dizer? — perguntou o chefe de polícia, e a multidão silenciou. O coração de Franz guinchava em seus ouvidos.

— Vocês ficam sentados no palácio enquanto a gente vive na *imundíce*. — Foi o homem no meio que falou. — Não temos comida. Não temos provisões. Não temos como conseguir as coisas que precisamos. E vocês ignoram nosso sofrimento. Ignoram o seu povo.

Franz obrigou seu rosto a permanecer pétreo e tranquilo.

— Vossa Majestade — acrescentou o homem, debochado, com uma leve mesura desajeitada, uma vez que a cabeça ainda estava na corda. — Pode nos matar, mas não vai fazer diferença. O povo vai se levantar contra você.

Um coro de *sim* ecoou funestamente pela multidão. Franz se concentrou em sua respiração, na sensação da medalha contra a palma, no sangue se empoçando pegajoso onde esfregava forte demais.

Era outra confirmação de algo que Franz gostaria de esquecer: *ele ainda estava em perigo*. Outra faca ou, quem sabe, da próxima vez, um revólver, uma espada, cem punhos de cem homens furiosos, suas vozes se erguendo como o oceano. A mãe trocou um olhar com o chefe de polícia e Franz sabia que ela estava tão surpresa quanto ele com a reação da multidão. As pessoas deviam estar do lado deles, mas, em vez disso, estavam aplaudindo os homens prestes a morrer.

O homem continuou:

— Eu morro pelo povo...

A multidão rugiu de aprovação.

Mas então, em meio ao grito, a alavanca foi puxada, a plataforma se abriu e as palavras do homem se cortaram com um estalo. Franz tentou não se encolher, mas sentiu aquele som nos ossos, nos dedos dos pés, na ponta dos dedos da mão. Os auxiliares puxaram as outras alavancas, e os demais revolucionários seguiram seu líder para a morte.

A multidão caiu em silêncio. Os guardas desceram da plataforma.

Estava feito.

I NSPIRE, EXPIRE.
Elisabeth estava parada do lado de fora da sala de visitas, repetindo essas palavras para si mesma e tentando acalmar sua respiração acelerada e as marteladas dolorosas do coração. Puck se fora. Sua camisola estava coberta de manchas de grama e sangue após segurá-lo. Seu rosto estava rijo devido ao sal de lágrimas secas. E ainda por cima havia um homem ridículo atrás da porta que queria se casar com ela. Ela tinha começado o dia bem-humorada, apesar de tudo, mas estava cansada demais para isso agora.

Elisabeth estava em um de seus lugares preferidos da casa, com um teto vasto e degraus de pedra que ascendiam suavemente até o segundo andar. A entrada era simples e elegante, o único lugar que os tecidos pesados e as folhas de ouro da mãe não tinham engolido por inteiro com suas extravagâncias. O corrimão da escadaria tinha vinhas e rosas entalhadas, e pequenos nós imperfeitos pontilhavam a madeira. Era como se o mundo exterior tivesse vindo dançar alegremente ali dentro. Geralmente o lugar a reconfortava. Mas naquele dia parecia opressivo: a entrada para uma vida que ela não desejava.

Ela conseguia ouvir a mãe através da porta:

— Sisi logo estará aqui. As preces matinais são muito importantes para ela.

Se tivesse energia para isso, Elisabeth teria revirado os olhos.

— Esse último verão a fez desabrochar e se tornar ainda mais madura. Ela está pronta para se casar...

A mãe estava falando bobagens, como sempre. Elisabeth odiava ser reduzida ao que quer que a mãe pensasse que uma garota *devia* ser, em vez de ser vista como era de fato. Ela se perguntou o que seria preciso para a mãe chamá-la de espirituosa, selvagem ou espontânea. Uma verdade daquele tipo provavelmente faria a úlcera da mãe explodir na hora.

— Minha filha foi abençoada com uma mente inteligente. Não inteligente *demais*, é claro.

Elisabeth soltou uma exalação fraca e pesarosa.

— Acima de tudo, ela é discreta e vai se submeter a todas as suas vontades.

Elisabeth deu as costas à sala de visitas. A mãe podia continuar mentindo, mas ela não precisava ouvir.

— Sisi! — Helene a encontrou ao pé da escada. — Acho que o duque está prestes a ir embora.

Elisabeth examinou a irmã mais velha devagar: o cabelo claro perfeitamente preso, a pele corada, o vestido de um amarelo jovial modelado ao corpo. Alguns meses antes, Helene tinha escondido Elisabeth num baú quando um dos condes veio visitá-la. Agora, porém, ela estava firmemente do lado da mãe. Do lado do dever e da obrigação. A perda perfurou o coração de Elisabeth.

— Não me importo, Néné. — Ela pronunciou o apelido gentilmente, com a voz resignada.

Helene sacudiu a cabeça de leve.

— Mas está decidido. Ele veio para ficar noivo.

— Aceite-o você, então — respondeu Elisabeth, suas palavras cansadas e embargadas de luto. Ela era uma garota sem uma mãe que a amasse por quem era, sem uma irmã que a apoiasse ou um pai que interviesse, e agora sem um cavalo com o qual fugir.

Antes que pudesse passar por Helene e subir a escada, a porta da sala se escancarou e a mãe e o duque surgiram na entrada.

Elisabeth se virou para eles no pé da escada, observando o duque. Naquele dia, ele decidira combinar sua pluma amarela com meias três quartos, um colete da mesma cor e um casaco roxo. Parecia ainda mais ridículo que da última vez.

A mãe puxou o ar audivelmente ao vê-la, mas Elisabeth só fez uma mesura.

— Duque.

— Ah, cá está ela. — A voz da mãe estava estridente, os olhos, esbugalhados, ao mesmo tempo que tentava fingir que sua preciosa filha solteira não estava coberta de lama seca, sangue e lágrimas. — Sisi, você se lembra do duque Friedrich de Anhalt? O duque insiste em discutir algo importante com você...

A mãe gesticulou para o duque como se qualquer coisa sobre aquele momento fosse romântica, como se ele ainda pudesse querer pedi-la em casamento. Elisabeth não sabia se queria rir, chorar ou gritar.

O duque fez silêncio por um longo momento, e então começou a rir — a gargalhar, os ombros sacudindo de surpresa. Era melhor que um pedido de casamento, pensou Elisabeth, mas ainda assim ele tinha coragem.

— Está rindo de mim? — Ela não conseguiu se segurar. — Enquanto usa esse chapéu?

A risada morreu na garganta do duque. Suas faces coraram de vergonha, e — sem qualquer mesura — ele saiu com passos furiosos.

Se olhares pudessem matar, o da mãe teria colocado Elisabeth sete palmos abaixo da terra. Mas ela não teve tempo para dar mais que um olhar furioso de passagem enquanto corria atrás do duque, já inventando alguma história sobre como Elisabeth não era sempre assim.

— Você não pode continuar fazendo isso, Sisi. — Helene parecia cansada atrás dela, e Elisabeth se virou para a irmã de novo. — Todos nos envergonhamos por sua causa.

Era só com isso que Néné se importava agora? Elisabeth queria que a irmã mais velha perguntasse se ela estava bem, se estava sofrendo. Que perguntasse o que acontecera naquela manhã para deixá-la tão suja.

Elisabeth não entendia como um duque que ela não queria e um imperador que Helene nunca sequer conhecera podiam ser mais importantes que uma irmã de coração partido usando uma camisola manchada de sangue.

⚜

Quando Elisabeth entrou na sala alguns minutos depois para enfrentar sua mãe, as paredes brancas brilhantes faziam um contraste nítido com seus sentimentos embotados. Helene a seguiu para dentro, fechando a porta após uma ordem da mãe.

Parada a seu lado, Helene era o completo oposto de Elisabeth. Nada de pés descalços com lama seca. Nada de palavras precipitadas. O coração de Elisabeth se estendeu através do espaço. *Néné, tenho saudade de você. Para onde você foi?*

Elisabeth abriu a boca para falar, mas então a fechou, sem saber o que dizer. Não adiantava, de qualquer forma. A mãe deixara perfeitamente claro que não tinha interesse nas opiniões de Elisabeth.

Ela estava parada na janela mais distante, ao lado da alcova onde Elisabeth muitas vezes se escondia para sonhar acordada e escrever. Com vista para os jardins, era o lugar perfeito para compor versos sobre amor e desejo, montanhas e céus – mas agora estava ocupado pela raiva da mãe, que emanava dela como brasas ardentes.

A mãe se virou abruptamente, cruzando a sala até Elisabeth e se inclinando para perto.

— Com esse, são dois condes e dois duques que você afugentou. Todos homens muito bons! — Ela quase cuspiu as palavras.

Não importava quantas vezes a mãe dizia coisas assim, a injustiça sempre tirava o fôlego de Elisabeth. O primeiro duque tinha aberto a calça enquanto eles comiam bolo. O segundo conde acreditava que as mulheres deviam falar uma palavra para cada dez palavras de um homem. Eram esses os homens que a mãe considerava bons? Ela condenava seu próprio marido por ser igualzinho ao primeiro duque. A hipocrisia – os padrões diversos com que os julgava – era inacreditável. Duques e condes podiam se comportar tão mal quanto quisessem; Elisabeth é quem seria punida e culpada.

— Eu tenho uma úlcera, sabe? — continuou a mãe, menos uma declaração e mais uma acusação. — O médico disse que pode estourar, e então eu vou sangrar por dentro até a morte. Tudo por sua causa, Sisi. — A mãe deu um passo para trás e se apoiou pesadamente nas costas de uma cadeira.

Elisabeth era sempre a fonte do sofrimento da mãe, por ter a audácia de rejeitar homens que eram libertinos ou presunçosos ou que tinham o dobro da sua idade. Talvez também por não querer o que a mãe queria, por não ser o que a mãe era. Ela estava farta.

— Meu nome é Elisabeth — respondeu ela, devagar e deliberadamente.

A mãe a encarou, o rosto passando de choque para fúria. Levantou as saias e atravessou a sala no espaço de um respiro, erguendo o braço. Elisabeth sentiu a paixão e a violência do tapa antes de ser atingida. Como se a mãe não a fosse estapear só por aquele dia, mas por todas as ofensas que Elisabeth já cometera na vida. Elisabeth se preparou para sentir não só a mão, mas o desdém, a fúria, a decepção.

Exceto que...

Helene deu um passo à frente, a respiração trêmula.

— Mamãe — sussurrou ela, estendendo uma taça de xerez vermelho. — Não quer uma bebida?

A mãe baixou o braço e segurou a taça, apontando-a para Elisabeth.

— Por que você não pode ser como sua irmã? Se ela está infeliz com alguma coisa, o que faz?

Elisabeth encarou Helene, querendo que ela dissesse algo, que lhe desse a resposta.

Quando Helene não disse nada, Elisabeth voltou a atenção para a mãe.

— Eu não sei.

— Eu também não sei! E é exatamente assim que deve ser!

Elisabeth inspirou devagar outra vez e tentou compartilhar seus reais sentimentos de novo.

— Eu quero tomar minhas próprias decisões. Quero viver uma vida plena. O que há de tão mau nisso?

— O que você quer fazer com a sua vida, *escrever poesia*?

— Por que não? — Por que ela não podia ter sua poesia, seus sonhos? Era melhor que passar a vida bebendo como a mãe ou desperdiçá-la em casos insignificantes como o pai.

A mãe sacudiu a cabeça.

— Você não sabe como é o mundo real.

— Eu sei que há algo esperando por mim — sussurrou Elisabeth, quase para si mesma.

A mãe parou e estreitou os olhos.

— Ah, minha querida menina... — As palavras eram uma faca apontada para o coração de Elisabeth. — Acredite em mim, não há absolutamente nada, nem ninguém, esperando por você.

Um desespero frio a envolveu. Elas já haviam tido conversas parecidas antes, mas a voz da mãe estava diferente agora. Mais segura, mais desdenhosa. Pela primeira vez na vida, Elisabeth se perguntou se a mãe poderia ter razão – se ela estava lutando, gritando, arranhando a vida com unhas e dentes sem nenhum motivo. Se não havia nada no mundo para ela exceto a perda de um cavalo, de uma irmã, da esperança.

Mas não. Ela se recusava a abandonar a esperança.

— Você não pode me obrigar. — Suas palavras ecoaram no silêncio. — Não vou me casar com esses homens.

A mãe veio em sua direção, o rosto sério e a voz fria.

— Você sabe, há instituições para moças que perderam a razão.

O estômago de Elisabeth se apertou. A mãe já a ameaçara com conventos antes, mas nunca um *hospício* – e ela sabia por quê. Podia ver a carta aberta sobre a mesa onde a mãe claramente a estivera relendo. A carta que chegara alguns meses antes. Os preparativos para Helene conhecer o imperador – e ficar noiva dele.

Agora, Elisabeth percebia o que essa carta significava para ela. Seus sonhos fantasiosos não tinham lugar na corte, no lar da futura imperatriz. A mãe a mandaria embora se ela não se obrigasse a caber na forma da família imperial.

Helene deu um passo à frente e rompeu seu silêncio:

— Um hospício não, mamãe. Você está indo longe demais.

Néné. O alívio de ter Helene vindo em sua defesa não desemaranhou os nós em sua garganta ou estômago, mas Elisabeth agradecia a ajuda. Néné ainda se importava.

— Basta! — disparou a mãe. — Helene tem um futuro magnífico à sua frente. Você não vai arruinar isso para nós, Sisi. Entendeu?

Elisabeth estendeu uma mão para a mãe.

— Por favor. Eu não sou louca.

Doeu quando a mãe puxou a mão, doeu em todos os lugares onde os antigos ferimentos continuavam tentando, sem sucesso, sarar.

— Então prove isso para mim.

SEIS

— Sisi — sussurrou Helene, batendo de leve na porta do quarto da irmã.

Silêncio.

— Sisi, por favor, podemos conversar? — Helene apertou os dedos contra as flores alegres entalhadas na madeira escura da porta.

Silêncio de novo.

— Mamãe foi severa demais. — Helene mordeu o lábio e espiou por cima do ombro, como se a mãe pudesse se aproximar de fininho a qualquer momento.

Talvez Sisi tivesse descido pela janela de novo. Seu quarto ficava no segundo andar, mas a árvore do lado de fora era firme. Helene não ficaria surpresa se estivesse falando com as paredes.

— Sisi?

Ela testou a maçaneta. A porta estava destrancada. Ela odiava violar a privacidade de Sisi, mas precisava saber se a irmã estava bem. Nunca tinha visto a mãe ameaçá-la daquele jeito antes. Se havia tirado o fôlego de Helene, o que haveria tirado de Sisi?

Ela empurrou a porta delicadamente e entrou. Era quase a hora do almoço, mas as cortinas azuis pesadas de Sisi estavam fechadas e o quarto estava escuro. Roupas e livros estavam espalhados desordenadamente no divã. Um par de sapatos espiava por baixo da cama, para onde claramente tinham sido chutados. Um feixe rebelde de luz escapava pela beirada da cortina e caía, cintilante, no tapete dourado. E na cama, deitada de lado com as costas para Helene, estava Sisi. Ela parecia muito pequena, como se a ameaça da mãe tivesse tomado metade de sua presença. Helene vinha pensando em si mesma e em Sisi como mulheres adultas, mas no momento Sisi parecia uma criança de novo.

Helene deu mais um passo em direção à cama, hesitante, e então parou. Sisi não tinha respondido nem se virado para ela. Talvez a irmã quisesse ficar sozinha.

— Sisi? — Será que a estava ignorando porque Helene usava o apelido? Helene não sabia se ainda tinha permissão para chamá-la pelo termo afetuoso. Sisi nunca se importara antes, mas recentemente vinha pedindo à mãe para não a chamar assim. Será que Helene estava proibida também? Ela não tinha certeza. Não tinha certeza de nada nos últimos tempos. — Você está triste? — sussurrou ela, sabendo que era uma pergunta boba. É claro que Sisi estava triste. O pai entrara na casa um pouco antes e contara a Helene sobre Puck. Se a mãe não a tinha abalado, aquilo certamente tinha.

Mas talvez fosse bom. Sisi não podia continuar daquele jeito. Ela se arruinaria, arruinaria sua família. E um pouco de sofrimento agora poderia poupá-la de muito mais depois. Um pouco de sofrimento tinha forçado Helene a crescer, e ela sabia que estava melhor por conta disso.

Mas, claro, Helene não experimentara um *pouco* de sofrimento. Fora o pior momento da sua vida que forçara a mudança, como se a confiança no mundo que pensava conhecer tivesse sido violentamente arrancada dela.

Foi na primavera, um ano antes, quando ela, Elisabeth e Spatz estavam brincando ao ar livre, o cabelo solto dançando na brisa e o sol deixando os narizes rosados. Elas tinham corrido até o rio, e Helene anunciou que ia cruzar a água sobre uma árvore recém-caída. Elas nunca tinham estado na margem oposta, e Spatz queria ver se fadas moravam lá.

— Vamos ver, então — dissera Helene, equilibrando-se no tronco, um metro e meio acima da água, esfregando a sola dos pés descalços na casca áspera e dançando pela sua extensão. Ela não era sempre a irmã que sabia a coisa certa a dizer, mas era a mais graciosa.

Spatz foi em seguida, rastejando de quatro, com medo demais para se levantar. E provavelmente foi bom: as chuvas tinham feito o rio correr frio e caudaloso abaixo delas.

— Minha vez! — anunciou Sisi, percorrendo o tronco com os braços estendidos como uma equilibrista na corda bamba.

Helene riu das palhaçadas da irmã mais nova, mas a risada morreu depressa em sua garganta.

Ela soube um segundo antes de acontecer que Sisi ia cair. Helene pôde até mesmo sentir o braço se estender por vontade própria, mas foi em vão, com a irmã ainda tão longe da margem.

Os olhos de Sisi se arregalaram, seu corpo pendeu para o lado e ela caiu no rio. O rio, que só era um pouco assustador meros momentos antes, naquele momento sugou a irmã de Helene para baixo.

Helene se ouviu gritar. Spatz apertou uma mãozinha contra a boca, os olhos arregalados.

— Fique aqui! — gritou Helene para Spatz, ao sair correndo pela margem e seguir o contorno escuro de Sisi sob a superfície, vendo-a disparar veloz rio abaixo.

Sisi emergiu uma vez, cuspindo e tossindo, antes de afundar de novo, suas saias redemoinhando ao redor do corpo como uma água-viva. Por quanto tempo alguém podia segurar o fôlego? Helene não sabia.

Ela correu como se o mundo estivesse pegando fogo, disparando rumo à ponte, pedras e gravetos cortando a sola dos pés. Se conseguisse chegar lá a tempo, podia se abaixar e agarrar o vestido de Sisi.

Contudo, quando se aproximou da ponte, um homem já estava parado ali, esticando-se para puxar Sisi da água pelo cabelo.

Quando Helene os alcançou, Sisi estava vomitando água, tossindo e chorando.

Era culpa de Helene. Ela tinha suspeitado disso na hora, e a mãe certificou-se de que soubesse mais tarde. Ela era a mais velha. Era quem devia tomar as decisões adultas. Tinha vinte anos, pelo amor de Deus, e agia como se tivesse doze. Quase matara a irmã – procurando fadas, ainda por cima! –, e sentia a culpa pesada e afiada, até meses mais tarde. A culpa vivia em suas entranhas, nas dores de cabeça e na tensão eterna em sua pele.

Depois disso, toda vez que Helene ia sair com as irmãs, ouvia o lembrete da mãe: o único jeito de mantê-las a salvo era parar de agir como uma criatura selvagem e começar a se comportar.

Helene prometera então que não incentivaria mais comportamentos infantis, nem em si mesma, nem em Sisi. Era o único jeito de manter a irmã a salvo. No entanto, não importava o que Helene fizesse, Sisi continuava selvagem. E, toda vez que agia assim, se machucava – provando o argumento da mãe, vez após vez, e entalhando-o no coração de Helene.

Agora, essa natureza selvagem ia mandá-la para um convento – ou pior, um hospício.

Helene pressionou a mão contra o peito, como se pudesse esmagar o medo se apertasse com força suficiente. Ela venceu o espaço até a cama, subiu e colocou uma mão no ombro de Sisi, inclinando-se para tentar olhá-la nos olhos. Sisi podia rechaçar o resto do mundo, mas Helene precisava que ela soubesse que sua irmã estava do lado dela. Mas os olhos de Sisi estavam fechados, e seus lábios, entreabertos. Dormindo no meio do dia – surpreendente. Sisi sempre dormia como uma pedra, então provavelmente não tinha nem ouvido Helene entrar.

Uma onda de alívio desatou o nó no peito de Helene. Dormir era bom. O sono podia curar tantos males. Ela se abaixou gentilmente ao lado da irmã, aconchegando-se nas costas quentes. *Eu te amo, Sisi. Estou fazendo meu melhor para cuidar de você.*

Ela esperava que, quando a irmã acordasse, finalmente entendesse. Quanto mais você lutava, mais se machucava. Mas, se aceitasse a vida como ela era… bem, a vida de Helene se tornara mais segura e suas perspectivas, mais brilhantes.

Seu coração se regozijava com o pensamento. Ela ainda mal conseguia acreditar. Se tudo corresse de acordo com o planejado, ela seria *imperatriz*. Os dignitários estrangeiros: seria ela a encantá-los. A linhagem real: seria ela a estendê-la. *Imperatriz* Helene. *Sua Majestade*, Helene. Era assim que a vida recompensava você quando deixava para trás as coisas infantis, aprendia a segurar a língua e ouvia sua mãe – por mais ridícula que ela pudesse parecer.

A primeira carta, o primeiro convite para uma nova vida, tinha chegado poucos meses antes, não muito tempo depois que Helene começara a dedicar-se com afinco às aulas de etiqueta e literatura francesa. A arquiduquesa Sophie – mãe do imperador e tia de Helene – tinha escrito para ela pessoalmente. Ela pensava que seria uma união perfeita, que Helene desabrochara e se tornara exatamente a pessoa de que os Habsburgo precisavam. A mente de Helene ainda repassava a carta, cada linha lida tantas vezes que ela podia recitá-la de cor.

Helene abraçou apertado a irmã adormecida. Embora Sisi não pudesse fazer uma união tão vantajosa quanto Helene – só existia um imperador, afinal –, ela era linda e inteligente e, se fizesse um esforço, Helene tinha certeza de que um casamento muito promissor cairia em suas mãos estendidas. Ela só esperava que Sisi abrisse o coração para recebê-lo.

Naquele momento, enquanto o corpo se aquecia e ela começava a ficar com sono também, Helene decidiu o que faria: levaria Sisi consigo para Bad Ischl, no aniversário do imperador. Talvez um dos irmãos dele se apaixonasse por sua irmã. Talvez fosse o amor a domesticá-la.

E elas poderiam enfrentar aquela nova fase da vida juntas.

SETE

Franz correu um dedo pelas novas cicatrizes na palma, entalhadas naquela manhã enquanto ele apertava sua medalha para manter a escuridão a distância. Era estranho como uma cicatriz podia ser reconfortante. Era algo que ele controlava em uma situação tão fora de seu controle.

Agora, outra situação fora de seu controle estava exigindo atenção.

— A raiva do povo, a agitação, o caos... tudo isso vai passar, Franz. Sempre passa. Seja paciente. — A mãe estava sentada do outro lado da mesa de jantar luxuosa, a colher de sopa pairando acima de um prato farto de goulash.

Franz podia ver seu reflexo em meia dúzia de ângulos nas bandejas, garrafas e colheres polidas ordenadamente dispostas na mesa. Ele parecia pequeno e esquelético, em nítido contraste com o resto da sala, expansiva com seu teto alto, espelhos longos e tapeçarias tão intricadamente bordadas que pareciam janelas para outro mundo.

A sala cheirava a páprica e carne cozida lentamente, e, se ele já não soubesse o que a mãe ia propor, estaria devorando o goulash como se fosse sua última refeição. Mas seu estômago estava embrulhado demais para comida agora, pronto para o que viria em seguida. Ele devia a vida à mãe, e ela estava vindo cobrar a dívida.

— Você sabe do que o povo precisa... — Ela olhou para ele com seriedade por um momento, e então estalou os dedos.

Dois criados entraram com o retrato que estivera esperando coberto no corredor durante a última hora. Mais cedo, Franz espiara por baixo e — que surpresa! — era outra garota bonita da nobreza, presumivelmente a que a mãe estava sugerindo como sua noiva.

Ela tinha tentado casá-lo várias vezes antes, e ele sempre conseguira se evadir da obrigação. Estava doente. Ainda estava aprendendo. O papel de imperador ainda era novo e ele precisava se concentrar. A ideia de um casamento parecia tão restritiva quanto seu uniforme militar. Seria outra obrigação em uma vida já tão pesada. Uma a mais talvez o esmagasse.

Não pela primeira vez, ele invejou Maxi. O irmão era tão livre, tão desobrigado. Até mesmo os deveres que *devia* levar a sério, Maxi ignorava. E a mãe o amava por isso, mimando-o de uma forma que nunca fazia com Franz.

Como seria ser tão despreocupado e ganhar corações sem nem tentar, mesmo por um dia? Franz não conseguia sequer imaginar.

Até mesmo a pequena liberdade de adiar o casamento tinha acabado agora. Ele não podia protelar a geração de herdeiros para sempre, por menos que quisesse mais uma pessoa exigindo seu tempo e atenção. A mãe estava certa, ele sabia — ela sempre estava certa sobre tudo —, mas o coração de Franz demorara para concordar.

A mãe ergueu uma sobrancelha e o criado descobriu o retrato com um floreio.

— Apresentando Helene da Baviária. — A mãe foi mais incisiva que de costume.

Franz já tinha decidido parar de resistir, mas não pôde deixar de controlar o entusiasmo dela:

— Ela não vai resolver os problemas dos Habsburgo, mãe.

O povo precisava de soluções reais: alimento, trabalho, negócios prósperos, estradas, ferrovias. Um casamento não resolveria uma barriga vazia, finanças em dificuldades, um percurso de carruagem que levava cinco dias quando de trem podia levar apenas um. O povo não esqueceria sua fome e suas mágoas por causa de um casamento. Mas não era a hora certa para contar seus planos à mãe. Mais tarde, quando tudo estivesse no lugar, ele os revelaria e a deixaria deslumbrada. Orgulhosa.

— Você está enganado, meu querido. — Sophie se inclinou para a frente, o rosto confiante. — O povo vai confiar de novo em você se você der uma noiva a ele. E um herdeiro. Acredite em mim. Eles já esperaram o suficiente.

Ela fazia soar tão simples. Como se ganhar a confiança de milhares de pessoas fosse uma mera tosse, resolvida com água quente, mel e gengibre. Franz tinha planos reais para reconquistar a confiança do povo, ainda que não os tivesse compartilhado com ela.

— Olhe só para ela. Helene é linda, e a mãe dela me disse que também é devota.

Ele assentiu para a mãe, mas não sorriu. Estava claro que ela já tinha começado os preparativos. E estava claro que era hora de ele se render. Ele se casaria. Cumpriria seu dever. Mas não fingiria pensar que isso resolveria os problemas do império. Não fingiria que isso significava segurança para ele – ou para *eles*. Franz sempre sentiria a faca no pescoço, ouviria os vivas da multidão na execução. A agitação social era uma coisa viva, uma serpente prestes a dar o bote.

Isso sem mencionar o perigo de uma guerra iminente entre a Rússia e a França, com ambos os líderes enviando presentes e ameaças sutis na expectativa de obter o apoio de Franz.

A mãe franziu o cenho, tomando o silêncio dele erroneamente como hesitação.

— Franz, não esmaguei uma revolução para você ser exigente com noivas. Com a guerra esquentando em nossas fronteiras, não podemos nos dar ao luxo de brigar por causa do seu casamento. A Baváris é uma escolha sensata e honesta para uma aliança. De toda forma, já está decidido. Você vai conhecê-la na sua festa de aniversário em nossa villa de veraneio em Bad Ischl. Podemos anunciar o noivado lá.

Sophie fez uma pausa, inclinou a cabeça e se esticou sobre a mesa para apertar a mão de Franz, a dela quente e macia contra a dele. Por mais poderosa que fosse, ainda era sua mãe. O aperto tinha a intenção de transmitir que ela genuinamente achava que era a melhor decisão – não só para o império, mas para ele, como imperador.

— O povo precisa sonhar de novo — acrescentou ela, retirando a mão.

A culpa invadiu o coração inquieto de Franz. A mãe não era tola. Ela sabia do que o país precisava. Ela o havia posto no trono e o mantivera lá – vivo. Franz amava e respeitava a mãe. E atenderia seu desejo: uma noiva, um casamento, um herdeiro. Traria paz à mãe – e asseguraria o futuro do império.

Os aposentos de Franz estavam melancólicos e pouco iluminados quando ele voltou, no crepúsculo. Ele desamarrou os sapatos e enfiou os dedos dos pés no tapete persa vermelho e espesso, soltando um suspiro de alívio. Tirou o casaco, vislumbrando-se no espelho alto – os suspensórios escuros contra a camisa branca, os olhos castanhos mergulhados em sombras profundas. Correu uma mão pelo rosto, sentindo a viscosidade da pele contra a ponta dos dedos, as bordas duras do bigode, a fadiga correndo pelas veias.

Do canto, uma voz familiar sussurrou no escuro.

— Majestade.

Franz estacou, preso entre o desejo de ficar sozinho e o *desejo* inflamado pela voz. Era uma voz brincalhona, sensual. Sua amante conhecia Franz bem o suficiente para saber que naquele dia, em especial, ele precisava sentir a pele dela contra a dele.

Louise saiu das sombras, suas curvas familiares escondidas sob uma pele de urso branca e felpuda. Outro presente da Rússia. Outro lembrete de que queriam os Habsburgo na guerra.

Franz sacudiu a cabeça, afastando o pensamento.

Seus ombros relaxaram enquanto observava a pele de urso se movimentar, uma perna nua, pálida e formosa aparecendo e desaparecendo conforme Louise se aproximava dele, lenta e tentadora.

— Essa é sua fantasia secreta? — provocou ela. — Vossa Majestade, o urso, e eu, o esquilo indefeso?

Agora ela estava na frente dele, seu aroma de canela e uma urgência feroz.

— E se for? — Ele correu um dedo suavemente na pele de urso macia, imaginando o pescoço e os ombros por baixo.

Ela tirou a cabeça de urso como um capuz, seu rosto aparecendo na luz baça da lamparina — o cabelo escuro como as asas de um corvo, as maçãs do rosto altas, os olhos levemente manchados de maquiagem quase como se ele já a tivesse tomado. O corpo dele respondeu com uma onda de calor.

— O que quer que o excite. — Ela traçou os lábios dele com uma garra de urso. — Nada me choca.

Era verdade, e ainda excitante após um ano de encontros clandestinos.

— Não temos muito tempo — disse Franz, começando a tirar os suspensórios e se afastando do espelho. Ele devia comparecer a um evento naquela noite e só tinha entrado no quarto para ter alguns momentos de paz.

Mas Louise se virou, aproximando-se do retrato de Helene que fora entregue nos aposentos de Franz. Debochada, ela sustentou o olhar dele.

— Ouvi dizer que você vai ficar noivo.

Franz não respondeu. Não pretendia falar sobre uma noiva que aceitara por obrigação quando tudo que queria estava no quarto com ele agora.

— Ela parece muito obediente. Você gosta dela? — Louise correu um dedo pela moldura de madeira.

Franz parou na beirada do tapete e se sentou em uma cadeira acolchoada, observando os movimentos dela — comedidos, sensuais, como se o mero ar contra sua pele lhe desse prazer. Ela era o tipo de pessoa para quem era impossível parar de olhar.

Louise arqueou uma sobrancelha para ele. Alguém que não a conhecesse poderia pensar que estava com ciúme, mas Franz sabia que só estava zombando da sua prometida. Louise sabia que era mais tentadora, mais selvagem, mais desejável. O segredinho da corte: desobediente e inconquistável.

Houve uma época em que ele pensara que poderia amá-la. Mas por fim percebera que *desejo* não era amor. Quando contava seus sonhos para ela — como ele queria aperfeiçoar o império, melhorar a vida das pessoas –, ela perguntava por que ele se importava. Quando queria segurar a mão dela, ela enfiava essa mão nas calças dele. Não que ele estivesse reclamando. Mas era um encontro de corpos, de desejos — não de mentes e corações. Ambos sabiam disso.

— Venha aqui. — A voz de Franz soou grave e baixa, ecoando no quarto silencioso. — Agora.

Os pés descalços dela se moveram silenciosamente sobre o tapete espesso — e então ela estava a poucos passos e deixou a pele de urso cair, deslizando por seus braços, seios, cintura e quadris. Era toda feita de curvas suaves e olhos afiados e astutos, e o corpo de Franz se enrijeceu de desejo.

Louise se curvou sobre a cadeira, apoiando as mãos nos braços, e o beijou. Foi um beijo longo, lento e profundo. Do jeito que ela gostava. Quando recuou, seus olhos cintilavam, travessos.

— Qual será o problema dela? Será que tem bigode? — Então, após uma pausa: — Vamos, meu imperador. O que eu tenho que dizer para fazê-lo rir só uma vez?

Franz se ergueu da cadeira e a puxou nua contra ele, os mamilos dela duros contra seu peito através do tecido da camisa. Beijou seu pescoço, a pele doce sob seus lábios, sua língua. Ele precisava se perder nela.

Quando chegou à sua boca, ela estava pronta, dócil, e se abriu para ele. Beijou-o devagar, por um longo momento, e mordiscou seu lábio — um lembrete de que não era toda feita de bordas suaves. O corpo dele ardia por ela, as roupas muito restritivas agora. Mas ele não a tomaria ainda. Sabia como agradá-la e amava os sons que ela soltava sempre que o fazia.

Ele a deitou na pele de urso.

— Eu vou perder você? — sussurrou ela. Mas não estava preocupada; a pergunta era uma ordem.

— Todo imperador tem uma imperatriz — respondeu ele, segurando o olhar dela. — É assim que funciona, e não vai mudar. — Então beijou o pescoço dela, os ombros e os seios, descendo mais até ela parar de fazer perguntas e começar a arquejar.

OITO

A APARÊNCIA DE HELENE FORA CUIDADOSAMENTE CONSTRUÍDA. Sua blusa era de seda branca, coberta por um casaquinho rosa-claro que combinava bem com seu tom de pele. A saia, bordada a mão, curvava-se gentilmente para fora, assim como os punhos bufantes das mangas. Seu cabelo estava preso no alto com tranças elegantes, e um laço roxo-escuro atraía o olhar para cima. Ela se sentia bonita, vibrante, um amontoado de empolgação e nervos, sem conseguir distinguir bem um do outro. Se o imperador chegasse à villa antes delas, ela estaria perfeitamente pronta para recebê-lo.

Ao que tudo indica, Sisi também era o retrato da aristocrata perfeita. O cabelo perfeitamente arrumado com tranças elaboradas cercando as orelhas, as sobrancelhas feitas. Estava usando uma blusa branca, com um grande laço preto e branco no decote, e um casaquinho listrado para combinar. Os tornozelos estavam cruzados enquanto ela se sentava diante de Helene na grande carruagem sacolejante.

Mas Helene conseguia ver o que a mãe não conseguia: Sisi escondia pedaços de si em lugares em que a mãe não pensava em procurar. Tinha uma trança da crina de Puck presa sob o cabelo, uma mancha de lama acima do tornozelo depois de passar pelo jardim antes que elas partissem. O coração de Helene esperava que fossem sinais de concessão. Sisi podia manter seus caprichos, contanto que o resto do mundo nunca os visse. Especialmente a mãe, que estava dormindo, o queixo apoiado no casaco amarelo brilhante, o chapéu pendendo precariamente contra a janela.

A carruagem fazia um som reconfortante sobre a estrada de cascalho enquanto Helene encarava um pequeno retrato de Franz – em breve seu noivo – enviado com a carta mais recente de Sophie. Ela traçou o perfil dele com um dedo ansioso. Como ele seria pessoalmente? Menos pétreo, certamente. Mais afetuoso quando olhasse para ela. A não ser que não gostasse dela.

Ai, Deus, e se ele não gostasse dela?

Helene não devia pensar assim, claro. A mãe lhe tinha dito mais vezes do que ela conseguia contar: não importava se eles iriam gostar um do outro. Só importava que fossem adequados para seus papéis.

Helene sabia que era verdade, mas também queria que ele gostasse dela. Que a visse e imediatamente entendesse que eram feitos um para o outro. Queria isso mais que tudo.

Quando ergueu os olhos de novo, Sisi a estava observando atentamente, os olhos astutos e travessos, o lápis pairando sobre o diário. Poemas, Helene sabia. Poemas e poemas e mais poemas. Sisi já devia ter escrito uns mil deles àquela altura. Ela costumava ler todos para Helene, até os escandalosos de vez em quando. Helene se lembrava dos versos:

Veja-a correr até o amante sob o luar...
Trocam beijos quentes, sensuais, como uma noite de lua cheia,
Sem pensar na manhã que se aproxima...

Aquele tinha enchido Helene de um desejo inominável que ela nem sabia que existia. Fora antes de Franz, antes da carta que tinha mudado tudo – e, quando ela tentara se imaginar com um amante sob o luar, o rosto dele estava nas sombras, indefinido. Agora ela imaginava o rosto do pequeno retrato, Helene correndo em direção a ele sem pensar na manhã que se aproximava.

Uma pontada de culpa atravessou seus pensamentos agradáveis. Sisi estava brincando com fogo, ela se lembrou. Helene não devia incentivá-la.

— Você sabe que é por causa dos poemas que a mamãe quer mandá-la para o hospício. — Ela manteve a voz baixa para não acordar a mãe.

— Bem, se esse retratinho começar a falar com você, me avise. Eu a levo para o hospício comigo — replicou Sisi, bem-humorada.

Helene revirou os olhos, achando graça contra a própria vontade. E então estendeu um ramo de oliveira.

— Estou feliz que tenha vindo comigo.

Sisi deu um meio sorriso e ergueu uma sobrancelha na direção da mãe adormecida.

— Ela quer ficar de olho em mim, é só isso.

Helene sacudiu a cabeça.

— Eu queria você aqui. — As sobrancelhas de Sisi se arquearam de surpresa. — Pedi para a mamãe e ela concordou.

— O que ela disse?

Helene fez beicinho.

— Que os três irmãos do imperador também vão estar lá e... bem, alguma coisa sobre o fato de um pedaço de salsicha às vezes cair de um prato na boca do cachorro.

— Nesse caso eu seria a salsicha ou o cachorro? — Sisi ergueu uma sobrancelha.

Helene encolheu os ombros de maneira exagerada.

— Não tenho como saber.

Sisi riu, e o coração de Helene ficou leve como uma pena. Era a primeira vez em muito tempo que elas brincavam desse jeito. Moravam na mesma casa, como sempre, mas Sisi nunca tinha parecido tão distante – nunca aparecia para as aulas, sempre sumia nas montanhas. Será que Sisi sentia sua falta tanto quanto Helene sentia a dela? Será que entendia o quanto Helene queria que ela tivesse juízo, que se comportasse como uma dama da corte, para que Helene não tivesse que enfrentar tudo aquilo sozinha?

— Sisi, estou preocupada com você. — Helene capturou e sustentou o olhar da irmã. — Tenho medo que se perca.

Sisi hesitou, a surpresa fazendo suas sobrancelhas se arquearem de leve, e então dispensou a preocupação com um aceno.

— Não precisa. Você sabe como eu sou difícil de derrubar.

— Não é, não.

Ambas ficaram em silêncio por um momento, e então Helene estendeu o braço para pegar o diário. Outro ramo de oliveira.

— Deixe eu ver.

Elisabeth permitiu que ela pegasse o diário, e Helene leu em voz alta:

Andorinha, empreste-me suas asas,
Leve-me a uma terra distante.
Quando eu flutuar
Livre
Com você
Lá em cima, no firmamento azul eterno,
Louvarei o Deus da liberdade.

Era bom. Mas eles eram sempre bons. O problema não era esse. Helene devolveu o diário.

— Não deixe mamãe ver você com isso.

Ela falou com leveza, mas esperava que Sisi entendesse o quanto era sério.

A irmã a encarou de volta, inexpressiva de um jeito que geralmente sugeria que uma piada estava chegando. Mas Helene ficou aliviada com suas palavras seguintes. Não era uma piada, mas uma promessa:

— Vou me comportar. Vou ser invisível. Prometo.

Helene soltou o ar devagar, uma onda de alívio aquecendo sua pele. No entanto, antes que a sensação pudesse inundá-la por inteiro, Sisi deu uma piscadela provocadora, virou-se para a janela e deu uma grande cuspida para fora da carruagem.

Helene sentiu o queixo cair enquanto Sisi deixava o rosto sério de novo.

— A partir de agora.

NOVE

Quando elas chegaram à Kaiserville, em Bad Ischl, a mãe estava acordada e a carruagem parecia ter encolhido pela metade. Elisabeth não via a hora de sair dali.

Helene devia sentir o mesmo. Ela sorriu de orelha a orelha quando desceram da carruagem, os olhos reluzindo de empolgação enquanto absorviam a propriedade elegante.

Elisabeth também contemplou a paisagem: as árvores verdes farfalhantes, os postes de luz elegantemente dispostos ao redor da alameda de entrada, a pedra rosada cálida que revestia o exterior do prédio. No centro do passeio, crianças e peixes gigantes tinham sido entalhados com esmero em uma fonte de pedra, e a água vertia alegremente sobre eles enquanto riam e brincavam. Elisabeth quase queria se juntar a eles.

Porém, antes que pudesse ceder à tentação, Helene tomou sua mão e a levou para longe dali, passando por alegres cortinas azuis, até a Kaiservilla.

— Agora — disse a mãe quando saíram da tarde de verão quente e entraram no vestíbulo de mármore fresco —, o imperador não está aqui para jogar conversa fora. Então, nada de perguntas pessoais. Ele não está interessado em sentimentos. Nada de opiniões ou comentários típicos de mulheres.

O coração de Elisabeth se apertou pela irmã quando Helene soltou a mão dela e avançou para caminhar obedientemente ao lado da mãe. Que contradição: trazer Helene ali para conhecer o imperador e mandá-la guardar seus pensamentos para si mesma. Elisabeth esperava que não fosse verdade que o imperador não estava interessado em sentimentos. Se lhe pedissem que abandonasse essa parte de si, Elisabeth desapareceria por inteiro. Ela não achava que a irmã fosse tão diferente.

※

Menos de uma hora depois de chegarem, as irmãs estavam na sauna, esfregando a pele para se limparem do trajeto de carruagem. Enquanto Elisabeth corria um pente pelo cabelo cor de mel de Helene, a irmã se remexia no lugar. Helene devia estar terrivelmente ansiosa. Elisabeth estava feliz por terem conseguido tomar banho sozinhas. Ela aceitaria todas as opiniões típicas de mulheres que Helene não podia compartilhar com seu futuro marido. *Revele seus segredos, Néné*, pensou ela. *Lembre como a gente costumava ser.*

— Cuidado, Sisi! — Helene ficou tensa quando o pente enroscou em um nó.

— Desculpe. — Elisabeth beijou a cabeça da irmã. — Pelo menos você terá uma dama de companhia para escovar seu cabelo em breve.

Helene deu uma risada suave e o silêncio se estendeu confortável entre elas. Elisabeth relaxou. Ela e Helene ainda conseguiam ser próximas naqueles momentos silenciosos, sem expectativas ou noivados que as afastassem.

— E se eu o achar insuportável, Sisi? — perguntou Helene, a voz mal se ouvindo.

Elisabeth nutria o mesmo temor, mas não deixaria Helene se preocupar. Sua irmã estava esperançosa, e a esperança era uma coisa preciosa.

— Bem, ouvi dizer que ele é todo peludo, como um javali selvagem. E gosta quando as damas bagunçam seu pelo. Então, essa é a sua estratégia para deixá-lo de bom humor. — O rosto de Elisabeth estava impassível quando Helene se virou para ela.

Uma, duas batidas do coração, e então Helene soltou uma risada, cutucou Elisabeth com o cotovelo e soltou um ruído que Elisabeth sabia que significava *você não é tão engraçada quanto acha que é.*

Elisabeth mostrou a língua para ela e deu uma piscadela.

Helene fez uma careta de volta – a velha Néné espiando por trás da

• A IMPERATRIZ •

fachada refinada. Elisabeth se lembrou de quando eram pequenas, sentadas no jardim colhendo dentes-de-leão e soprando seus desejos. Cada uma avisava a outra de que, se os pequenos paraquedas de sementes não fossem todos soprados para longe, o desejo não se tornaria realidade. A lembrança favorita de Elisabeth dessa época era de quando Néné uma vez enfiou uma flor inteira na boca para esconder a prova de um desejo não realizado.

Essa versão de Helene estava ali agora. Ela dissera que fora *sua* ideia levar Elisabeth para Bad Ischl, e isso fizera Elisabeth sentir vontade de chorar. Mas e se Helene realmente não suportasse o imperador? Ela merecia mais do que uma resposta engraçadinha para a pergunta. Elisabeth estendeu a mão e segurou a da irmã, respondendo com sinceridade dessa vez.

— Tenho certeza de que ele é um homem bom.

— Mas e se não gostar de mim? E se achar que eu sou entediante?

Bem, isso – *isso* era impossível. É claro que ele a amaria. Ela era Helene. E, por mais que a irmã tivesse mudado nesses últimos meses, Elisabeth não conseguia imaginar qualquer pessoa a conhecendo e não se apaixonando imediata e completamente por ela.

Ela respondeu sem hesitar:

— Você será uma imperatriz maravilhosa. Está sempre elegante sem ter que fingir. Sempre sabe o que é certo e errado. O que deve ser dito e o que não deve.

Helene sorriu.

— Ao contrário de você.

Sim, ao contrário dela. Se Elisabeth fosse mais delicada, se fosse capaz de guardar os pensamentos para si e manter os pés plantados no chão, sabia que sua vida teria sido mais fácil.

— Venha aqui. — Helene se virou e a puxou para perto, encostando a testa na dela, um gesto que Elisabeth sempre acharia reconfortante. Por mais que estivesse tensa a respeito de tudo – a ameaça da mãe de mandá-la para o hospício, Helene a deixando para sempre –, a irmã ainda era a pessoa que mais amava no mundo.

— Vou sentir sua falta — sussurrou Elisabeth.

Mas ela sabia que não era bem verdade. *Já estava sentindo* falta de Helene, e ela ainda nem tinha partido.

DEZ

Ah, o escândalo que elas causariam no aniversário do imperador! Elisabeth segurou uma risada.

Era cedo na manhã seguinte, e a mãe estava vasculhando freneticamente os baús delas. As roupas de baixo estavam ali. As roupas de dormir, também. Os vestidos pretos de luto? Presentes e perfeitamente apresentáveis. Mas seus outros pertences, os lindos vestidos que a mãe tinha escolhido com todo o cuidado para o primeiro encontro das filhas com o imperador, não estavam em lugar algum.

— Não pode ser! — vociferou a mãe, a decibéis impressionantes. — Simplesmente não é possível!

Helene parecia enjoada enquanto observava a mãe revirar o baú como se seu melhor vestido pudesse aparecer de repente. Ela torcia as pontas do cabelo, franzindo as sobrancelhas em aflição silenciosa.

Sentada com uma coberta de renda branca bordada sobre as pernas nuas, Elisabeth curvou-se sobre o pé da cama e ouviu a espiral de pânico da mãe.

— Nós tínhamos mais um baú. — A mãe parou sua busca frenética para dirigir-se à criada, agora assustada e encolhida no canto do quarto.

— Alteza, esses eram os únicos baús na carruagem. — A voz da criada estava hesitante. — Talvez os outros cheguem mais tarde.

— Isso não pode estar acontecendo — interveio Helene, sua própria voz repleta de incredulidade.

A mãe caiu pesadamente em uma cadeira aos pés da cama da filha mais velha.

— Por que trouxemos roupas de luto, aliás? — Elisabeth não conseguiu conter a curiosidade.

— O tio Georg morreu — respondeu a mãe. — Nós vamos passar por lá na volta para casa.

As sobrancelhas de Elisabeth se uniram em confusão.

— Quem é o tio Georg?

— Isso não importa agora, Sisi! — A mãe balançou a cabeça como se fosse óbvio que Elisabeth não deveria se interessar pelo pobre tio morto de quem ela nunca ouvira falar.

— Então... tudo que temos são as roupas sujas de ontem? — Helene estava à beira das lágrimas.

Elisabeth tentou soar reconfortante.

— Não importa o que você vai usar, Néné.

— Claro que importa! — A voz de Helene saiu atipicamente brusca. — Ele é o imperador da Áustria, e é o seu aniversário!

Elisabeth calou-se em rendição.

A mãe se abanou, falando com a criada trêmula.

— Faça a gentileza de me trazer uma taça de xerez.

Elisabeth apanhou seu próprio vestido de luto de onde a mãe o tinha jogado a seu lado na cama. Sempre lamentava o fato de ser reservado para funerais. Era uma peça bonita, que não coçava nem a sufocava demais, como tantas das coisas em que a mãe a enfiava.

Tentando mais uma vez ajudar, ela comentou:

— Eu li que, em Londres e Paris, todos os artistas só usam preto.

Aparentemente mais ninguém no quarto achou a informação reconfortante. A mãe estreitou os olhos, e, ao lado dela, Helene fechou o punho ao redor do próprio vestido e ergueu a cabeça bruscamente.

— Você não entende! — Uma pausa, e então: — Vá embora, deixe-nos em paz.

Elisabeth piscou depressa, magoada. Só estava tentando ajudar, e agora Helene a estava expulsando. Será que nunca conseguiria dizer a coisa certa? Tudo bem, então. Que elas se afligissem e chorassem por algo que não podiam consertar. Se o amor de um homem era tão frágil quanto dois vestidos perdidos, não era um amor que valesse a pena ter. Se não podiam ver isso, eram elas que não entendiam.

    Elisabeth se levantou da cama e se enfiou no vestido do dia anterior. Já que havia sido banida, podia muito bem ir dar uma volta para conhecer o lugar.

    ✥

Era cedo, o céu ainda laranja e rosa com o nascer do sol. Os preparativos para a festa do imperador estavam em curso e, quando Elisabeth entrou por acaso numa sala de jantar, os criados estavam ocupados à sua volta. Uma garota ruiva espanava o piano de cauda num canto. Duas mulheres mais velhas estavam varrendo os dois lados da sala. E os cheiros de pão fresco e temperos misturados flutuavam de uma cozinha próxima, fazendo Elisabeth salivar.

    Quando Elisabeth adentrava a sala, um jovem bateu o pé na beirada de um tapete persa cor de creme e tropeçou, espalhando o conteúdo de uma fruteira de prata de três andares pelo chão. Ele fez uma mesura enquanto ela corria e se abaixava para ajudá-lo a coletar as laranjas, os limões e os pêssegos, gentilmente devolvendo-os ao lugar.

    Da sala ao lado veio um grito cortante. Elisabeth ergueu os olhos do chão e viu um pássaro entrar pela porta aberta. Antes que pudesse reagir, houve um baque alto quando ele colidiu com a janela do outro lado da sala. Ele caiu no chão e o coração de Elisabeth caiu junto.

    Os pássaros estavam entre seus animais preferidos. Gaviões velozes. Gaivotas elegantes. Aves canoras atrevidas. Ela sentia afinidade com elas, aquelas coisinhas emplumadas que buscavam a liberdade sempre cantando uma canção. Aquela só quisera escapar.

    Elisabeth se moveu em direção ao bichinho, erguendo-o gentilmente do ladrilho onde agora jazia atordoado. Era uma coisinha pequena, de costas marrons e barriga branca, com uma coleção de penas pretas e brancas espetadas como um redemoinho na cabeça. Um chapim-de-poupa, se ela não estava enganada. Mas a pobre criatura estava ferida, agitando as asas em confusão, cambaleando como a mãe de Elisabeth após algumas doses de schnapps. E ali ficou, imóvel.

Elisabeth levou o pássaro para os jardins, atordoado mas vivo, percorrendo caminhos com flores coloridas sob árvores oscilando gentilmente na brisa de verão. Atrás dela, o tom rosa alegre da mansão espiava através das folhas como a promessa de um belo dia. Sob o vestido, ela estava secretamente descalça, e deliciou-se com a grama fria e macia entre os dedos.

Um cavalo relinchou à sua esquerda, e o som a distraiu de seu devaneio. Ela tinha pensado que estava a sós, mas agora podia ver um homem usando uma camisa branca feito uma nuvem, parado junto a uma pequena fonte de pedra, de costas para ela, gentilmente cuidando de sua égua cor de creme de cílios compridos.

Elisabeth observou curiosa enquanto ele corria uma mão pelo pescoço da égua, passando os dedos pela crista, desemaranhando-a e alisando-a. Ele era alto – muito alto – em suas calças pretas e botas lustrosas de cavalgar. Havia algo charmoso no modo afetuoso como tocava o animal. Algo familiar nos ombros largos e no cabelo loiro. Ela se perguntou quem ele era.

E então ele se virou e ela entendeu – o maxilar forte e os olhos escuros eram idênticos ao retrato que a irmã mantinha escondido nas saias.

Franz. O imperador.

Ele ainda não a vira – só tinha olhos para sua égua. Ele ajustou a sela, então deu um passo à frente e olhou nos olhos do animal, sorrindo como se os dois compartilhassem um segredo. Sussurrou algo no ouvido dela, e a égua sacudiu as orelhas em resposta. O gesto era familiar, íntimo. Elisabeth estava quase envergonhada por assistir, como se o tivesse pego se despindo.

Ah, Deus, qual era o problema dela? Por que pensaria no *pretendente da irmã* se despindo? Um rubor se espalhou pelo seu rosto e peito. Ela sacudiu a cabeça e tentou expulsar o pensamento impróprio. Mas então Franz olhou em sua direção – e tudo em que conseguiu pensar era que não queria que ele soubesse que ela o estava encarando. Ela entrou em pânico, correu para trás de uma árvore e fechou os olhos como uma criança, torcendo para ele ir embora.

Mas não. Pôde ouvir os cascos se aproximando. Respirou fundo para se recompor e abriu os olhos.

— Bom dia. — A voz dele era mais grave do que ela tinha imaginado. — Por que está se escondendo?

— Não estou me escondendo — mentiu ela, saindo de trás da árvore.

— Você é a irmã de Helene — disse ele.

Ela percebeu que se esquecera de fazer uma mesura, então remediou a situação, ainda segurando o pássaro como uma oferenda.

— Majestade.

— Você sempre observa as pessoas escondida?

O coração de Elisabeth ficou preso na garganta. A mãe odiaria aquela situação.

— Não, Majestade. — Ela evitou os olhos dele, encarando seus dedos descalços espiando por baixo das saias.

Quando arriscou levantar os olhos para ele, o imperador ergueu as duas sobrancelhas.

— Posso perguntar por que não está usando sapatos?

Ela puxou o pé para baixo das saias. A verdadeira pergunta era: por que todo mundo insistia em usar sapatos quando era muito mais gostoso sentir o chão, a grama macia e a terra sedosa contra a pele nua?

— Eu gosto de andar descalça.

— E por que tem um pássaro nas mãos? — Ele inclinou a cabeça.

Elisabeth fechou as mãos protetoramente ao redor do bichinho emplumado.

— Por que *você* faz tantas perguntas tão cedo de manhã?

Ela mordeu a língua imediatamente. Por que não conseguia manter uma conversa com um homem sem confrontá-lo? E com o imperador, ainda por cima? Será que havia feito exatamente o que a mãe temia – arruinado as perspectivas de Helene com algumas palavras afiadas e desnecessárias? A mãe tinha razão: ela devia mesmo estar louca.

Mas não. Após uma pausa, o imperador *riu*. Uma risada mínima, um sorriso e uma exalação suave. Ela sentiu que até mesmo ele havia ficado surpreso, como se ela tivesse destrancado uma porta que estivera emperrada, a chave havia muito esquecida.

— O pássaro estava preso no palácio. Não conseguia sair.

E lá veio de novo, a risada mais suave e ruguinhas ao redor dos olhos, que eram profundos, castanhos e entremeados de ouro.

— Eu conheço a sensação.

Ela sorriu de volta. Ele era engraçado. E sincero também. E, agora que estava realmente olhando para seu rosto, bonito. O maxilar forte, as sobrancelhas escuras, o cabelo levemente encaracolado. Ombros largos e olhos expressivos. Ela se deu conta de que o estava encarando.

Tentou encontrar algo para dizer quando a égua dele apareceu em seu campo de visão.

— É uma bela manhã para cavalgar.

Ele assentiu.

— Me ajuda a pensar com clareza.

— Eu conheço a sensação.

E então veio um sorriso franco. Elisabeth não pôde deixar de notar como suavizou o rosto dele, como o fazia parecer abordável. A ideia que ela fazia de um imperador era alguém que emanava poder e severidade. Mas aquele homem a achava engraçada, era doce com sua égua e sorria como uma pessoa normal. Como se ele pudesse ser qualquer pessoa e ela pudesse falar com ele, e eles pudessem ser...

Amigos.

Depois de uma longa pausa e um olhar pensativo, ele disse:

— Se me dá licença.

Ele inclinou a cabeça e se virou de volta ao animal, passando pela fonte e o levando até as árvores. Enquanto o via se afastar, algo em Elisabeth a puxava para segui-lo.

Em suas mãos, o passarinho recuperou os sentidos, voejando as asas delicadas.

Ela abriu as mãos e o deixou alçar voo.

ONZE

FRANZ NÃO CONSEGUIA SE LEMBRAR DA ÚLTIMA VEZ QUE RIRA assim. Seu rosto ainda formigava com a lembrança. A risada saíra baixa, mas o alívio tinha sido de corpo inteiro – um afrouxamento, um desenrolar. Seus ombros, tão tensos poucos minutos antes, tinham relaxado. Sua mente agitada agora estava calma.

Ele olhou por cima do ombro para a garota enquanto montava na égua, o cabelo escuro dela de alguma forma contendo uma dúzia de tons de castanho e dourado e ruivo em um feixe de luz do sol que irrompia entre as árvores. Ela estava observando o pássaro voar para longe: ele, livre; ela, sua salvadora.

Ele não tinha perguntado o nome dela. Sabia quem era, é claro. A irmã mais nova de Helene. Se a mãe já mencionara seu nome, ele não estivera prestando atenção. Queria se chutar por isso agora. Lá estava uma garota bonita resgatando um pássaro, preocupando-se mais com o pequeno desastre do passarinho do que em se preparar para um encontro oficial com a família dele. Alguém cujo nome ele *queria* saber, que não seria forçado a memorizar.

Ele gostou dela, percebeu. Gostou dela mais do que qualquer pessoa que conhecera na corte em anos.

A égua fez um ruído pequeno e impaciente, e Franz se inclinou para dar batidinhas em seu pescoço.

— Tudo bem, não vou manter você longe das colinas.

Ele se virou e a impeliu para fora dos jardins, através de um trecho de floresta, em direção aos campos verdes ondulantes que cercavam a villa. A paisagem estava mergulhada nos últimos resquícios de névoa que o sol nascente ainda não tinha queimado. Ele sentiu a égua relaxar sob si. Ela adorava se afastar do palácio, e ele devia levá-la para passear mais vezes. Perguntou-se se a irmã de Helene gostaria de cavalgar mais tarde. Talvez pudesse convidá-la.

O pensamento quase o fez rir de novo, mas dessa vez o sentimento foi amargo. Ah, como a mãe franziria a testa se soubesse que ele queria sair para cavalgar com uma mulher que não era Helene. Maxi podia ser livre para conhecer quantas mulheres quisesse; Franz certamente não era. Todo caso ou amizade que já tivera até o momento tinha sido secreto de um jeito que os de Maxi nunca eram. A única pessoa que sabia sobre a amante atual de Franz era Maxi.

Maxi, que, aparentemente, quisera Louise para si. Quando descobriu que ela andava se esgueirando para os aposentos de Franz durante a noite, deu um soco na mandíbula de Franz. Como se Maxi não tivesse mulheres suficientes em rodízio. Como se já não estivesse envergonhando todos eles com sua reputação de libertino.

Mas, é claro, os dois competiam desde crianças. O soco podia não ser só por causa de Louise. Podia ser por causa de todas as vezes que Maxi tinha perdido uma batalha. Quando lhe negaram o posto de embaixador que ele sentia que deveria ser seu. Quando Louise lhe negou sua afeição. Maxi parecia não recordar as batalhas que vencera: a vez em que tinha encantado o primeiro amor de Franz – Isabella –, a vez em que a mãe o levara para a Itália e deixara Franz para trás com os preceptores. Muito menos todas as vezes que Franz fora repreendido sem motivo, enquanto Maxi se safava de qualquer coisa.

Franz esfregou a mandíbula, lembrando-se do golpe.

Ele ouviu outro cavalo se aproximando por trás e se virou, seu primeiro pensamento fugaz sendo que de alguma forma manifestara a irmã de Helene com o poder da mente.

Mas não. Era Maxi quem seus pensamentos tinham convocado. Ele cavalgava uma égua cor de mel, parecendo ter acabado de cair da cama, com o cabelo todo bagunçado, a camisa amassada e um sorriso que dizia que deixara mais de uma mulher emaranhada nos lençóis molhados de suor atrás de si.

— Irmão. — Maxi deu um sorrisinho e parou a égua ao lado de Franz.

— Irmão — respondeu Franz, sem entusiasmo, reparando que – como de costume – Maxi nunca usava o título dele. Um insulto para magoá-lo.

— O chefe dos estábulos disse que você tinha saído para cavalgar. — Maxi inclinou a cabeça em direção ao rio. — Então, vamos ficar aqui parados ou vamos passear?

— O que você quer, Maxi?

— Só dar uma volta com meu irmão mais velho.

— Nada mais?

— Bem, eu não recusaria um bom vinho francês e uma garota com lábios no formato de coração e um peito arquejante.

Franz deu um olhar demorado para ele.

Depois de um momento, Maxi disse:

— Ah, entendo. Você não queria saber de verdade. Vamos cavalgar, então?

Franz impeliu a égua adiante, e Maxi o seguiu.

— Como foi a execução? Deliciosamente medonha, presumo?

O coração de Franz saltou para a garganta. Ele mal tinha parado de repassar a cena na mente. A garota e seu pássaro a tinham expulsado como a primavera quebrando o gelo. Mas agora o corpo de Franz ficou tenso de novo, pronto para correr. O rosto dos homens mortos surgiu atrás de seus olhos.

— Não quero falar sobre isso.

Maxi ergueu uma sobrancelha inquisitiva, mas pela primeira vez decidiu respeitar um pedido do irmão.

— Certo, nada de homens mortos. Que tal mulheres vivas? Vi sua futura noiva pela janela dela esta manhã. Quer saber como ela é?

Franz soltou o ar devagar.

— Eu vi os retratos.

— Ah, mas retratos podem ser embelezados.

— Se está tentando dizer que ela não é bonita, eu não me importo.

— Imagino que não, sendo um imperador diligente como é. Mas

ela é mais bonita do que revolucionários mortos, então será a coisa mais bonita que você vai ver esta semana.

Lá ia ele de novo. Maxi nunca largava um assunto, sempre esperando uma chance de apunhalá-lo inesperadamente. Como se a conversa fosse uma partida de esgrima e não uma discussão.

Franz não respondeu, então Maxi continuou:

— Suponho que isso signifique que não precisará mais da sua amante. Presumo que vá simplesmente jogá-la fora, como sempre me acusa de fazer. Então, vai ter que descer do seu pedestal.

Franz puxou as rédeas e parou a égua.

— Vá embora. — Maxi parou ao lado dele, dando um sorrisinho. — Eu disse para ir embora. Já ouvi o suficiente.

Maxi deu mais um sorrisinho, feliz por ter irritado Franz – como sempre. Inclinou um chapéu imaginário e virou o cavalo na direção da villa.

— Como desejar, *Majestade*.

Enquanto Maxi se afastava, Franz tentou relaxar a mandíbula. O irmão havia roubado sua paz – de novo. Ele tinha talento para isso.

Franz se perguntou, inutilmente, se a garota ainda estaria no jardim. Ele a encontraria lá de novo se virasse a égua agora? Resgatando outro pássaro, escondendo-se atrás de outra árvore? Fazendo Franz rir e não querendo nada dele? Se aquela garota quisera algo de Franz, era que ele *não* a notasse. Era a primeira pessoa na corte a fazer isso.

A ideia fez o coração de Franz relaxar. Havia algo encantador nela, algo ainda não maculado por um mundo cada vez mais sombrio.

Ele percebeu de repente que estava ansioso para conhecer a família de sua pretendente em algumas horas. Para ver a garota de novo – e descobrir se conseguiria rir daquele jeito uma segunda vez.

DOZE

Choviam tantas dúvidas no coração de Helene que ela temia se afogar. Nada tinha dado certo desde que elas perceberam o sumiço do baú. Ela estava usando um vestido de luto. Imagine só! Conhecer o imperador – o homem mais poderoso do império, talvez o mais poderoso do mundo – em um vestido de luto. Era apertado demais. Era escuro demais. A gola era alta demais. Helene sabia que parecia um cadáver, pálida como a morte e duas vezes mais calada.

E era ainda pior considerando onde ela e a mãe estavam sentadas: em cadeiras douradas aveludadas na sala mais linda que Helene já tinha visto. Lustres de cristal ornamentados pendiam de um teto rebuscadamente pintado de cor-de-rosa e branco. As paredes ao redor eram de uma centena de tons de azul e cinza que realçavam as colunas de mármore e os capitéis pintados de ouro. E os vasos – ah, os vasos! Continham tantos detalhes, tantos matizes sutis, que Helene poderia observá-los o dia todo. Era tudo esplêndido. De tirar o fôlego, até. E Helene sabia que o brilho da sala só a fazia parecer mais austera.

Não era de forma alguma como ela imaginara seu primeiro encontro com Franz. Tinha visto a cena na mente tantas vezes. Em seus devaneios, usava um vestido branco com margaridas bordadas e flores recém-colhidas entremeadas no cabelo, seus caules verdes e suas pétalas cor-de-rosa realçando os tons de branco e dourado da roupa. As bufantes mangas azuis do casaquinho fariam o azul de seus olhos se destacar.

Ah, como Franz teria arquejado ao vê-la. Poderia ser impróprio, mas ele não conseguiria evitar.

Ela sempre planejara casar-se com Franz para cumprir seu dever, mas o segredo de Helene era que imaginava que ele também se apaixonaria por ela à primeira vista.

Mas agora...

Será que ele sequer ia gostar dela? Sem aquela entrada digna de um arquejo, como ela encontraria coragem para ser encantadora? Também imaginara que o faria rir, mas nunca se sentira menos engraçada na vida. Ah, Deus, e se ela desmaiasse quando ele entrasse? A probabilidade parecia alta.

Isso sem mencionar que Sisi não estava em lugar algum e a terceira cadeira, que devia ser dela, estava vazia.

— Helene — disse a mãe asperamente, abanando-se na sala sufocante —, você está pálida. Belisque as bochechas. Não deixe sua tia a ver nesse estado.

O comentário fez outra preocupação vibrar em seus nervos: a tia. A mãe de Franz. O verdadeiro poder por trás do trono. Mesmo que Franz achasse Helene encantadora, era Sophie quem ela realmente precisava impressionar. A mãe deixara isso claro. Fora Sophie quem arranjara o casamento. E se ela pensasse que Helene não era adequada? Pálida, nauseada e ansiosa. A ideia era aterrorizante.

Helene queria que Sisi estivesse ali para reconfortá-la. Ainda que, pensando bem, as palavras dela provavelmente não ajudassem em nada. Como sempre. Helene podia imaginar o que Sisi diria: *Não importa se a arquiduquesa não gostar de você, não é com ela que você vai se casar.* E Helene iria ficar com vontade de gritar porque Sisi nunca parecia entender que, ao se tornar imperatriz, Helene estava se casando com tudo aquilo: a posição, o homem, a família, o império.

Sisi nunca compreendera a seriedade das coisas. Em nenhum momento da vida. Era porque o pai a tinha mimado, Helene sabia. Porque a tinha levado em suas aventuras ridículas pelo interior, fazendo trilhas pelas montanhas, jantando com camponeses. Como se eles não fossem nobres.

Sisi amava tudo aquilo. Amava cada nova aventura, cada novo encontro. E as pessoas que ela conhecia sempre a amavam também. Ela nunca precisara se esforçar pelo amor delas, nunca tivera que se preocupar que alguém *não* a amasse.

A única pessoa que não amava Sisi era a mãe delas, mas Helene não sabia se a mãe amava qualquer pessoa. Só existiam pessoas que a mãe aprovava e pessoas que não aprovava. A segunda lista era especialmente longa.

A sala estava silenciosa como um túmulo – o que era apropriado para os vestidos delas. Helene mordeu o interior das bochechas, desejando que não tivessem que esperar tanto tempo pelo imperador, e desejando ainda mais que Sisi tivesse chegado com elas. Ela ia arruinar tudo se escancarasse a porta – provavelmente descalça, enlameada e molhada – no meio das apresentações.

Helene precisava de Sisi ali. Para apoiá-la. Usando sapatos. Por que a irmã não podia fazer só isso por ela? Só aparecer e se comportar normalmente por *um dia*.

TREZE

ELISABETH ESTAVA ATRASADA E A MÃE FICARIA FURIOSA. Ela sentiu um aperto no peito só de pensar. Tinha passado tempo demais nos jardins, encolhida contra o tronco de uma árvore confortável e compondo poesia na cabeça. Os poemas do dia assumiram a forma de encontros acidentais, sorrisos tímidos e homens altos. Os versos passaram pela mente dela enquanto terminava de se vestir e corria pelo corredor:

> *Os lábios dela, vermelhos, corados de amor e quentes de vida.*
> *Eu podia ver – claramente – a forma esguia do corpo dele*
> *Sob a luz.*
> *Mas os detalhes, nas sombras profundas,*
> *Eram impossíveis de decifrar.*

Elisabeth se orgulhava desses versos – mas agora estava atrasada. Tinha prometido não arranjar encrenca nessa viagem, se comportar. E levaria uma bronca se não voltasse a tempo de cruzar os tornozelos e sorrir educadamente para seu futuro cunhado.

Seu coração acelerou. Franz. Que tinha rido como se ela fosse adorável. Ela se perguntou como ele agiria no segundo encontro deles, cercado por toda a pompa e circunstância que o palácio – e a mãe dela – proporcionariam. Perguntou-se como ela mesma se sentiria quando o visse de novo, e então se repreendeu por isso. Eram os sentimentos de Helene que importavam. Era ela que ia se casar.

O som de passos pegou Elisabeth de surpresa. Ela estava quase na sala de visitas onde elas deveriam se encontrar com a família imperial, mas alguém estava dobrando a esquina na direção oposta. Impulsivamente, envergonhada do atraso, ela correu até a janela mais próxima e se escondeu atrás de uma cortina roxo-escura.

Os passos pararam por perto e a vergonha fez o rosto de Elisabeth arder. Por que ela se escondera? Precisava chegar à sala de visitas imediatamente, mas, se emergisse de trás da cortina agora, quem quer que fosse saberia que estivera se escondendo. Ela ficaria parecendo uma boba. Doida, até.

Do outro lado da cortina, uma voz falou em italiano. Elisabeth ficou feliz por suas aulas. Ela conhecia a língua apenas o suficiente para entender.

— Imagine quando eu contar para todos em Veneza que comemorei o aniversário do imperador com ele! As pessoas vão morrer de inveja!

Curiosa, Elisabeth espiou pelo canto da cortina. A falante era uma mulher de pele morena clara que parecia um pouco mais velha que Helene, com olhos escuros brilhando de empolgação e sorriso largo. A seu lado, um homem baixo de cabelo loiro desgrenhado e suíças dramáticas a encarou com desinteresse casual, o casaco desabotoado com o tipo de negligência que geralmente era proposital, na experiência de Elisabeth. Ela não conseguia decidir se ele era atraente ou perigoso.

O homem bocejou e se virou para o esconderijo dela. Elisabeth se encolheu de novo atrás da cortina, o coração palpitando. Seria apresentada a todos ali depois de ser descoberta num esconderijo? Dessa vez não havia nenhum passarinho para justificar seu comportamento.

Os passos seguiram em frente e Elisabeth arriscou outro olhar de trás da cortina. O casal estava parado aos pés de uma escadaria próxima, esperando. E Elisabeth perdeu o fôlego quando viu quem estavam aguardando.

A arquiduquesa Sophie: olhos escuros, cabelos escuros, pele branca como a neve e uma marca no formato de coração no canto de uma sobrancelha perfeita, igual aos retratos que Elisabeth vira. Seu vestido era do tipo que encantaria a mãe: uma blusa amarela solta com flores azul--aço bordadas a mão nos punhos das mangas e na gola.

A reputação de Sophie era afiada como uma lâmina e firme como aço, e tudo em sua aparência sugeria que isso era verdade. A coluna reta, a expressão sagaz, nem um fio de cabelo fora do lugar. Ela era a rainha má dos contos de fadas, a sereia que atraía os homens alegremente para afogá-los nas profundezas. Era o poder encarnado, uma beleza feita de pedra, gelo e muros que ninguém ousaria escalar.

Atrás dela, dois garotos desceram as escadas, presumivelmente seus filhos: um com vinte e poucos anos, parecendo desconfortável num uniforme já manchado de suor, e outro ainda um menino, com cerca de nove anos e um pouco ridículo em seu uniforme miniatura. Ele abraçava uma boneca bonita com olhos verde-claros e um vestido feito de centenas de lacinhos amarrados à mão. Se Elisabeth tinha adivinhado certo, com base em retratos que vira e nas descrições da mãe, o garoto mais velho seria Ludwig e o rapazinho, Luziwuzi. O que significava que o jovem com ar libertino que esperava pela imperatriz era Maxi.

Sophie chegou ao pé das escadas e sorriu.

— Maximilian, que bela surpresa. Você conseguiu vir, no fim. — Ele pegou a mão dela e a beijou. — Bem-vindo, meu lindo menino. — A expressão de Maxi ficou aberta e vulnerável, contrastando com seu sorriso atrevido de poucos momentos antes.

Elisabeth sentiu um aperto familiar no peito, percebendo que não deveria estar presenciando algo tão íntimo. Ela se encolheu atrás da cortina e apertou as mãos contra as bochechas quentes de vergonha.

— E quem é essa? — A voz de Sophie ecoou no corredor.

— A encantadora Francesca, baronesa de... alguma coisa.

Elisabeth sorriu. Maxi era engraçado. Talvez todos eles fossem. Talvez ela tivesse julgado injustamente a família imperial, pensando que eram parecidos com os duques que conhecera. Mas os duques tinham que se provar, enquanto a família real não precisava provar nada. Fazia sentido que fossem capazes de brincar.

— Achei que os italianos nos odiassem no momento. — Outra piada, dessa vez de Sophie.

— A baronesa veio por impulso, não tive tempo de avisá-la — respondeu Maxi, enquanto Elisabeth espiava de trás da cortina outra vez.

— Ah, querido, não tem problema. O que você faz não importa. — O tom de Sophie era indulgente, mas a expressão de Maxi sugeria que as palavras haviam sido um golpe. Elisabeth sabia como era não importar para a própria mãe e sentiu pena dele.

— Onde está Franz? — perguntou Sophie, olhando em volta. Para ela, talvez fosse uma pergunta inocente. Para Maxi, porém, claramente era um sinal de desprezo, outro modo de dizer que o que ele fazia não era importante. Que os pensamentos da mãe estavam com seu outro filho.

A voz de Maxi soou baixa e amarga quando respondeu:

— Provavelmente sufocando embaixo das saias da amante.

Elisabeth se surpreendeu. Maxi seria o tipo de pessoa que dizia algo chocante só para aborrecer a mãe? Ou Franz estaria mesmo com outra mulher? Ela sentiu um aperto no peito. Helene ia acabar como a mãe delas, fingindo que o marido não recebia mulheres bem embaixo do seu nariz.

A surpresa de Elisabeth refletiu no rosto de Sophie antes que a decepção tomasse as feições da mulher mais velha.

— Querido, Franz nunca ameaçaria essa união. Cuidado com as acusações que faz.

— Mãe, não finja que ele não tem segredos. Todos temos, incluindo você.

— Vossa Alteza Imperial, suas convidadas aguardam na sala de visitas — anunciou um criado.

Elisabeth espiou de trás da cortina e viu o grupo tomar a direção do grande salão. Ela sabia que havia outro jeito de chegar lá. Ainda tinha tempo – mas teria que correr.

※

Elisabeth estava corada e sem fôlego, e mal havia sentado na cadeira quando um criado abriu as portas duplas e entrou na sala.

— Sua Alteza Imperial, a arquiduquesa, e Suas Altezas Imperiais, os arquiduques da Áustria.

Helene lançou um olhar de puro pânico para a irmã, as bochechas coradas de nervosismo, mas antes que se desse conta a arquiduquesa

Sophie entrou na sala e os olhos de todos estavam sobre ela. Ali estava uma mulher que ocupava espaço de um jeito que Elisabeth só vira homens fazerem antes. Todos na sala se ergueram em sinal de respeito.

E fizeram uma mesura.

— Ludovika, minha amada irmã — disse Sophie, indo até a mãe delas e beijando-a nas duas faces.

— Você vai ter que nos perdoar. — A mãe curvou a cabeça, servil. — Tivemos um pequeno problema com os vestidos.

Sophie hesitou, observando as roupas de luto delas, e então deu à mãe delas um olhar curioso. Elisabeth não sabia dizer se era decepção ou condescendência.

Sophie deu um passo em direção a Helene e ia falar, quando um criado anunciou:

— Sua Majestade, o Imperador.

A sala congelou. O ar ficou preso no peito de Elisabeth. Uma mecha escapou de suas tranças e roçou sua nuca enquanto ela dava um olhar de viés para Helene, que parecia prestes a desmaiar.

Franz entrou na sala com passos confiantes e os olhos brilhando. Tinha trocado as calças de hipismo e a camisa branca por um casaco xadrez azul e uma gravata verde-azulada que ressaltava os tons loiros e castanhos de seu cabelo. Ele parecia muito leve, muito vivo, embora o rosto estivesse muito mais sério do que no jardim.

Ele olhou de uma mulher a outra até seus olhos pousarem em Elisabeth e...

Se demorarem nela.

Ou talvez ela só tivesse imaginado.

— Senhoras — disse ele.

— Majestade — disse a mãe, com uma mesura.

— Majestade. — A voz de Helene era um sussurro empolgado.

— Majestade. — A de Elisabeth, uma piada interna.

Os olhos de Franz se fixaram nos dela outra vez e o silêncio se estendeu entre eles, acomodando-se sobre sua pele tesa.

Sophie cortou o fio de silêncio.

— Bem, aqui está ela. Deixe-o ver você, Helene. Ela não é igualzinha ao retrato?

Helene curvou a cabeça, fez uma mesura, e então se endireitou para deixar que a observassem.

Os olhos de Sophie se moveram para Elisabeth.

— E essa é?

— Sisi — respondeu a mãe, antes que Elisabeth pudesse falar.

— Elisabeth — corrigiu ela, antes de perceber que a correção poderia ser vista como um ato rebelde. Seu coração encolheu.

Elisabeth olhou para além de Sophie e viu tanto Franz como Maxi a encarando. Eles inclinavam a cabeça de um jeito idêntico — ainda que o que ela vira das personalidades deles não fosse nada parecido.

Antes que ela pudesse se desculpar, Franz perguntou:

— Como vai o passarinho?

Elisabeth sorriu, então imediatamente baixou os olhos e deixou o sorriso esmorecer. Porque ela não devia estar sorrindo. Ninguém sabia sobre o passarinho, o jardim, o encontro inesperado. As risadas. E — para ser sincera — ela não queria que soubessem, não queria que arruinassem a magia da lembrança. Era tão frágil e perfeita quanto um floco de neve.

E agora derretia sob o calor dos olhares da mãe e da irmã.

CATORZE

ELISABETH FOI POUPADA DE DAR EXPLICAÇÕES GRAÇAS À INTERRUPção de um criado: o almoço estava sendo servido. O grupo se transferiu para duas mesas meticulosamente postas para a refeição. Do outro lado da sala, sob uma águia dos Habsburgo entalhada e contra um fundo azul etéreo e aquoso, dois violinistas começaram a tocar. A música dançava ao redor do ambiente, alegre.

— Que história foi aquela de passarinho? — O sussurro de Helene soou urgente enquanto passava por Elisabeth a caminho da mesa.

— Não foi nada. Não se preocupe, por favor.

— Foi *alguma coisa* se o imperador estava perguntando.

Elisabeth balançou a cabeça.

— Helene, querida, venha se sentar aqui — ordenou Sophie. — Ao lado de Franz.

Helene fechou a boca, assentiu de leve para a irmã e obedeceu. Elisabeth soltou um leve suspiro de alívio e seguiu a orientação de Sophie para sentar-se na outra mesa, ao lado do pequeno Luzi e de sua boneca refinada, posicionada em sua própria cadeira ao lado do menino. Ela ficou aliviada. De todos os presentes, Luzi seria o menos propenso a pedir explicações sobre o passarinho à mesa. Exceto talvez pela baronesa Francesa, sentada na frente de Elisabeth e claramente incapaz de acompanhar a conversa em alemão. Maxi também estava ali, mas Elisabeth esperava que ele ignorasse o pássaro e se concentrasse em sua acompanhante.

O almoço foi um suculento bife *tafelspitz* cozido em caldo com temperos e servido com fatias de maçã e raiz-forte. Elisabeth o devorou com gosto; se a boca ficasse cheia, não podia envergonhar Helene. Ela mal conseguia pensar sobre como, do outro lado da sala, Helene falava baixinho com Franz. Ele: inclinando-se para apontar as obras de arte que adornavam as paredes. Ela: sorrindo.

Era assim que as pessoas ficavam quando se apaixonavam?

Do outro lado da mesa, Maxi falava animadamente:

— O tsar quer nossa ajuda para destruir o sultão e dividir o Império Otomano. — Ele se inclinou para Luzi. — Mas é má ideia.

— Por quê? — perguntou Luzi.

— Os britânicos e os franceses não vão permitir. Haveria uma guerra desnecessária.

— Os Habsburgo são imbatíveis? — Luzi era tão honesto. Igualzinho a Spatz. Elisabeth de repente sentiu tanta saudade dela que seu peito apertou.

— Ninguém é imbatível, Luzi, nem os Habsburgo — respondeu Maxi.

A ideia da guerra assentou desconfortavelmente na pele de Elisabeth. Será que Franz se juntaria ao tsar? O que isso significaria para o império? E para Helene, como futura imperatriz? Houvera uma tentativa de assassinato contra Franz. Será que poderia acontecer outra?

Elisabeth olhou de soslaio para Luzi, que estava cuidadosamente apertando um laço solto da boneca. Ela franziu o cenho. Ele devia ter o direito de ser só uma criança, sem toda aquela conversa sobre guerra. Ela pegou o leque de penas amarelas que lhe deram e, depois que Luzi tinha terminado sua tarefa, atraiu a atenção dele e fez uma careta boba atrás das penas. Ele sorriu, relaxando, e seu corpinho tenso pareceu ficar mais à vontade.

— Ele é sempre assim? — sussurrou ela, com ar conspiratório, virando os olhos brevemente para Maxi.

O sorriso de Luzi aumentou. Como Spatz, ele adorava ter conversas confidenciais com um adulto.

— Que lindas tranças você tem, Helene. — A voz de Sophie os alcançou da outra mesa. — Não concorda, Franz?

— Muito bonitas. — A voz dele era gentil.

— Eu mesma faço — respondeu Helene, com a modéstia de sempre.

— Helene nunca foi difícil em toda a sua vida. — O volume da voz da mãe era duas vezes mais alto que o de todos os outros, como de costume.

E as palavras eram mentira, também como de costume.

Como a mãe se enfurecera naquele dia no rio. Na ocasião, Helene não tinha sido seu anjo perfeito. Naquele dia, Helene fora a filha *mais difícil*. Sem mencionar o dia em que Helene encontrou um ninho de cobras nos jardins e levou os filhotes para o quarto para brincar. Ou a vez em que o pai as levou para a cidade e fez as duas dançarem e cantarem na praça do mercado em troca de moedas. Ou quando Helene teve uma fase de roubar tortas das janelas da cozinha para ela e Elisabeth se empanturrarem sob o salgueiro lânguido junto ao rio.

Elisabeth esperava que aquela Néné ainda existisse em algum lugar. Que só tivesse se escondido por causa da mãe – um destino que Elisabeth jamais permitiria que acontecesse consigo mesma.

Elisabeth lançou um olhar para a irmã, esperando transmitir seu apoio em silêncio. Em vez disso, seus olhos encontraram Franz. Ele estava sentado em silêncio, enquanto Helene falava com Sophie. Olhando...

Para Elisabeth.

A pele dela formigou. A sala ficou mais estreita. Seu olhar traçou as sobrancelhas elegantes, o queixo forte, os lábios pairando numa expressão entre curiosa e séria. O que ele estava pensando? O que ele via quando olhava para ela?

— E você? — Maxi estilhaçou o momento e Elisabeth deu um pulo na cadeira, virando-se para ele. — Que irmã é você? A obediente ou a malcriada?

Elisabeth arqueou uma sobrancelha para o jovem despudorado, tocando o rosto com as penas amarelas macias do leque. Não era o tipo de pergunta que se faria num almoço formal, mas ele claramente não era o tipo de pessoa que combinava com almoços formais. Para ser honesta, ela também não era.

— O que você acha? — Elisabeth jogou a pergunta de volta.

Os olhos dele brilharam de reconhecimento.

— Foi o que pensei.

Ela baixou o leque, sorrindo a contragosto.

— E sua irmã... — Ele olhou para a outra mesa, tão conspiratório quanto ela fora com Luzi alguns momentos antes. — Ela é a pessoa certa para o meu irmão?

Elisabeth sustentou o olhar de Maxi.

— Parece algo que deveríamos deixar Sua Majestade decidir. E minha irmã, claro.

— Ah, mas, entenda, eu tenho que aprovar todas as noivas em potencial.

Elisabeth sorriu e sacudiu a cabeça.

— Parece uma tarefa importante.

— E é. — Maxi se reclinou na cadeira com um sorrisinho. — Mas acho que você é a melhor para casar.

O coração de Elisabeth pulou para a garganta. Será que Maxi a vira olhando para Franz? Franz teria dito algo a ele? Não, impossível. Eles só tinham conversado uma vez, apenas sobre um pássaro, apenas sobre se esconder num jardim...

— Perdão?

— Bem, você nunca vai ficar gorda. Posso ver pelos seus pulsos.

Elisabeth não conseguiu decidir se a resposta fora um alívio ou uma irritação. Ele não a vira encarando o pretendente da irmã. Mas examinar seus pulsos, considerando como sua aparência poderia mudar ao longo dos anos... era isso que importava numa esposa? Que ela nunca engordasse? Não interessava se seria gentil ou inteligente ou se se importaria com as pessoas ou se amaria seu marido? Mas preocupar-se com isso?

Elisabeth tirou as mãos da mesa.

Maxi prosseguiu, sem reparar.

— Com ela — ele apontou o garfo para Francesca, que se sobressaltou a seu lado com o movimento repentino — é diferente. Vou ter que fugir antes que seja tarde demais.

Elisabeth o encarou. Uma coisa era ser atrevido, outra era ser cruel.

— Não se preocupe. — Maxi interpretou erroneamente a expressão dela. — Ela não consegue nos entender.

Ele sorriu para Francesca, cujo olhar voava entre os dois.

— Você é linda — disse ele em italiano.

— *Grazie* — respondeu ela, feliz.

Maxi se inclinou e fingiu que ia morder o pescoço dela, sugestivamente. Ela deu uma risada e se reclinou. Elisabeth virou a cabeça, lembrando-se do pai. Aquele comportamento indecente não precisava de testemunhas.

Os criados começaram a servir o bolo. Ao lado de Elisabeth, Luzi ajeitou o chapéu elaborado da boneca e levou uma pequena garfada de bolo em direção à sua boca bonita em formato de botão de rosa. Elisabeth sorriu, contente em prestar atenção em algo que não Maxi.

Mas ele não permitiu.

— Luziwuzi, você está me fazendo perder o apetite — queixou-se Maxi. — Talvez possa cuidar da boneca no seu quarto.

Elisabeth ergueu a cabeça bruscamente. Agora ele tinha ido longe demais. Ela endireitou as costas e o olhou nos olhos.

— Que engraçado, eu estava prestes a pedir o mesmo para *você*.

Ela deve ter falado mais alto do que pretendia, porque a sala inteira ficou em silêncio. Ela mordeu a língua. A mãe *nunca* interpretaria aquilo como bom comportamento. Ela se perguntou, com um senso de humor meio sombrio, se a carruagem seria imediatamente chamada para levá-la até o hospício. Ou a mãe esperaria elas voltarem para casa? Era difícil dizer.

Maxi, porém, a encarava com uma expressão de... não era asco nem afronta, como ela esperava. Era...

Admiração.

Prazer, até.

Como se a qualquer momento fosse irromper numa risada.

Elisabeth arriscou olhar para Franz e viu algo parecido em seu rosto: não afronta, e sim surpresa. E havia divertimento lá também, ela achou. Nos cantos da boca e dos olhos, no arco da sobrancelha.

Ao lado dele, Helene lançou um olhar encabulado para ela. Elisabeth balançou a cabeça muito de leve, esperando que a irmã entendesse o gesto como um pedido de desculpas, e se recusou a encontrar o olhar da mãe.

Elisabeth se curvou em direção a Maxi.

— Por favor, perdoe-me. Não quis dizer isso.

Então ele riu, o rosto radiante enquanto sacudia a cabeça, impressionado.

O alívio a aqueceu. Ela estava feliz que ele a achasse engraçada. Ainda mais feliz porque o tipo de arroubo que sempre era respondido com olhares reprovadores da mãe era agora... o quê? Um motivo para se encantar com ela.

Ela olhou para Helene outra vez e viu a mãe e Sophie trocarem um olhar. Certo. Então nem *todo mundo* estava encantado.

A mãe se virou para Sophie.

— Que tal uma caminhada? Para os jovens poderem se conhecer melhor... sem interrupções. — Elisabeth sentiu as adagas viradas em sua direção.

— Um passeio no sol da tarde. Ótima ideia. — Sophie se ergueu e todos seguiram o seu exemplo.

Ao lado de Sophie, Helene sorriu timidamente para Franz. Aos poucos, os olhos de Franz encontraram os de Helene e ele sorriu também.

Elisabeth cravou as unhas na palma.

Basta, Elisabeth.

Deixe sua irmã se apaixonar.

QUINZE

Franz se inclinou sobre a bacia de porcelana verde e branca e jogou água no rosto. Tinha passado a refeição tentando se concentrar em Helene, retribuindo cada um de seus sorrisos e acenos – mas Elisabeth atraíra sua atenção o tempo todo. Abanando o pequeno leque amarelo contra o rosto, sussurrando com Luzi, colocando Maxi no lugar dele.

Colocando Maxi no lugar dele. O sorriso dele tinha sido genuíno na hora e puxou os cantos de sua boca de novo. Como ele podia se concentrar em Helene quando tudo aquilo estava acontecendo na mesa ao lado?

Ele secou o rosto com uma toalha, fitando o espelho à sua frente. A mãe odiaria saber no que ele estava pensando, o quanto estava intrigado com a irmã de Helene.

Ele se lembrou da conversa que eles tiveram um ano antes. Antes da tentativa de assassinato, antes do nome de Helene sair dos lábios da mãe. Depois de meses de encontros com duquesas e princesas pelas quais ele não sentia nada, Franz tinha perguntado tolamente por que não podia escolher sua própria noiva.

— O mais importante é encontrar a garota certa para a posição — dissera a mãe. — Apaixonar-se não é a questão... se ela for simpática, é mais do que qualquer um de nós teve em nossos casamentos.

Ela estava se referindo ao próprio casamento, ele sabia. O pai de Franz adorava a mãe dele. Ela era a vida e o ar para ele. Ele era um girassol e ela, o sol. Mas Franz sabia que a mãe não sentia o mesmo. Uma vez a ouvira dizer que amava o pai dele como uma criança que precisava de cuidados. Talvez fosse por isso que o pai não morava mais com eles; Sophie tinha se cansado de criar mais um garoto.

E agora Franz precisava ser o sol de Helene. O que a mãe diria se ele contasse a ela que podia não ser o sol, mas um girassol, voltado em direção a...

Uma batida soou à porta: um criado perguntando se ele precisava de algo.

— Já vou — respondeu ele, endireitando-se.

Ele se perguntou o que a mãe diria se ele contasse que era a outra irmã que ardia forte como um sol, e outra conversa voltou à sua memória, fazendo um nó em seu estômago.

— Agora, a família dela é meio desregrada, tenho que admitir — dissera a mãe sobre Helene no percurso de carruagem até ali.

— Em que sentido?

— Bem, para começar, o pai fraterniza com camponeses. E você se lembra da piada que ele fez em seu livro sobre como nós o censuraríamos? Ridículo. E a garota mais nova, Sisi... Minha irmã diz que ela está sempre desaparecendo nas montanhas, negligenciando suas lições.

Ele havia se divertido um pouco na hora. Mas agora — *agora* — o comentário era doloroso. Uma confirmação de que a mãe não aprovava e não aprovaria Elisabeth.

— Mas não vamos nos preocupar com os parentes de Helene — acrescentara ela. — Não podemos fazer nada sobre eles. Só passe um tempo com Helene. Você vai gostar dela, e vai aprender a amá-la. Não se esqueça do seu dever. Todo império precisa de uma imperatriz.

Quando ela as dissera, as palavras foram só palavras. Ele estivera preparado para casar-se com Helene e servir ao império. Mas algo estava mudando. *Alguém* tinha mudado as coisas. E as palavras da mãe eram correntes que se apertavam ao redor dele.

DEZESSEIS

As coisas erradas em que a mãe dela acreditava podiam encher a Kaiservilla, infiltrar-se em cada canto e roubar o ar de cada um de seus cômodos elegantes, etéreos e folheados a ouro. Ela estava errada ao pensar que Franz só queria que Helene fosse bonita e educada. Estava errada ao pensar que, se Helene simplesmente seguisse as regras, tudo daria certo. E estava errada ao pensar que uma caminhada resolveria o que estava se tornando alarmantemente claro: Franz não estava interessado.

Helene era mais feliz quando não seguia as regras. Mais feliz quando escondia sapos embaixo das saias e se deitava sob as estrelas com Elisabeth. Até mais feliz quando a mãe batia nela por roubar tortas recém-assadas, e Helene respondia escondendo um único brinco do par favorito da mãe – e observava satisfeita enquanto ela o procurava, furiosa.

Ela queria estar de volta em casa. Em qualquer lugar exceto ali, tentando com tanto afinco alcançar o homem com quem supostamente devia se casar – e não encontrando ninguém estendendo a mão de volta. Estava se esforçando tanto que mal conseguia respirar, e mesmo assim nada dera certo desde que elas chegaram. Nem os vestidos, nem as apresentações, nem – o mais constrangedor de tudo – o almoço com Sisi.

Agora, eles estavam percorrendo os jardins – talvez os mais mágicos que Helene já vira na vida. O terreno era entremeado por um riacho borbulhante, repleto de flores de todos os tons, de magenta forte a branco feito nuvem, ocasionalmente sombreadas por aglomerados de árvores. Eles passaram devagar por fontes com cabeças de cavalo e ao longo de passarelas de pedras perfeitamente assentadas. O ar recendia a rosa e madressilva. Devia ter sido perfeito. Porém tudo que Helene conseguia notar era o sol que golpeava como um martelo através da sombra, os insetos grudando em sua pele suada, e o homem ao lado dela parecendo distante.

Ela queria chorar.

— Tenho um presente para você — começou ela, tomando a mão de Franz enquanto ele a ajudava a descer alguns degraus estreitos e cobertos de musgo. — De aniversário.

Ela tirou o pacote da cintura, embrulhado em papel delicado e — Helene ficou horrorizada ao descobrir — úmido de suor. Pensou que fosse desmaiar de vergonha.

Franz pareceu surpreso e murmurou um agradecimento enquanto estendia a mão e tomava o pacote com cuidado, sem tocar na mão dela em nenhum momento. Como se ela fosse venenosa.

É claro, eles *não deviam* se tocar – exceto quando ele a estava ajudando a descer as escadas ou beijando sua mão em cumprimento. Mesmo assim, Helene queria que a tocasse. Se a tocasse, talvez ela sentisse alguma coisa. Talvez a tensão sobre sua pele recuasse como um elástico, libertando-a daquela tensão terrível.

Em vez disso, Franz se afastou, desembrulhando o presente. Era um lenço que ela havia bordado. As flores a tinham deixado feliz na época, em tons verdes, roxos e azuis fortes, destacando-se contra o tecido cor de creme. Ela bordara um F na parte de baixo, no mesmo estilo do laço que amarrava as flores.

— Foi você que fez? — perguntou ele.

— Sim, Majestade.

— Obrigado. — Ele deu um leve sorriso.

Franz guardou o lenço no bolso da frente do casaco e continuou caminhando. Helene seguiu em silêncio. Será que tinha gostado mesmo do presente? Ela não esperava pulos de alegria – claro que não. Mas queria poder ler mais no rosto dele. Era um rosto gentil, ainda que indecifrável. Ela achou que poderia amar aquele rosto, se eles ao menos conseguissem romper o silêncio.

Talvez Sisi tivesse razão o tempo todo. Helene achava que estava fazendo a coisa certa ao crescer, levar suas responsabilidades a sério, manter suas opiniões para si mesma. Havia ficado do lado da mãe, e no começo parecia que tinha razão. Sua recompensa: a promessa de um império e um noivado.

Mas agora a promessa parecia insuficiente comparada à vida que ela abandonara. Ir até ali devia torná-la maior, mais importante, mais amada; em vez disso, ela se via diminuída. Como Franz poderia se apaixonar por ela? Ela mal gostava de si mesma. Tinha aparado todas as suas arestas afiadas e tudo que restara eram nervos.

— Já esteve aqui? — perguntou Franz finalmente.

Helene entrou em pânico. Ele queria dizer o palácio ou algum outro lugar? Tudo que conseguiu dizer foi um "não", odiando não ter uma contribuição melhor.

— Bem, gosta daqui? — tentou ele de novo.

Helene decidiu que ele estava falando dos jardins.

— Sim, é muito bonito. — Ela procurou alguma coisa mais relevante para dizer, mas só encontrou o nó no estômago, na garganta. A mãe lhe dissera para não falar demais, mas Helene só conseguia sentir que estava decepcionando Franz.

— Fico contente — respondeu ele, com toda a educação e um pequeno sorriso para ela.

O calor do dia assentava pesadamente na pele dela enquanto eles seguiam em silêncio. Suor pingava frio nas suas costas, reunia-se nas axilas, brotava na testa. Ela tentou enxugar as gotas discretamente antes que caíssem nos olhos.

Vendo o movimento, Franz estendeu a mão entre eles. O coração de Helene parou. Será que ele a tocaria agora?

Mas não. Ele segurava o lenço que ela bordara com tanto cuidado. Por um momento, ela se perguntou se ele queria devolvê-lo e seu peito se apertou de vergonha. Eles ainda não tinham tido aquela centelha, o momento prometido pelos poemas de Sisi, em que uma alma reconhecia a outra. E ele já a estava vendo encharcada de suor, já tinha que lhe oferecer o insulto – ou a gentileza – de um lenço.

Ela o tomou e enxugou a testa, ao mesmo tempo aliviada e envergonhada. Não sabia se guardava o pedaço de tecido ou o devolvia a Franz, então apenas o dobrou discretamente na mão.

Um pouco além deles, Helene podia ver a mãe parecendo satisfeita. A oferta do lenço deve ter parecido muito galante a distância. E talvez fosse. Talvez as preocupações de Helene só estivessem se colocando entre eles. Ela não podia esperar que o amor se inflamasse como um incêndio à primeira vista, podia? Não, o amor cresceria com o tempo. Um lenço oferecido não era um insulto, era uma semente. Uma conversa polida era outra. Eles cuidariam do seu jardim e ele cresceria.

Tinha que crescer.

A ideia a deixou mais ousada, e com dois dedos ela tocou o braço de Franz gentilmente.

— Obrigada por caminhar comigo.

DEZESSETE

S_E Spatz estivesse com elas, acusaria o parque de esconder a_ magia das fadas.

Elisabeth já imaginava a cena: o modo como os olhos dela brilhariam, como ambas espiariam sob os arbustos e nos ocos das árvores, procurando o voejar revelador das asas das fadas. Elas correriam os dedos pelos troncos das árvores e apertariam o rosto contra a casca descaradamente. Respirariam o aroma verdejante de pedras cobertas de musgo, o ar fresco borrifado pelos riachos. Elisabeth queria mostrar aquele lugar à irmãzinha; ela ficaria encantada.

O parque era o lugar perfeito para se apaixonar – repleto de poesia e possibilidades. E era precisamente isso que Helene fazia mais à frente. Elisabeth não conseguia ouvir a conversa deles, mas viu a irmã falando com Franz e entregando o lenço ao qual dedicara tantas horas. O coração de Elisabeth doía. Ah, como ela queria se apaixonar assim.

Atrás dela no caminho, a mãe e Sophie estavam compenetradas em sua conversa.

— Não se preocupe, irmã. Franz vai pedir Helene em casamento. — A voz de Sophie era calorosa e confiante.

— Por que todos os homens nessa família fazem o que você manda? — Era para ser uma piada, mas a mãe não era boa em piadas.

Elisabeth olhou para trás enquanto Sophie tocava o braço da irmã.

— Porque ele sabe que é a coisa certa a fazer.

Ah, como Elisabeth queria saber tão facilmente as coisas certas a fazer.

— Ah, e obrigada por deixar aquele vadio em casa — disse Sophie.

Uma onda defensiva se ergueu em Elisabeth. Sim, o pai era um homem esquisito e um marido infiel, mas não merecia ser rotulado daquele jeito. Elisabeth sabia que a corte não ficara impressionada com o livro dele, especialmente as piadas sobre ser censurado pela coroa. Mas Sophie não devia ser tão séria – não quando tinha um filho como Maxi, que Elisabeth imaginava que acharia as piadas do pai terrivelmente engraçadas.

— Ah, irmã, imagine! A última coisa que meu marido quer fazer é vestir calças para viajar — brincou a mãe.

— Ele devia se mudar para o Auhof com o meu Karl. — As duas mulheres riam.

— Margarete — chamou Sophie em seguida, abandonando o assunto e se virando para uma criada que seguia silenciosamente atrás dela. — Pode providenciar música para esta noite?

— Algo animado, Alteza Imperial?

— Pelo contrário. Eu gostaria de algo *terno*. — Sophie soava satisfeita, e Elisabeth só precisou olhar para Helene para ver por quê. Ela havia tocado o braço de Franz e ele sorria para ela.

O sorriso entristeceu Elisabeth de um jeito que ela não sabia bem explicar. Como se tivesse perdido algo. Um anel favorito caído num lago. Um poema favorito apagado por uma mancha de tinta. A mão de Helene só permaneceu ali por um momento, mas o olhar de Elisabeth estava grudado neles agora. Ela apressou o passo para fugir das esperanças de Sophie e da mãe, perguntando-se se seria muito ofensivo se desaparecesse nos arbustos.

Atrás de Elisabeth, a voz de um homem se juntou à conversa, desviando sua atenção de Helene e Franz, que agora desapareciam pela orla das árvores.

Maxi a alcançou.

— Você foi grosseira esta tarde. — Não havia censura em suas palavras, só divertimento.

— Peço desculpas novamente.

— Não precisa. Você foi honesta comigo. Ninguém é honesto comigo.

Ele parecia tão sincero que Elisabeth se obrigou a desviar o olhar das árvores, onde esperava Franz reaparecer, na esperança de ouvir o que ele falava para sua irmã.

— Eu gostei — concluiu Maxi.

Ela se virou e sorriu para ele, estudando seu rosto. Era charmoso, por algum motivo. Ela entendia por que ele tinha uma reputação de ser tanto amado quanto perigoso.

— Quando me conhecer, você vai ver que não sou uma pessoa ruim — disse ele enquanto eles desciam uma escada de pedra coberta de musgo e trepadeiras.

— Eu acredito. — E era verdade. Ele certamente fora cruel com Francesca no almoço, mas as pessoas não eram definidas pelos seus piores momentos.

— Eu sou o problemático da família, assim como você.

Ela ergueu uma sobrancelha.

— Nós devíamos nos apoiar. — Ele saiu do caminho e colheu uma flor amarelo-vivo, estendendo-a para Elisabeth com um floreio e uma expressão séria, parando perto demais e exalando a cedro e canela de um jeito reconfortante. Manteve a flor estendida para ela, na expectativa.

Francesca estava só alguns metros atrás deles, e Elisabeth se virou e acenou para que ela os alcançasse. Pelo canto do olho, podia ver Helene e Franz ressurgindo das árvores à frente.

— Baronesa, o arquiduque a estava procurando. Veja o que colheu para você. — Elisabeth falou a última parte em um italiano hesitante.

Francesca inclinou a cabeça para trás e ergueu as sobrancelhas sugestivamente até que Maxi, encurralado, estendeu-lhe a flor. Elisabeth notou algo parecido com decepção no rosto dele.

— *Grazie* — murmurou Francesca, docemente. E então bateu nele com seu bastão de caminhar. Não entender alemão não era o mesmo que não entender linguagem corporal. Elisabeth sorriu para si mesma. Se seu italiano fosse melhor, imaginou que ela e Francesca poderiam ser amigas.

A distância, Helene riu – e o som enterrou Elisabeth sob suas emoções. Alegria porque amava ouvir Helene rir, mas também a percepção terrível, sufocante, de que era Franz que havia inspirado aquela risada, e que – pior – Elisabeth desejava que fosse ela rindo no lugar da irmã.

DEZOITO

FRANZ DEVIA À MÃE TENTAR COM MAIS EMPENHO. Ele permanecera calado no almoço, educado mas desinteressado. Agora, enquanto ele e Helene ziguezagueavam por bosques de carvalho cheios do aroma das flores da primavera, ele tentava. Enquanto passeavam por sebes aparadas com folhas afiadas, ele tentava. E enquanto atravessavam pequenas pontes de madeira, seus pés batendo um ritmo constante no carvalho, ele tentava de novo. Fez perguntas, agradeceu Helene pelo presente, segurou a mão dela para ajudá-la a descer os degraus de pedra e a tomou novamente para ajudá-la a subir na varanda de pedra circular onde eles haviam encerrado a caminhada.

A mãe não estava errada sobre ela: era bonita e elegante. Flutuava mais do que caminhava, parecia encabulada por estar suando, e curvava a cabeça quando ele fazia uma pergunta. Ela era o que uma imperatriz devia ser.

Mas Franz estava cansado. Falar com Helene exigia esforço demais. E o modo como ela olhava para ele... aquele olhar mostrava que ele estava falhando ao não sentir nada. Ela estava cheia de esperanças e nervos, com os olhos brilhantes e as mãos trêmulas — as coisas que ele *deveria* estar sentindo, provavelmente. Em vez disso, o dever era como uma corda se apertando ao redor do seu pescoço.

A mãe lhe dissera sem rodeios que amor à primeira vista não existia. Mas e se existisse? E se amor à primeira vista fosse uma risada secreta num jardim? Um sorriso inesperado enquanto comiam bolo? E se o amor fosse *fácil*, e simplesmente acontecesse sem demandar tanto trabalho?

Franz cerrou a mandíbula com força, sua mente dividida. Por que não podia se contentar com seu destino de uma vez por todas?

O resto do grupo logo os encontrou na varanda. A mãe e Ludovika tinham as cabeças inclinadas enquanto conversavam. Uma série de criados trazia comida e bebida. E Maxi vinha com sua amante italiana, que – Franz percebeu de repente – era *incrivelmente* parecida com Isabella.

Franz pegou uma bebida gelada da bandeja de um criado e a estendeu para Helene. Pelo canto do olho, viu a expressão aprovadora da mãe. Imaginou que a resposta era aquela: ele podia continuar fazendo as coisas certas, mesmo que parecessem erradas.

Sophie propôs um brinde:

— Ao nosso imperador, meu filho, Franz Joseph, e seu novo ano de vida. Ao começo de um novo capítulo.

Ela se referia ao capítulo com Helene, mas Franz sabia que não estava falando apenas sobre casamento e herdeiros. Também o lembrava de pensar de forma mais ampla – no próximo capítulo do império. Sophie achava que ele devia escolher um lado no conflito entre a Rússia e a França; não gostava que ele viesse resistindo à guerra de modo geral. Ela havia dito que os conselheiros o achavam fraco, vacilante, mas ele acreditava que seus conselheiros tratavam a guerra casualmente demais.

Era fraqueza entender o quanto a guerra era coisa séria? Eles não sabiam como era sentir uma faca cortar o pescoço e despedir-se da vida, certo de que tudo tinha acabado. Os russos podiam estar prontos para perder milhares de soldados assim, mas Franz não estava.

Ele lembrou alguns de seus versos preferidos de Longfellow:

As alturas alcançadas pelos grandes homens
Não foram atingidas em um voo súbito.
Enquanto os companheiros dormiam,
Eles ascendiam com esforço noite adentro.

Ele iria abordar uma decisão tão importante com calma. Não faria alianças precipitadas, ataques impensados, escolhas rápidas. Franz queria que os Habsburgo alcançassem as maiores alturas. Uma rede de estradas expandida, talvez. Ferrovias. Um fim à agitação social que tentara matá-lo. A guerra não resolveria nada disso.

A voz da mãe o trouxe de volta ao momento:

— E a você, querida Helene... como foi gentil por ter vindo. Espero que possamos fazer um grande anúncio em breve.

Um pássaro trinou na árvore acima dele e outro respondeu, os sons amáveis e relaxados. Os olhos de Franz encontraram os de Elisabeth do outro lado da varanda. Ele se perguntou se passaria outro momento a sós com ela. Ele se perguntou se teria mais um momento, mais uma risada com ela, antes que a porta se fechasse para sempre.

DEZENOVE

ELISABETH ESTAVA TÃO CANSADA DO PÁSSARO. BEM, NÃO DO pássaro em si, mas das perguntas que o pobre bichinho tinha introduzido sem querer na sua vida.

Elas estavam num corredor pintado de rosa-coral com folhas de ouro que se arqueava em direção ao teto. A mãe caminhava à esquerda, Helene, à direita, e Elisabeth, meio passo atrás. Ambas olharam por cima do ombro para ela enquanto seguiam para os aposentos, com uma pergunta silenciosa.

— Eu juro, não foi nada. Estava no jardim esta manhã... e ele me viu.

— Vocês conversaram? — A voz de Helene ficou mais aguda, alarmada.

— Não.

— Este é o último aviso, Sisi — disse a mãe, menos assustada e mais afiada enquanto apontava um pequeno leque preto para o peito de Elisabeth.

Ambas deram as costas para ela e se apressaram enquanto Elisabeth ficava mais meio passo para trás. Sentia-se mal por mentir, claro, mas a verdade só atrairia mais desconfiança. As duas já haviam maculado sua lembrança da manhã com um nó duro de culpa, e ela não queria que a destruíssem inteiramente, que a transformassem em outro motivo pelo qual o futuro de Helene seria arruinado.

A mãe se virou para Helene:

— Precisamos decidir o que você vai usar no aniversário do imperador amanhã.

Elisabeth soltou o ar, devagar e silenciosamente, e parou no corredor. A última coisa que queria era ser envolvida em outra espiral de pânico a respeito de roupas – ou pior, penteados. Seu próprio cabelo estava agradavelmente escapando das tranças de um jeito que a fazia se sentir uma criatura selvagem – uma raposa, um falcão ou uma fada.

— Ele não quis saber quase nada sobre mim — disse Helene, em voz baixa. — Quase não fez perguntas.

O coração de Elisabeth estremeceu. Ela pensara que eles pareciam interessados na conversa algumas vezes, falando baixinho. Mas... não tinha ido bem? Franz não estava entusiasmado?

A mãe fez um gesto de desdém.

— Ele só precisa saber que você é bonita e educada. Se quer aprender mais alguma coisa, pode ir à biblioteca.

Helene se calou. Elisabeth esperava que a perspectiva tola da mãe fosse um conforto para ela – mesmo que fosse terrível.

Quando a mãe e a irmã dobraram uma esquina e começaram a percorrer outro corredor, Elisabeth se virou para uma janela simples, pintada de branco, e se reclinou no peitoril. Concentrou-se na sensação da madeira suave contra a palma, no sol escaldante na pele, no subir e descer sutil do peito. Lembrou-se outra vez daquela manhã. Tinha sido uma série de momentos fortuitos – com um homem que ela queria encontrar de novo, por mais que tentasse se conter.

A voz da mãe ecoou a distância no corredor:

— Esse calor horrendo! Quem poderia se apaixonar assim?

É fácil, mãe, pensou ela. *É fácil e impossível ao mesmo tempo.*

VINTE

Não fazia nem cinco minutos que Franz estava sozinho com seus pensamentos, a mão esfriando no corrimão de mármore, a canção de pássaros chamando-o através da janela aberta, quando Maxi o encontrou na escadaria.

— Então, vai se casar com a ovelha bávara? — perguntou Maxi, insensível como sempre.

— Não é uma boa ideia?

— É, sim. Ela é perfeita para você. Não combina com o meu gosto, claro. Muito... — Ele fez um gesto vago, tentando encontrar e colher a palavra certa do ar.

— Virtuosa? — sugeriu Franz, provocador.

— Previsível.

Era um insulto, mas Franz não mordeu a isca. Em vez disso, tocou o irmão de leve nas costas, num convite para confidências.

— Conte mais sobre sua viagem.

Maxi ergueu uma sobrancelha.

— Bem, está tudo bem com suas tropas. E o império... — Alguma coisa se inflamou em Maxi, uma vivacidade que Franz não via no irmão já fazia algum tempo. Maxi se virou e começou a subir as escadas de costas, para encarar Franz enquanto falava. — Nosso império é tão emocionante. As pessoas são exuberantes e diversas.

— Fico feliz.

— Mas, estranhamente, elas têm uma coisa em comum. — A voz de Maxi assumiu uma seriedade fingida. Ele parou no patamar, deixando os olhos de ambos no mesmo nível. — Não gostam de *você*.

Franz hesitou, raiva e um senso de perigo arranhando a pele. Isso não era novidade. Franz *sabia* que não gostavam dele. Captara o sentimento na faca em seu pescoço – e de novo nas vaias do povo na execução. Um perigo neutralizado e outros mil à espera, lâminas a postos ao redor de esquinas escuras.

Como Franz não disse nada, Maxi continuou:

— Estou brincando, Franz.

Ele não estava.

— Mas, sério, estou preocupado. Nós *não* somos populares. Bem, *você* não é.

O coração de Franz acelerou, sua garganta apertando-se.

— A opinião geral é que nossa mãe dá as ordens e você vai sujar as calças se os franceses ou prussianos vierem. Mas não se preocupe, eu disse que você não suja as calças há anos.

— Obrigado, Maximilian. Basta. — Franz estava farto do humor infantil de Maxi. Farto de ouvir boatos, opiniões e ameaças que ele já conhecia, especialmente de alguém que devia ser seu aliado.

Maxi não recuou.

— Dizem que você não tem visão.

Essa doeu. Franz tinha tanta visão, tantas coisas que adoraria fazer. Uma ferrovia para conectar o império. Estradas e canais. Negócios que prosperariam sob seu governo. Ele tinha certeza de que atingiria suas metas, se as pessoas simplesmente o deixassem viver o suficiente para compartilhar seus planos com todos.

Maxi abaixou os olhos.

— Mas do que sei eu? Sou só o mascote dos Habsburgo. — Ele começou a se afastar, jogando as últimas palavras por cima do ombro como se não importassem. — Me avise se precisar inaugurar outro celeiro.

Algumas semanas antes, a mãe tinha pedido a Franz que trouxesse Maxi de volta para a corte. *Ele está perdido*, ela dissera, querendo controlá-lo. Desde então, Franz percebera que ela tinha razão. Entretanto, para ele a questão não era só que Maxi precisava de um propósito – era o *perigo* da sua falta de propósito. A facilidade com que o irmão fazia inimigos. A facilidade com que esses inimigos poderiam apoiar uma rebelião. Maxi podia ser um risco maior longe da corte do que dentro dela, onde Franz podia ficar de olho nele. Franz decidira manter o perigo por perto.

Ele preencheu o espaço entre eles com uma frase:

— Quero que você volte comigo para Viena.

Maxi se virou, estudando o rosto dele em busca da piada.

— Como meu conselheiro — concluiu Franz.

Pela primeira vez, Maxi ficou sem palavras.

— Preciso de alguém na corte em quem possa confiar. — Mesmo que Franz não confiasse *inteiramente* no irmão. Não confiava em sua impulsividade, no jeito cruel como se deleitava em magoar os outros. Não confiava no sorriso que ele dava a Franz agora, fechado e divertido.

— Vou pensar a respeito — respondeu Maxi, com um sorrisinho triunfante. Como se a oferta não fosse tudo que ele queria.

Quando Maxi começou a subir o próximo lance de escadas, Franz se virou para uma sala. Nem sabia para onde estava indo – só queria um lugar para deixar suas frustrações se dispersarem sem uma plateia.

VINTE E UM

FAZIA UM CALOR ABRASADOR NA VILLA. ERA AINDA MAIS QUENTE NO vestido preto pesado. E ainda mais quente quando Elisabeth imaginava encontrar a irmã e a mãe agitadas em seus aposentos. Então, em vez disso, ela escapuliu para uma sala quieta e vazia onde se deitou sozinha no assoalho fresco de madeira.

Ali – no silêncio e longe do calor – ela podia respirar.

Não havia ninguém nessa parte do palácio. Não conseguia ouvir um único passo, uma única conversa. Só a canção de pássaros entrava pela janela aberta, sua melodia movendo-se pela sala como uma valsa.

O dia tinha sido tão atribulado e ela estava tão sobrecarregada que agora ansiava pela serenidade de um campo de flores silvestres, uma trilha de montanha rochosa, algum lugar onde pudesse pensar direito. Presa na villa, ela se contentou em se esticar no chão, correndo os dedos pelos sulcos na madeira.

— Você está passando mal?

A interrupção fez o ar ficar preso em sua garganta, e ela virou a cabeça.

Franz estava acima dela, seu rosto ilegível. Elisabeth se sentou, as faces esquentando de vergonha outra vez. Por que ele sempre a encontrava nos momentos mais ridículos?

— Não. Eu... estou bem.

— Então o que está fazendo? — Só havia curiosidade em sua voz, nenhum julgamento.

— Está quente e o chão é refrescante e agradável. Reconfortante.

Por um momento, Franz não se mexeu. Então, para surpresa dela, o imperador lentamente se sentou ao seu lado. Tão perto dele, ela podia ver como seu cabelo se curvava atrás da orelha, como seu bigode era perfeitamente reto, a leve covinha em seu queixo. Eram detalhes íntimos, o tipo de detalhe que a pessoa poderia ficar encarando o dia inteiro.

Ele se deitou, imitando a posição anterior de Elisabeth, e uniu as mãos sobre o estômago, o braço a meros centímetros do dela. Ela fez o mesmo, e os dois ficaram olhando para o teto extravagante. Era azul-claro e, no primeiro plano, dragões muito bem trabalhados brincavam como se voassem por um céu de verdade. Rabos se curvavam em espirais que se estreitavam em pontas de flecha. Asas se abriam em todas as direções, algumas pequenas e parecidas com as de pássaros, outras reptilianas, curvando-se para fora como garras.

— Tem razão — disse Franz. — É *mesmo* refrescante. — A voz dele era agradável, gentil. Cúmplice, mas não exigente. Era como ela sempre quisera conversar com um homem.

Ela virou a cabeça e descobriu que ele já a estava olhando. Olhando de verdade para ela – seus rostos separados por um espaço muito pequeno, os ombros ainda mais próximos. Ela podia ver a curva dos seus lábios tão bem que poderia ter contado seus cílios, se quisesse. Seu coração deu um salto e acelerou, a pele esquentando contra o piso fresco.

— Eu ouvi o que você disse para o meu irmão no almoço.

Elisabeth se sentou.

— Desculpe. Às vezes não consigo evitar.

— Evitar o quê? — O canto da boca de Franz se curvou para cima quando ele se sentou ao lado dela, com uma risada nos olhos. O coração dela palpitou. Ele não estava bravo.

— Dizer exatamente o que eu penso. — Bem, não *exatamente* o que ela pensava. Se ela dissesse exatamente o que estava pensando, comentaria algo sobre os olhos dele – como eram gentis, fortes e profundos ao mesmo tempo. Contaria que o jeito como ele riu no jardim a fez sentir que já o conhecia. Admitiria que ele parecia um herói de poema, o tipo de homem que ela poderia pedir que...

Que a beijasse.

Era um pensamento perigoso. Inesperado. Surpreendente. Empolgante.

— Talvez você possa me ensinar — disse Franz. — Eu precisava de umas aulas sobre dizer o que penso.

Elisabeth riu. Não acreditava que já havia pensado que ele seria tão arrogante quanto os duques. Ele era humilde, conhecia suas limitações e queria aprender.

Franz sustentou o olhar dela por um momento.

— Tem algo no seu cabelo.

Ele estendeu a mão no espaço entre eles, agora extraordinariamente curto. Ela sentiu seu cheiro: cravo, cardamomo e alguma coisa terrosa, como uma chuva de verão. Seus braços expostos se arrepiaram. Ela torceu para que ele não tivesse ouvido seu arquejo, nem sentido a descarga de eletricidade em sua pele. Não sabia que sua pele, seu coração, cada centímetro do seu ser podia se sentir tão completamente realizado. Antes ela fora uma sombra; o toque a tornara *real*. Mesmo a culpa ao pensar em Helene a dois corredores de distância não foi capaz de atravessar a tempestade que era o roçar dos dedos dele sobre sua pele.

Gentil e cuidadoso, Franz ergueu uma mecha do cabelo de Elisabeth e revelou a trança de Puck. Um lembrete da liberdade, da amizade, do amor. Das montanhas. Aventuras. O vento em seu rosto, a terra passando depressa.

— Não é meu — ela disse depois de uma longa pausa. — Eu só a trancei no cabelo.

— Então de quem é? — A voz dele era suave.

— Puck. Para não esquecer como ele era.

Uma pausa.

— Um homem? — Seria dor no tom dele?

— Um cavalo. — Ela sorriu, só um pouquinho, arrebatada pelo momento de tirar o fôlego e a tristeza que o cercava.

Franz retribuiu o sorriso, os cantos da boca curvando-se de um jeito que começava a parecer familiar, como um segredo compartilhado entre eles – o tipo de segredo que ela sempre quisera ter.

VINTE E DOIS

Um cavalo. Não um homem, mas um cavalo. Ele ousara tocar o pescoço dela; vira o modo como os lábios dela se abriram. Os *lábios* ele não tinha ousado tocar. Mas um dia...

A mãe odiaria aquilo; ele a expulsou de seus pensamentos.

— Não diga que perdi a cabeça — pediu Elisabeth. — Já escuto isso demais.

O coração dele acelerou. Franz sabia como era sentir que estava perdendo a razão. Elisabeth claramente sabia como era ser acusada disso. Seria ela a pessoa a quem ele podia confiar seus pensamentos? Era isso que seu coração estava fazendo agora, reconhecendo um porto seguro?

Ela inclinou a cabeça e sua trança caiu gentilmente sobre o ombro, na curva perfeita do pescoço dela. Havia uma pintinha ali, uma coisa preciosa. De repente ele quis beijar aquele lugar.

Então se controlou. Não podia se deixar levar. Ele começaria com um segredo pequeno, hesitante. Não para testá-la, mas para testar a si mesmo. Será que podia contar suas verdades a ela?

— Eu dei um soco em Maxi uma vez, arranquei um dente dele. E o guardei, ainda por cima. Não é insano? — Era uma verdade, mas não *a* verdade. Não a que ele queria contar a ela. Ele segurou o fôlego, esperando sua reação.

E lá estava: um sorriso. Largo e deslumbrante.

— Bem, isso é *completamente* louco. — Sua voz era atrevida do melhor jeito.

Ambos riram, o som se mesclando à canção dos pássaros do lado de fora. E então foi Elisabeth quem se esticou no espaço entre eles. Ele se perguntou se ela podia ver como o ar congelara em seus pulmões.

Mas não era para *ele* que ela estendia a mão — era para a cicatriz que sempre espiava por cima do colarinho. Ele sentiu uma pontada de alarme, e ergueu a mão automaticamente, agarrando e afastando a dela.

— Ainda dói? — A voz dela era carinhosa, e o coração dele ansiava por ir ao seu encontro.

Ele nunca quisera que ninguém tocasse a cicatriz, nem que o lembrasse dela. Mas agora — com *ela* — desejou não a ter impedido, desejou ter permitido que ela corresse os dedos pelo seu pescoço, dentro do colarinho. Aquela parte de si, aquele lembrete constante de violência — subitamente, ele queria ser tocado ali. Sentir ternura. Prazer. O calor da vida, não da morte.

Mas não devia estar sentindo nada disso. Se ficasse, ele a beijaria. E então ele não seria melhor que Maxi, roubando beijos de uma mulher para quem não estava prometido.

— Não, não dói. — Franz soltou o ar, ergueu a mão até a cicatriz, e então se levantou. Elisabeth o imitou. — Obrigado por... — Ele buscou o jeito certo de terminar a frase e, não encontrando, fez uma leve mesura. — Isso foi muito... interessante. — Ele odiou a rigidez de seu tom, como tinha dito tanto e ao mesmo tempo tão pouco.

Quando se virou, podia senti-la parada ali, luz e energia, fogo e liberdade, observando-o partir.

VINTE E TRÊS

Pelo visto, Helene ia passar o dia todo na sala de jantar. Primeiro eles tiveram o longo almoço, e agora estavam de volta à sala para um café com bolo junto com a mãe, Sophie e Sisi – que só se lembrou de comparecer depois que a mãe enviou criados para buscá-la de algum canto do palácio em que ela se escondera. Helene provou um dos bolos e ficou surpresa com a explosão deliciosa de limão na língua. Ficou igualmente surpresa ao ver como se sentiu melhor depois. Talvez só estivesse em pânico antes por causa do calor e por ter se alimentado muito pouco. Estivera nervosa demais para comer qualquer coisa no almoço.

Agora, seu corpo relaxou. Sophie sorria afetuosamente para ela do outro lado da mesa coberta por uma toalha de renda. A mãe parecia atipicamente calma, de vez em quando se inclinando para dar batidinhas na mão da irmã, as duas mais próximas agora que estavam longe das formalidades necessárias em meio a um grupo maior.

Até mesmo Sisi estava se comportando – estava sentada quieta, com os tornozelos cruzados, bebericando o café –, e isso também agradou Helene.

Depois de algumas cortesias, Sophie foi direto ao ponto, com os olhos fixos em Helene.

— Como foi seu passeio com Franz?

— Muito agradável, Alteza.

— E o que pensa dele?

— É muito honrado e gentil, Alteza.

— Ele é mesmo. — Os olhos de Sophie se iluminaram de orgulho. — É o mais obediente dos meus garotos.

Helene imaginou que Sophie o estava comparando com Maxi – a outra metade do tumulto no almoço com Sisi, o outro conspirador de sua irmã. Ou antagonista. Helene não conseguia decidir. Ela reparou que ele e Sisi caminharam juntos no jardim, os corpos próximos e claramente confortáveis na presença um do outro. Esperara que Sisi pudesse se apaixonar naquela viagem, mas algo sobre Maxi deixava seu coração um pouco preocupado. Ele era impulsivo, como Sisi. E o que Sisi precisava era de alguém que a controlasse, não que incentivasse sua rebeldia.

— O que o imperador pensa de Helene? — interrompeu Sisi, e Helene perdeu o fôlego. Ela não sabia se queria a resposta para essa pergunta.

Sophie ergueu as sobrancelhas para Sisi – afinal, *era* uma pergunta impertinente – e então abanou a mão.

— Você sabe como são os homens. Raramente falam de sentimentos, a não ser que sejam do tipo poético, e Franz certamente não é.

O coração de Helene se apertou de decepção. As coisas seriam mais fáceis se Franz tivesse contado à mãe sobre uma centelha, um interesse.

— O cortejamento está sendo como você esperava? — perguntou Sophie, voltando-se para Helene.

Ela hesitou. Deveria ser educada ou seguir o exemplo de Sisi e arriscar um pouco de honestidade? Ela se decidiu por algo no meio.

— Confesso que estou tão incerta quanto Vossa Alteza quanto aos sentimentos dele.

Sophie se esticou para apertar a mão dela.

— Não se aflija, minha querida. O garoto fará o que lhe foi ordenado, como sempre. Além disso, o amor cresce com o tempo.

— Sim, e preocupar-se cria rugas — interrompeu a mãe, não ajudando em nada.

— E todos sabem que rugas são a pior praga da existência — sussurrou Sisi, quase inaudível.

A mãe não deve ter ouvido – graças a Deus –, porque apenas se virou para a irmã enquanto Sophie continuava:

— E, Helene, você está sendo modesta demais. É uma garota bela, graciosa e tão educada e comportada como sua mãe sempre disse que era. Franz não tem motivos para não se apaixonar por você.

As palavras eram o conforto de que Helene precisava. Ela se acomodou nelas como numa poltrona preferida, deixando o coração aliviar-se um pouco com a ideia de que o amor estava logo à frente.

※

O café e o bolo acabaram e Helene se encontrou deliciosa e inesperadamente sozinha no quarto que dividia com Sisi, encarando um espelho arredondado sobre a penteadeira. Ela desfez a trança, vendo o cabelo cair em ondas soltas ao redor do rosto, a tensão se suavizando na cabeça. A lâmpada noturna baça projetava uma luz lisonjeira sobre sua pele, suavizando seu cabelo e seus olhos.

Como tudo parecia leve no momento. Como era mais fácil olhar seu rosto e sentir-se em *paz* após um tempo a sós com seus pensamentos. Ela tinha se preocupado sem motivo. Tinha se deixado envolver pelas ideias românticas de Sisi – amor à primeira vista, a paixão como uma maré que arrastava a pessoa – e ignorado suas próprias convicções.

Não importava se Franz havia se apaixonado por ela à primeira vista ou não. Era Helene quem estava certa, no fim: o amor era uma árvore que você plantava, cultivava e esperava pacientemente que crescesse. O dever era a maré. O que você devia ao mundo, à sua família – eram essas as forças que arrastavam alguém.

Ela sabia que suas próximas conversas com Franz seriam melhores. Estaria mais calma, e os dois encontrariam o caminho um para o outro através dos silêncios. Ela já conseguia imaginar: estaria sentada na sala de chá, com os tornozelos cruzados sob renda cor-de-rosa e uma sobressaia branca, agora que o baú desaparecido tinha enfim chegado. Vinhas bordadas abraçariam sua cintura fina, e uma prateada envolveria sua garganta como um colar.

Franz se juntaria a ela, seus olhos gentis como sempre. Ao contrário da realidade, na mente de Helene eles podiam ficar a sós, sem ninguém os encarando do outro lado de um caminho ladeado de árvores, sem ninguém interrompendo sua conversa. Helene não tinha percebido antes o quanto isso fora parte da pressão. Não Franz, mas Sophie e a mãe dela. Querer tanto que as mulheres que a escolheram se orgulhassem dela.

Helene se virou da penteadeira e se deitou na cama macia como uma nuvem, fechando os olhos. Imaginou-se tocando Franz, apoiando a mão sobre a dele enquanto ele se sentava num sofá ao lado dela. "Aconteceu alguma coisa, Majestade?" O coração dela palpitaria de emoção com a ousadia de fazer uma pergunta tão vulnerável e direta.

"Seu coração e mente já estiveram em guerra?", perguntaria o Franz na cabeça dela.

Ela riria um pouco, suave e natural.

"Todo dia."

Ele ergueria uma sobrancelha.

"E o que você faz quando isso acontece?"

Ela hesitou. O que ela fazia? Quando Sisi caíra no rio, Helene escolhera crescer. Tinha escolhido a cabeça em detrimento do coração. E era o que estava escolhendo de novo – agora – ali em Bad Ischl, não era? Escolhendo a coisa certa, independentemente de como se sentisse ou quanto demorasse para sentir algo.

"Acho que pendo para o lado da lógica, Alteza."

"Por favor, me chame de Franz." Ah, como ela se sentiria quando ele pedisse para ela abandonar a cerimônia! "E, me diga, por que a lógica?" Ela sentiu um arrepio ao imaginá-lo pedindo sua opinião, procurando seus conselhos.

"O coração não é um guardião confiável." Era isso que ela diria a ele.

Ele assentiria, pensativo.

"Obrigado, minha doce Helene. Eu precisava disso."

Helene abriu os olhos e voltou à realidade, encarando a cortina branca translúcida interna da janela e os cristais de um pequeno lustre, parecidos com gotas de chuva. Sorriu para si mesma. Era *assim* que o cortejamento devia ser. Uma conversa natural em uma sala banhada pelo sol entre duas pessoas comprometidas em fazer a coisa certa – e em encontrar o amor no caminho. Era assim que seria a partir de agora.

Ainda sozinha no quarto, Helene deixou a mente vagar para outro ponto: a outra intimidade que viria eventualmente. Franz – ainda mais bonito que seu retrato – faria mais do que simplesmente cortejá-la. Ela imaginou os lábios dele e passou um dedo pelos seus. Nunca fora beijada, mas conseguia imaginar a sensação de pele contra pele macia, como voaria dos lábios para o coração, eletrizante.

Ela traçou os contornos do seu rosto, descendo pela pele sensível do pescoço e da clavícula, até um seio coberto apenas por uma camisola fina. Como seria ter a mão dele seguindo esse caminho? Seus mamilos ficaram intumescidos e uma urgência emocionante e assustadora explodiu em seu abdome, mais abaixo.

Um arrepio a percorreu. Não demoraria muito para Franz tocá-la assim, até que ela soubesse aonde esse nó de nervos e desejos, sonhos acordados e promessas poderia levar.

VINTE E QUATRO

Q UANDO A TARDE ESTAVA ESFRIANDO E A NOITE SE APROXIMAVA, Elisabeth escapuliu descalça para os jardins, as pedras aquecidas pelo sol duras sob os pés, as folhas de um verde mais escuro agora que o sol estava quase se pondo. Madressilva perfumava o ar. O rosa suave do pôr do sol próximo fazia o jardim ao redor reluzir.

Ela roçou uma mão no arbusto à sua direita, bagunçando suas folhas perfeitamente aparadas enquanto seguia em frente, respirando fundo. Finalmente, *finalmente*, podia pensar. As tensões do dia escorreram de sua pele como água.

O café com as outras havia confirmado o que Elisabeth ouvira antes: que Sophie era o verdadeiro poder atrás do trono e Franz faria o que ela mandasse. Seu coração esbarrou nesses pensamentos, machucando-a um pouco. Eram os mesmos pensamentos que ela sentira de modo tão visceral na própria pele da primeira vez que vira Sophie no corredor – os filhos se movendo ao seu redor como se fossem folhas de grama e ela, um vento forte. A arquiduquesa era a mestre de xadrez, e todos os outros eram peças.

Porém, disse ela a si mesma, *não tem problema*. Era até bom. Franz era um perfeito cavalheiro, e estava prometido a Helene. Ali, no jardim fresco e silencioso, parecia muito mais possível abandonar seus sentimentos. Abrir as mãos e deixar aquela *coisa* entre ela e Franz sair voando como o passarinho que recuperara a consciência. Ela esperava que seus sentimentos pousassem no coração de Helene.

Elisabeth se virou no caminho, saindo da vista da villa e chegando ao pequeno riacho que tinham cruzado mais cedo. Parou na margem, correndo os dedos pela água fria e nítida, e...

— Boa tarde.

Ela congelou. *Não pode ser.* Tinha acabado de tirá-lo da mente, dito aos seus sentimentos para voar para longe. Mas lá estava Franz, como se aqueles sentimentos tivessem dado meia-volta e se empoleirado em seu ombro de novo.

— É você — disse ela, tolamente, e se ergueu para fitá-lo.

— Sou eu — concordou ele, apontando uma mão convidativa para o trajeto a sua frente. — Gostaria de caminhar comigo?

Ela sabia a resposta certa – e a traiu.

— Certamente, Majestade.

— Então, o que a traz ao jardim? — Ele a encarou atentamente enquanto caminhavam. Os pés descalços dela pressionavam musgo macio e pedra dura, os sapatos dele batiam contra as pedras do caminho.

— Não estou acostumada a estar cercada por pessoas o dia todo. Às vezes prefiro a companhia das árvores. E Vossa Majestade?

— Precisava pensar. Tinha gente demais na villa... alguns ocupando espaço suficiente para dois, ou dez.

Elisabeth sorriu. Imaginou que a mãe era uma delas. Maxi também, provavelmente. E talvez as expectativas de cortejamento estivessem ocupando o ar que restava.

— Prefere o silêncio, então? — perguntou ele, após um longo momento.

— Às vezes.

— Estou falando demais agora?

Ele parecia nervoso e Elisabeth estendeu a mão, apoiando-a gentilmente no braço dele antes de saber o que estava fazendo.

— Nem um pouco. Eu gosto quando as pessoas falam o que estão pensando.

O calor dele através da manga aqueceu sua pele. Ela podia sentir um rubor erguendo-se pelas bochechas e puxou a mão de volta.

— E se eu falasse o que estou pensando agora?

O coração dela deu uma... duas cambalhotas.

— Por favor, fale.

— Às vezes eu tenho vontade de sair... partir... viajar pelo mundo como meu irmão. Sem decisões. Sem preocupações. Só liberdade. Sem ninguém contando comigo. Sem arruinar a vida de ninguém porque eu fiz a escolha errada naquele dia.

Elisabeth ergueu as sobrancelhas de surpresa. Ela não tinha pensado de verdade sobre o fardo pesado que era ser o imperador. Ter que fazer escolhas que alimentariam ou não o seu povo, que o libertariam ou o manteriam refém.

— Abdicaria disso, se pudesse?

Ele balançou a cabeça sem hesitar.

— Não. Eu quero ser um bom imperador. Quero mudar as coisas. Só queria poder ter as duas coisas. Ser o imperador a maior parte do tempo e ter uma hora todo dia para ser... eu.

O coração de Elisabeth se envolveu protetoramente ao redor dele. Ela queria isso para ele também. Desejava ser a pessoa que lhe daria essas horas e o deixaria esquecer as responsabilidades por um tempo.

Como seria se eles as esquecessem juntos? Se Elisabeth beijasse a mandíbula dele, o côncavo onde ela encontrava o pescoço, se corresse um dedo por ela, do maxilar à orelha? Se o pressionasse contra o contorno escuro de uma árvore e erguesse a cabeça para a dele? Os pensamentos vieram antes que ela pudesse impedi-los, e, se o rosto de Elisabeth já não estivesse cor-de-rosa, certamente estaria agora. Ela havia acabado de abrir mão daqueles sentimentos. Por que seu coração a traía de novo?

— Se eu pudesse, lhe daria asas — disse ela.

— "Não temos asas, não podemos voar, mas temos pés para escalar" — recitou Franz, quase para si mesmo.

O queixo de Elisabeth caiu. Ela não conseguiu esconder a surpresa.

— Você já leu Longfellow?

O imperador tinha mesmo citado o poeta preferido dela? Não parecia real. Era como se ele tivesse tocado a alma dela e visto o que vivia ali. Poemas e asas, natureza e nostalgia, a verdade embrulhada em rimas.

— Eu o leio quando preciso sentir que o mundo faz sentido.

Ela não tinha palavras.

— É tolice? — Ele parou em um pequeno banco de ferro forjado e gesticulou para que ela se sentasse com ele.

— Não, é perfeito — sussurrou ela, então percebeu que isso podia ser honesto demais. — É tudo que eu esperaria de um imperador.

Ele fez um ruído baixo e surpreso.

— Nunca pensei que a poesia seria um recurso útil para o império. Sempre a li para mim mesmo.

— O que é um recurso útil para o império, se não a poesia?

Franz calou-se por um longo momento, e então disse:

— Força.

— Poesia é força.

Ele sorriu, sua boca curvando-se para cima, a luz fraca de uma lâmpada de jardim próxima espelhada em seus olhos.

— Mais cedo, você me prometeu uma aula sobre falar o que penso. Então me diga: se você impõe sua própria vontade, se vai contra alguém, como sabe que tem razão?

— Você não tem como saber. — Ela encolheu os ombros.

— Se for o imperador, *tem* que saber.

— Se for humano, não pode saber.

— Você parece muito certa disso.

— Não tenho certeza da maioria das coisas. Só me recuso a deixar qualquer um me transformar em algo que não sou. E, se eu não falar o que penso, as pessoas vão me transformar no que querem que eu seja.

— Então está dizendo que se danem as consequências, porque ninguém tem o direito de definir quem você é?

Elisabeth riu. Ouvi-lo dizer aquilo de modo tão simples aliviou seu coração. Era a primeira vez em muito tempo que ela se ouvia ecoada de volta com tanta clareza. A primeira vez em meses que alguém realmente *via* Elisabeth. Ela ficou emocionada.

— Você já tem um bom começo — apontou ela. — Disse "que se danem".

Ele riu de novo, e isso também foi emocionante.

VINTE E CINCO

Se pudesse ser o retrato de Elisabeth esperando no quarto de Franz em vez do de Helene. Como seria fácil se o dever e o desejo seguissem o mesmo rumo. Como sua vida seria muito mais simples se uma guerra não estivesse sendo travada em seu coração, assim como em suas fronteiras.

Ele tinha se deparado com ela por acaso de novo, e seu coração não conseguia deixar de sentir que o acaso e o destino não estavam tão distantes. Seria tão ruim se ele a escolhesse em vez de Helene? Se arruinasse o plano da mãe? A única consequência que conseguia imaginar por deixar seu coração ter aquela coisa que realmente desejava era...

Alegria.

Risadas.

Fazia tanto tempo que alguém não o lembrava completamente de quem era, de que não era só o imperador, mas também *Franz*. O mesmo Franz que costumava ler poesia à luz de velas, que ficava acordado até tarde pensando em todos os modos como podia mudar o mundo. Antes que as preocupações e os perigos e uma lista infinita de deveres e uma tentativa de assassinato tivessem expulsado tudo isso da sua cabeça. Antes que ele percebesse como as consequências de sua própria tolice eram profundas, o custo de se afastar do caminho das obrigações.

Quem ele seria agora se cedesse e deixasse o coração amar Elisabeth? Quem seria se não deixasse?

Enquanto caminhava para a entrada dos fundos da villa, Maxi apareceu a seu lado com um cigarro na mão.

— Passeio noturno no jardim, irmão? Não é muito o seu estilo.

A irritação tensionou os ombros de Franz. Na verdade, *era* o seu estilo, mas Maxi não saberia disso. Ele mal estivera ali no ano anterior à medida que as pressões sobre os Habsburgo aumentavam e Franz procurava cantos tranquilos dos jardins ornamentais como conforto.

Franz apertou os lábios. Estava tentado a perguntar o que Maxi fazia ali, mas a resposta provavelmente era algo ilícito. E, se Franz não cedesse à tentação de perguntar, talvez Maxi fosse embora.

Em vez disso, o irmão deu um pulinho para ficar na frente dele e se virou para caminhar de costas, encarando Franz outra vez.

— Talvez possamos falar sobre algo além de seus hábitos de caminhada. Que tal a irmã de Helene? Aposto que ela é tão intensa no amor quanto em pôr um homem no lugar dele.

Franz manteve a boca fechada, sua mandíbula tensionando, a leveza evaporando em um instante. Será que Maxi os vira juntos? Ele não acreditava por um segundo que Maxi não diria algo se tivesse visto. Ele encontraria um modo de prejudicar Franz com a informação, fosse usando-a para chantageá-lo a fim de obter o que queria ou gritando-a para quem quisesse ouvir, arruinando os planos de todos com uma ou duas frases.

Mas não. Franz percebeu que se tratava de Maxi, não dele. Maxi gostou quando Elisabeth o tinha repreendido no almoço.

— Sua noiva pode ser tão virtuosa quanto dizem, mas sinto que a irmã seria indomável se você conseguisse um tempo a sós com ela. — Maxi sorriu, e Franz cerrou a mandíbula ainda mais.

Não que ele não tivesse imaginado: como seria beijar o sorriso no canto da boca dela, correr um dedo pela curva do seu pescoço, pressionar os lábios em sua clavícula. No entanto, ver *Maxi* imaginando o mesmo o deixava nauseado.

— Deixe-a em paz, Maxi.

Ele jogou as mãos para o alto.

— Irmão, eu deixaria, mas acho que a mãe dela a trouxe aqui especificamente para eu *não deixar*.

— Você não pode causar um escândalo com a irmã da mulher que nossa mãe escolheu como imperatriz.

— Quem falou em escândalo? Talvez eu me case com ela e me torne um homem honesto.

Franz fechou os punhos do lado do corpo.

— Deixe de brincadeiras, Maxi.

— Por que você se importa, afinal? — Maxi o examinou, franzindo as sobrancelhas.

— Eu me importo porque você passa por cima de todos nós. É um Habsburgo, precisa seguir as regras.

— Do mesmo jeito que você as segue? Já se esqueceu de Louise?

Franz mordeu a língua. Ter um caso discreto era diferente de ter cem casos não tão discretos, e Maxi sabia muito bem disso.

Como ele não respondeu, Maxi continuou:

— Você tem tudo que quer, independentemente das regras, e sabe disso. Os Habsburgo. Louise. A atenção da nossa mãe. Pelo amor de Deus, nosso pai abdicou do trono por você. As regras se dobram ao seu redor e você nem vê. Então não me diga para seguir regras que não vão se dobrar para mim a não ser que eu as quebre.

Franz queria rir. Maxi achava que as regras se dobravam para Franz? Era para Maxi que as regras estavam sempre se dobrando, era ele que a mãe deixava fazer o que quisesse mesmo quando envergonhava a família toda com seus comentários mordazes e casos despreocupados. Mesmo quando Maxi lhes custava a boa vontade de incontáveis famílias nobres de cujo apoio eles precisavam. Franz manteve a voz firme enquanto voltava ao verdadeiro assunto em questão:

— Se não quiser deixar Elisabeth em paz pela nossa família, faça isso porque aceitou ser meu conselheiro. Era a posição que você queria; agora a tem. E mais poder na corte vem com mais responsabilidades, Maxi.

Era só meia verdade. Maxi não podia ficar com Elisabeth não porque era o conselheiro de Franz, mas sim porque era um *perigo*. Elisabeth era toda poesia, rebeldia e esperança. Uma pessoa que via o mundo em termos de possibilidades. E ela merecia algo melhor. Merecia alguém que a amasse. Merecia...

Alguém como Franz.

A verdade bateu à porta de seu coração, e ele tentou ignorá-la.

VINTE E SEIS

Helene já estava na cama quando Sisi entrou. Seu cabelo estava solto, a camisola libertando-a dos laços apertados das roupas diurnas, e as janelas tinham sido abertas para deixar entrar uma brisa suave. Ela estava deitada na cama, com o cabelo espalhado, encarando o teto decorado. A arte acima dela era um dragão, uma árvore ou uma mulher dourada? Talvez os três, dependendo do ponto para onde se virava a cabeça.

— Acho que ele é muito mais bonito que no retrato — disse Helene quando Sisi se juntou a ela. A cabeça de Helene estava no travesseiro; a de Sisi, aos seus pés. — Não acha?

Sisi não respondeu.

Helene estendeu a mão para cutucar a perna da irmã.

— O que aconteceu? Está me ouvindo?

— Estou, claro. — Sisi se endireitou e foi até a cabeceira da cama, deitando de conchinha atrás de Helene. Ela relaxou no toque reconfortante e familiar.

— Não vejo a hora de chegar a festa amanhã. — Helene pensou de novo em seu sonho acordado, em como parecera real e certo. O pedido de casamento mudaria as coisas, ela tinha decidido. Acabaria com o constrangimento dos encontros, e o levaria a se abrir para ela. O coração dela se alongou na direção da esperança como um gato sonolento e satisfeito. — Acho que eu posso amá-lo, Sisi. — Ela testou as palavras, a ideia, em voz alta. — Não tenho sorte?

Outro silêncio longo e o coração de Helene titubeou. Será que Sisi não achava? Helene queria tanto que a irmã concordasse, que dissesse: *Sim, Helene, seu trabalho duro será recompensado, você vai ver.* Sisi tinha dito que Helene seria uma boa imperatriz, e ela queria ouvir as palavras de novo.

Sisi se limitou a apertar o rosto contra o cabelo de Helene e a beijar sua testa. Era um gesto reconfortante, mas não entusiasmado como Helene esperava.

— Onde você se enfiou, aliás?

— Lugar nenhum — respondeu Sisi em voz baixa.

— Acha que eu vou ser uma boa imperatriz? — perguntou Helene, desejando não precisar tanto da validação. Desejando que sua esperança não fosse tão frágil.

— Claro. Você nasceu para isso. — Sisi disse as palavras, mas Helene podia ver que sua mente estava longe e ficou magoada.

— Melhor eu que você, não é? — Ela tentou preencher o espaço entre elas, puxar Sisi de volta à conversa.

Sisi ficou tensa ao lado dela.

— Como assim?

Ah, não, será que havia sido grossa? Ela tentou explicar:

— É só que você mesma disse que não sabe as coisas certas para dizer ou como se comportar na corte.

— Maria Theresa também não. — Helene virou a cabeça. — Maria Theresa governou por quarenta anos e não era nem um pouco recatada — insistiu Sisi.

— É verdade — concordou Helene, sem saber aonde a irmã queria chegar com isso.

— Dizem que ela cavalgava nos corredores. Era uma rebelde.

— Eu sei, Sisi. Nós lemos os mesmos livros.

— É *Elisabeth*. — A palavra saiu afiada. Bem, agora Helene sabia que o apelido estava tão proibido a ela quanto à mãe. Ficou triste. Era outro muro entre elas – um muro inesperado. Helene não sabia o que tinha feito de errado.

— Desculpe... Elisabeth.

— Não tem problema — respondeu a irmã, virando-se para apagar a lâmpada.

— Você está bem? — sussurrou Helene na escuridão.
— Ótima.
— Não quis sugerir que você não seria uma boa imperatriz.
— Não... não, não quis.

Helene fitou as estrelas além da janela. O que poderia estar incomodando a irmã? Talvez estar ali fosse demais. Havia sido ideia de Helene trazê-la, mas talvez Elisabeth tivesse ficado mais feliz em casa.

Ah.

Então *era* pelo comentário sobre ser imperatriz. Como Helene podia ter sido tão insensível? Falar sobre se tornar a imperatriz era o mesmo que falar sobre *deixar* Elisabeth. Helene não tinha dito a Elisabeth que esperava levá-la para Viena consigo. Elisabeth não conhecia os planos da irmã. Ela se repreendeu ao mesmo tempo que ficou aliviada. Elisabeth devia estar sofrendo, e ouvir Helene falar com tanta esperança, tanta alegria, sobre sua vida nova era uma arma apontada para essa dor. Elisabeth sentiria falta dela; Elisabeth ainda a amava.

Helene não falou mais nada. Deixaria Elisabeth sentir o que precisava sentir, e no dia seguinte – talvez – elas poderiam falar sobre Viena. Então, quem sabe as duas se sentissem melhor.

VINTE E SETE

Helene estava dormindo, mas Elisabeth sonhava acordada. Sentada junto à janela, escrevia uma poesia sob o luar.

Ainda pensas na noite no salão reluzente?
Faz tanto tempo
Desde que duas almas
Encontraram-se como uma só.
... eu dei à alma tua luz, amigo,
Que era mais que um amigo,
Sim, mais que um amigo.

Houve uma batida suave à porta — uma surpresa, tão tarde. Ela hesitou, o lápis pairando sobre o diário, tão envolvida nas palavras, nas imagens, nas emoções, que foi preciso uma segunda batida gentil para perceber que precisava atender. Elisabeth desceu do peitoril da janela e atravessou o quarto com passos silenciosos, abrindo a porta só o bastante para ver quem estava atrás dela.

O criado à porta fez uma mesura.

— Vossa Alteza Real. Se puder me seguir, por favor.

— Eu? — A surpresa esvoaçou no estômago de Elisabeth como um passarinho. — Por quê?

Sua pele se arrepiou com suspeitas de intriga e perigo. Será que podia seguir o criado? Não seria repreendida por sair do quarto no meio da noite? Por outro lado, será que podia se recusar? Talvez fosse a mãe ou Sophie a chamando, alguma emergência que ela não conseguia imaginar. E, se não fossem elas, para onde exatamente ele a estava levando? Que aventura a aguardava?

Ela lançou um olhar para Helene, ainda dormindo profundamente, e fez sua escolha. Permitido ou não, ninguém sequer saberia que ela tinha saído. Ela seguiria o homem e veria aonde o destino a levaria.

Elisabeth abriu a porta devagar, com cuidado para não a deixar ranger, e seguiu o criado no corredor escuro. Os pés nus pisavam no assoalho de madeira liso, os corredores tão silenciosos que ela podia ouvir a saia farfalhando. Não perguntou aonde eles estavam indo, aproveitando o mistério. No entanto, quando o criado a conduziu para uma área da villa reservada exclusivamente para a família imperial, seu pulso acelerou, a curiosidade se transformando em esperança.

Outra curva, outro arco, e então o criado a conduziu através de portas brancas com entalhes de videiras douradas e folhas verdes. Uma sala elegante se abriu à frente dela, com papel de parede vermelho-escuro e amarelo, portas altas com batente branco conduzindo a uma varanda com vista para a fonte de que ela gostava tanto, e...

Franz.

Ele estava olhando pela janela, o rosto voltado para as estrelas, de costas para ela. Ela examinou seus ombros largos e os cachos suaves do cabelo loiro, o suficiente para reconhecê-lo imediatamente, mesmo daquele ângulo. Estava vestido casualmente, como da primeira vez que ela o vira: camisa branca com o colarinho erguido, suspensórios pressionando as costas fortes, e calças pretas acentuando sua altura.

— Sua Alteza Real, a duquesa. — O criado fez uma mesura para Franz quando ele se virou. — E o champanhe, Majestade.

Um arrepio varreu Elisabeth como a maré beijando a praia. Champanhe. Franz. Era como algo saído de um sonho, o tipo de noite que inspirava poemas e obras de arte. No entanto... também era um perigo. O tipo de noite pela qual ela podia ser mandada para o hospício, o tipo de noite que podia arruinar o futuro de Helene.

— À sua saúde — continuou o criado. — Boa noite. — Então ele saiu da sala, desaparecendo da vista.

O relógio bateu a meia-noite, cantando a distância.

Elisabeth abraçou-se nervosamente, os pensamentos transbordando antes que ela pudesse impedi-los.

— Vossa Majestade mandou me chamar no meio da noite para bebermos champanhe?

Ela ficou contente ao ver que a voz estava firme, ainda que seu coração batesse como uma onda na praia. Ele a tinha chamado ali no meio da noite. Significava *alguma coisa*, embora ela não soubesse bem o quê.

— É meu aniversário — disse ele, como se isso explicasse tudo.

— Eu lhe desejo um feliz aniversário.

— Eu a acordei? — perguntou ele, aproximando-se e cercando-a com seu aroma de sempre: chuva de primavera e cravo.

— Não. Muitas vezes fico acordada de noite.

— Não me surpreende.

— Por que não?

— Não consigo imaginá-la dormindo mais que alguns minutos por dia. Você perderia tanto. E o mundo perderia você.

O corpo dela relaxou um pouco. Era verdade que Elisabeth absorvia a vida como se fosse um deserto bebendo chuva. Se pudesse, não dormiria nunca. Não perderia o surgimento de uma estrela no céu. Não perderia um nascer do sol.

— Mas estou surpresa que Vossa Majestade não durma — disse ela. — Imagino que governar um império exija repouso.

Algo vulnerável cruzou o rosto dele. Ele hesitou – decidindo alguma coisa – e então disse:

— Eu também não durmo muito... por causa dos pesadelos.

— Pesadelos?

— Sobre... — Franz não acabou a frase, mas a mão que levou ao pescoço, até a cicatriz que espiava sob o colarinho, esclareceu o que queria dizer.

— Quer me contar sobre isso?

— Você vai pensar que sou louco.

— Bem, então formaremos uma bela dupla, já que eu também, aparentemente, sou louca.

Os ombros dele relaxaram. Ele apontou para um divã e os dois se sentaram a poucos centímetros um do outro. E, como se ele não conseguisse mais se conter, todas as coisas que devia vir suprimindo por meses – pesadelos, terror – escaparam numa torrente. Ele falou de suor e gritos, escuridão engolindo sua vista, o corpo desconectado da mente. E o coração de Elisabeth se envolveu protetoramente ao seu redor – ao redor daquele homem que era tantas coisas ao mesmo tempo: um imperador forte, um amante de poesia em segredo, um coração vulnerável.

— E agora? Está aqui comigo agora? — perguntou ela.

— Profundamente.

O silêncio e a intimidade do momento a fizeram perder o fôlego. Seus olhos capturaram os dele e ela não conseguiu afastá-los. Mas então, de repente, o rosto de Helene, dormindo tranquila, cruzou sua mente, a culpa seguindo quente no encalço, e Elisabeth recuperou o juízo. *Você não devia estar fazendo isso.*

Ela se ergueu subitamente e Franz a imitou.

— Preciso voltar antes que ela perceba que eu saí. Eu não devia ter vindo.

Elisabeth fez menção de se virar, mas a voz de Franz agarrou seu coração e a segurou no lugar.

— Fique. — Era um pedido dito como uma ordem. — Por favor. — Tanto desejo em palavrinhas tão curtas. Tantas coisas ditas entre as letras.

Ela se virou para ele. No mínimo, ele merecia a verdade.

— Prometi não estragar nada este fim de semana.

— É tarde demais para isso — sussurrou ele.

Ele estava tão próximo agora, os olhos fixos nos dela. Mais um passo e ela podia preencher o espaço e...

Tocar seu rosto.

Tocar seus lábios.

Sentir a força dos ombros musculosos sob as mãos.

Ela nunca estivera tão ciente da própria respiração: cada exalação que passava pelos lábios sensíveis, cada subida e descida do peito.

Mas a alegria e a emoção esmoreceram em uma culpa fria e sombria. E a irmã? E a promessa que ela fizera? As pernas de Elisabeth estavam prontas para se virar e correr de volta para o quarto, mas seu coração a mantinha presa no lugar.

— Tenho que ir, Majestade.

— Podemos dispensar as formalidades, Elisabeth?

O nome dela em sua boca era uma coisa sagrada, verdadeira.

Ele estendeu a taça de champanhe que ela abandonara quando se levantou.

— É o seu nome, não é?

Ela a tomou e fechou os dedos hesitantes ao seu redor.

— É. Eu só não o ouço há algum tempo.

Ela tomou um gole de champanhe. Diziam que era como beber estrelas, e ela entendeu por quê. A sensação do gole foi a de cem estrelas disparando pelos céus, assim como o momento — a expressão do homem à frente dela. Ela baixou a taça e ele fez o mesmo.

— Você me lembrou de uma coisa hoje — disse ele. — Me lembrou de como eu era antes de me tornar imperador.

— E como era?

— Vivo — respondeu ele, sorrindo largo. Seu rosto não escondia nada.

Ah, como o coração de Elisabeth ansiava por imitá-lo, para não esconder nada. Mas Helene ainda a continha, e Elisabeth balançou a cabeça muito de leve quando Franz deu um passo em direção a ela.

— Não. Não, não podemos. Você vai se casar com a minha irmã. Foi isso que elas arranjaram.

Ainda assim, Elisabeth não se virou. Não correu. Não foi embora. Não conseguia trair a irmã, mas também não conseguia trair seu coração.

Os olhos dele a examinaram.

— Mas eu quero você.

As palavras eram simples. Uma verdade impossível.

Ele continuou:

— Recebi ordens a vida toda.

Ah, como Elisabeth conhecia a sensação! Ser comprimida em uma forma menor, enfiada numa caixa pequena. Faça isso, não faça aquilo. Era insuportável. E ali estava o imperador dizendo a ela que também sentia aquele peso, que sabia como aquilo tornava a pessoa menor.

As palavras seguintes dele ecoaram como o próprio coração dela:

— Eu não aguento mais.

E era isso – ela também não aguentava. Eles eram iguais, um par perfeito.

— Eu me sinto morto há meses. E, com você, de repente quis comemorar meu aniversário.

— Mas você não me conhece. — De certa forma, era verdade. De outra, não era. Eles tinham passado muito pouco tempo juntos, e, no entanto, ele a *conhecia*. Conhecia-a de um jeito que não parecia possível.

Ele enfrentou o desafio:

— Você fala a verdade quando ninguém mais fala. E vê as coisas de um jeito diferente das outras pessoas.

O coração dela se aqueceu e se suavizou. Era exatamente o que ela ansiava que alguém dissesse. Que sua honestidade, suas verdades, eram algo a ser amado, não suprimido. Que sua sensibilidade de poeta era fascinante, não uma esquisitice.

— Eu preciso de alguém como você.

Elisabeth absorveu as palavras. Alguém como *ela*. Nada de *guarde suas opiniões femininas para si mesma, Sisi*. Nada de *não ande descalça, Sisi*. Nada de *faça o que eu quero, não o que você quer, Sisi*. Ela queria chorar, queria rir. Tinha encontrado seu grande amor – soube disso nesse momento. Estava caindo, voando, ultrapassando algum limite invisível, sabendo que alguém sairia ferido no final, mas incapaz de parar mesmo assim.

— Você não é o que eu esperava — sussurrou ela. — Por fora, parece um soldado, mas é completamente diferente por dentro.

— Mais fraco, você quer dizer? — O sorriso dele vacilou.

— Mais forte.

Ele fitou os olhos dela. Ela congelou, esperando, enquanto ele erguia uma mão e a corria – suave, tão perfeita e dolorosamente suave – pela bochecha dela. Seus olhos se fecharam sem permissão enquanto ela derretia contra o toque. Era tudo que os poemas prometiam – fogo e gelo, lágrimas e canções. Uma alegria selvagem e um sofrimento terno.

E então ele a estava beijando, as mãos no rosto dela, os dedos traçando sua mandíbula. Seus lábios eram suaves e quentes. Ela pressionou o corpo contra o dele, abrindo a boca para a sua, e as mãos dele subiram e se emaranharam em seus cachos.

O coração dela cantou e voou, ele mesmo um pássaro. Estava caindo; estava ascendendo. Ela era uma tempestade, uma onda, arrebatada, caída, perdida.

Mas não.

Não.

Helene. Ela estava traindo Helene.

Elisabeth parou, afastou-se e tentou não chorar. Olhou mais uma vez para o rosto dele – cheio de surpresa, desejo e confusão – e não aguentou mais ficar ali.

— Feliz aniversário... Franz — sussurrou ela.

Então se virou e partiu, o rosto uma máscara de desespero.

VINTE E OITO

O BEIJO FORA PERFEITO. A NOITE FORA PERFEITA. *Ela* ERA perfeita.
Ela o vira – o vira de verdade – e pensara que ele era *forte*. Ele tinha lhe contado toda a verdade e ela se aproximara, em vez de se afastar dele.

Ele não se sentia assim desde... ele nunca se sentira assim.

Mas então ela recuara. E ele sabia por quê: não por causa dele, mas *deles*. A família dela. A família dele. Aquele emaranhado de obrigações criadas por outras pessoas.

Ela estava tão linda naquele momento: os lábios vermelhos após o beijo, as faces e o pescoço rosados, os olhos cintilando, uma mecha de cabelo escapando da trança. Ele queria encaixá-la de volta no lugar, correr os dedos pelo cabelo dela.

"Você vai se casar com a minha irmã", ela dissera. Mas não podia ver que isso não importava mais? Nada mais importava, exceto aquele momento em que eles se viram tão claramente.

Mesmo assim ela havia ido embora, correndo pelas portas com entalhes de hera. Ele tinha tentado impedi-la, mas ela escapara entre seus dedos.

E agora a observava correr, a trança balançando às costas, a sola dos pés descalços espiando sob a saia azul-escura. Claro que ela estaria descalça, o mais perto da terra possível.

Ele voltou ao seu quarto e tirou os sapatos, apertando os pés contra a madeira quente e fechando os olhos, como se sentir a mesma coisa que ela sentia pudesse aproximá-lo dela. E então, por impulso, deitou-se no chão, correndo os dedos pelo piso e transportando-se de volta à tarde. Era como ser menino de novo, cedendo a caprichos, sentindo tudo ao redor agudamente. A luz laranja das arandelas. A suavidade da madeira. O aroma de limão pairando no ar.

Era como se ele estivesse morto e ela o tivesse trazido de volta à vida. Ele era cinza, e ela trouxera as cores de volta ao mundo.

Mas tinha fugido...

Ela iria ignorar aquela coisa que pairava no ar entre eles, aquele fio que os conectava através do espaço? Se ela sentia metade do que ele sentia, não podia estar falando sério.

Podia?

VINTE E NOVE

Franz foi dormir relembrando o beijo e acordou num pesadelo. A faca estava no seu pescoço e ele estava no chão, gritando – mas os gritos não saíam. O coração se lançava contra a caixa torácica, seu último ato sendo uma tentativa de fuga. Seu corpo ficou frio, atravessado por arrepios, cada um fazendo um novo espasmo de dor irradiar do pescoço.

Não, não, *não*. Ele não podia partir. Não queria partir. A escuridão o agarrou, seus membros ficaram congelados. Lágrimas escorriam ardentes pelas bochechas; gritos trespassavam seu corpo ainda que não pudessem escapar da boca.

Ele estava acordado e dormindo ao mesmo tempo, sabendo que não era real – que ele não estava mais *lá* – e mesmo assim incapaz de livrar-se da sensação de que seu corpo ainda estava. Abriu os olhos e viu cortinas prateadas para além da borda da cama de dossel, o teto pintado com um céu azul-escuro com estrelas prateadas. No entanto, ainda conseguia sentir a faca fria e afiada roubando o fôlego no pescoço, o modo como seus lábios ficaram entorpecidos e a garganta tornou-se pequena.

Você não está lá, Franz. Está aqui. Está a salvo.

O peso em seu peito era insuportável – o peso invisível de uma vida quase perdida. Tão físico, tão doloroso naquele momento. Ele apertou e afrouxou os pulsos, aliviado por conseguir se mover de novo, cravando as unhas nas palmas só para se sentir vivo. Real. Ali – ainda ali.

Suas bochechas estavam feridas. Ele provavelmente mordera a boca no sono de novo, enquanto gritava e tentava fugir. Sua mandíbula doía. Ele rolou de bruços e apertou o rosto contra o travesseiro, engolindo um grito frustrado e aterrorizado. Estivera tão feliz na noite passada e agora...

Fora jogado no inferno outra vez.

Ele socou o travesseiro. Tinham se passado meses. Meses e meses. Quando aquilo ia parar?

Ele se sentira tão vivo quando contara a Elisabeth sobre os pesadelos, mas a dúvida agora jorrava em ondas revoltas que o afogavam. Pesadelos não pareciam tão ruins até a pessoa estar neles. Até acordar gritando, suando frio, o lado de dentro das bochechas ferido e sangrando. Ou até acordar ao lado da pessoa que os tinha. Ele tinha enlouquecido? Não podia pedir a Elisabeth que vivesse desse jeito.

Franz respirou fundo sobre o travesseiro, apertando a testa encharcada de suor no algodão macio, inspirando o óleo de lavanda com que os criados tinham aromatizado os lençóis e esperando que o coração parasse de martelar o peito loucamente.

Era seu aniversário, percebeu, e soltou um ruído irônico – metade risada, metade soluço – contra o travesseiro. O dia em que supostamente anunciaria seu noivado com Helene. Na noite anterior, tivera tanta certeza de que aqueles planos – aquele dever – não importavam.

Mas agora...

Agora recebera um lembrete de que importavam. De que havia coisas acontecendo com o império que eram maiores – mais importantes – do que aquela coisa mágica entre ele e Elisabeth. Havia um motivo para seu coração não ser seu para dar; impérios erguiam-se ou desmoronavam com base na escolha de uma imperatriz, na criação de um herdeiro. A escuridão à sua porta não era algo a ser combatido com poesia e olhares prolongados. O império era perigo, violência e agitação social que acabavam com uma faca em seu pescoço. Uma guerra se aproximava como um pesadelo, pronta para arrebatá-los sem seu consentimento.

A coisa que existia entre ele e Elisabeth seria esmagada por tudo isso. *Ela* seria esmagada por tudo isso. Ela tinha razão, na noite passada. Estava certa ao lembrá-lo de que se casaria com Helene, certa ao fugir, certa ao não deixar as coisas irem além de um beijo.

O pesadelo era o mundo em que ele vivia. O beijo era o sonho.

De repente, Franz teve certeza de que não podia ter ambos.

TRINTA

Se ao menos Elisabeth tivesse conhecido Franz *antes*. Antes dos duques e dos condes. Antes da carta que viera com o nome de Helene em vez do dela. Antes dos arranjos, das expectativas e das ameaças de hospícios que se juntaram para construir um muro impenetrável.

De volta em sua cama naquela noite, com Helene profundamente adormecida a seu lado, Elisabeth tinha corrido um dedo por uma página molhada de lágrimas em seu diário:

> *Tarde demais nos encontramos*
> *No caminho escarpado da vida*
> *Que já nos levara longe demais –*
> *A roda inexorável do tempo.*
> *Tarde demais,*
> *Teus olhos profundos*
> *Atraíram-me como ímãs.*

Ela adormecera de barriga para baixo, o diário ainda aberto naquela página, o rosto pressionado contra ele. Um poema que era mais que um poema, para um amigo que era mais que um amigo.

Agora, era um novo dia. O dia. O dia em que Franz supostamente anunciaria seu noivado com Helene. Era o fim de algo que mal começara, uma oportunidade cortada pela raiz. Elisabeth queria que os vestidos não tivessem chegado no dia anterior; roupas de luto teriam sido mais apropriadas.

Ela esperava que seus sentimentos não transparecessem no rosto enquanto aguardava no quarto de vestir coberto de veludo e observava a costureira ajustar o vestido de Helene. Era deslumbrante: um cor-de-rosa vivo caído nos ombros de marfim, ajustando-se nas mangas e na cintura. Helene era uma flor, um jardim, a coisa mais brilhante no quarto. Franz a pediria em casamento e ela brilharia ainda mais forte.

Elisabeth gostaria que pudesse ser diferente, e então se odiou por isso. Queria enfiar o desejo na boca como o dente-de-leão que Néné não conseguira soprar. Ela devia estar ali apoiando a irmã. Em vez disso, queria que ela sofresse. Secretamente ainda esperava que Franz dissesse não. Não à mãe. Não àquele arranjo. Sim a uma coisa impossível: uma vida com Elisabeth. Exatamente o que Elisabeth recusara poucas horas antes.

A costureira deu um passo para trás depois de arrumar a bainha de Helene, e Helene girou, fazendo a saia inflar e rodopiar na meia dúzia de espelhos ao redor da sala.

— Linda. — O rosto da mãe exibia um sorriso raro e deslumbrado. — Helene, você ficou tão esguia. Está muito bonita.

Helene sorriu e baixou os olhos, depois os ergueu para Elisabeth.

— O que você acha?

A esperança nos olhos dela, aquela centelha, afundou em Elisabeth como uma faca. A culpa alojou-se em seu estômago, peito, garganta. Sua irmã linda e cheia de esperanças queria uma palavra de conforto, e algumas horas antes Elisabeth tinha beijado o seu prometido. Não só beijado: ela o *desejava*. O que significaria decepcionar Helene. Não, decepção era uma palavra gentil demais. Aquilo a *destruiria*. As palavras ficaram presas na garganta de Elisabeth, e ela tentou sorrir para a irmã radiante.

— Você está perfeita, Néné. — Elisabeth se virou para a costureira. — Poderíamos ajustar meu vestido também?

Se ela não podia ter o que seu coração mais desejava, pelo menos estaria o mais bela possível enquanto via seu sonho escorregar entre os dedos. Depois do anúncio, elas iriam partir — e então Elisabeth encontraria um jeito de não voltar para o casamento de Helene. Ou ao menos encontraria um modo de esquecer Franz nos meses por vir. Esquecer como seu coração tinha se lançado contra o peito, a sensação de ser exposta diante de outra pessoa, de ser perfeitamente ela mesma e perfeitamente vista.

Ela sabia que estava mentindo para si mesma, sabia que nunca esqueceria. Mas tudo que podia fazer era aguentar firme enquanto assistia ao inevitável.

As sobrancelhas da mãe se ergueram em aprovação; as de Helene, em surpresa. A costureira gesticulou para Elisabeth se posicionar no centro da sala revestida de espelhos.

Pela primeira vez na vida, Elisabeth deixou as criadas da mãe ajeitarem seu vestido sem reclamar. Encarando o espelho, achou que parecia ter saído de um sonho: curvas azul-aço e lábios de papoula. Nunca admitiria que a mãe talvez tivesse razão sobre o poder e o prazer de vestidos e penteados, mas estava disposta a admitir para si mesma que entendia finalmente por que Helene suportava as indignidades de alfinetes, água de rosas e cabelo esfregado com ovos crus.

Elisabeth ergueu os braços, virou de um lado para o outro e girou conforme mandaram.

— O que acham?

— Spatz diria que você é uma ninfa dos bosques — disse Helene enquanto a costureira terminava de apertar a cintura justa da saia azul de Elisabeth.

Ou uma sereia, pensou Elisabeth, ironicamente, com outra pontada de culpa. Uma sereia sedutora, cujo coração traidor chamava através das ondas pelo prometido da irmã.

TRINTA E UM

O VESTIDO ERA FRESCO E LEVE CONTRA A PELE DE HELENE. ELA girou e o tecido cintilante dançou ao seu redor. Nesse vestido, com sua figura esguia, cabelo loiro-dourado e os brincos no formato de gotas oscilando suavemente contra a mandíbula, Helene estava mais linda do que nunca. E esse vestido, essa beleza, era a próxima semente que ia plantar para alcançar o amor eterno. Talvez fosse mesmo o ponto de virada: o momento em que Franz começaria a se apaixonar por ela.

Helene não queria tirar o vestido, mas, após a prova, as cabeleireiras insistiram que as duas ficassem só com as roupas de baixo para não amassar as peças. Agora, as duas irmãs se sentaram usando túnicas simples de linho branco, reclinando-se enquanto as criadas se moviam ao redor de suas cabeças, escovando, trançando, torcendo e deixando cada mecha perfeita.

Foi uma surpresa ver Elisabeth pedir para participar, ver que ela conseguia ficar parada tempo suficiente para um penteado francês elaborado. Helene sentiu uma pontada de esperança – de que Elisabeth estivesse mudando de ideia, abraçando seu papel como a irmã da futura imperatriz. E, mesmo se a mudança súbita fosse porque ela estava se afeiçoando ao imprevisível Maxi – algo com que Helene se preocupara algumas vezes –, as esperanças de Helene superavam seus temores.

Sentindo uma onda de afeto pela irmã, Helene estendeu a mão e apertou a de Elisabeth, apoiando-a no braço da cadeira a seu lado.

Elas ainda não tinham falado sobre Viena, mas Helene não via a hora. Certamente, como imperatriz, ela poderia convidar Elisabeth para ser uma de suas damas de companhia. E talvez fosse a resposta para tudo; se estar ali fazia Elisabeth querer ser paciente com as cabeleireiras, estar na corte poderia ajudá-la a se tornar mais responsável. Viver cercada de glamour e bons modos seria mais fácil do que ler a respeito em livros e praticar etiqueta em uma sala vazia em casa. E então a mãe não poderia mandar Elisabeth embora, porque Helene a manteria longe de apuros.

Helene só precisava perguntar à mãe e a Sophie primeiro, depois poderia abordar o assunto com a irmã. Seria perfeito.

A mãe saiu da sala para pegar uma fita esquecida nos baús e Helene se virou para brincar com Elisabeth.

— Você devia arrumar seu cabelo mais vezes. É a primeira vez em um ano que nós três estamos juntas e a mamãe não pede um xerez.

— Ou jura que vai sangrar até a morte — replicou Elisabeth, também sorrindo. — Mas talvez a estejamos deixando ter paz demais. Como estou me sentindo bem-comportada hoje, você devia fazer algo que irrite a úlcera dela. Dê uma piscadela para um cavalariço ou algo assim.

Helene deu uma risadinha, deixando-se brincar livremente de um jeito que não fazia em muito tempo.

— Talvez eu mostre os tornozelos no jantar.

Deus, como era bom brincar com Elisabeth. As tensões dos últimos meses se encolheram cada vez mais até se dissipar. O coração de Helene se reconfortou com a ideia de ter a irmã consigo em Viena. Elas podiam ter aquilo todo dia: provas de vestidos e piadas internas. Era a vida perfeita – ela quase conseguia tocá-la.

TRINTA E DOIS

Quando a mãe foi acordar Franz, encontrou-o já desperto — meio vestido e parado junto à janela, encarando os gramados cobertos de névoa. Seu corpo ainda estava tenso do pesadelo, e sua mente parecia ainda mais pesada. Fora tolice pensar que algo tão frágil e perfeito quanto o que ele sentira por Elisabeth poderia sobreviver à realidade devastadora.

— Você tem acordado tão cedo ultimamente — disse Sophie, parando ao lado dele na janela.

— Tive um pesadelo. — Era uma frase simples, mas uma descarga de adrenalina o atravessou com a confissão.

Ela dispensou a declaração com um gesto.

— Hoje é o dia do seu noivado, querido. Não fique remoendo um sonho.

Ela não entendia que o pesadelo ainda estava no quarto com ele, o terror, a perda ainda em carne viva contra sua pele. E, se ele ia abrir mão da única pessoa que achava que poderia entendê-lo, precisava que outra pessoa o visse. Realmente o visse.

Ele tentou de novo.

— Não foi só um sonho, mãe. Foi uma tentativa de assassi...

Sophie o interrompeu, o tom rapidamente perdendo a leveza e ficando afiado.

— Já falamos sobre isso. Aqueles homens estão mortos e eu não quero ficar pensando no que eles fizeram conosco. Você é mais forte que isso, Franz.

As palavras eram uma dispensa e um golpe. Ele não tinha nem confessado a verdade completa — a agonia dos pesadelos, das memórias — e ela já pensava que ele era fraco. Ele sentiu seu coração se encerrar atrás de um muro.

Como ele não falou nada, a mãe continuou:

— Se acha que esse tipo de fraqueza vai apelar à simpatia do povo, confie em mim, querido: não vai.

Outro golpe. A mãe não só o achava fraco como pensava que estava atrás de atenção. Uma acusação especialmente irônica, uma vez que seu outro filho era o homem mais sedento por atenção de Viena, acumulando escândalos em seu encalço, e ela sempre parecia amá-lo por isso. Maxi vivia dizendo que Franz era o favorito da mãe, mas momentos como esse convenciam Franz de que o contrário era verdade. A mãe dava a Maxi liberdade para ser o que era — dramático, rebelde, imprevisível, cruel —, enquanto Franz não tinha o mesmo direito.

Ele queria que Elisabeth estivesse ali. Ansiava por aqueles momentos fugazes em que se sentia tão visto por ela. Poucos minutos antes, tivera certeza de que ela fizera a escolha certa ao fugir e rejeitá-lo. Decidira casar-se com a irmã dela e parar de crer na magia que existia entre eles.

Mas agora...

Se ele realmente a deixasse partir, não estaria abdicando da sua única chance de ser visto? O último fio que o conectava a seu verdadeiro eu.

— Venha, está na hora. — A mãe gesticulou para que Franz a seguisse.

Ela tinha razão. Estava na hora — e Franz ainda não sabia o que ia fazer.

⁂

Uma mesa exibia montes de bolos elaborados cobertos de flores e frutas. Havia pirâmides de profiteroles e tigelas de doces cor-de-rosa. O teto era alto, o lustre cintilava, a sala estava repleta de convidados bem-vestidos, e Franz — parado na frente de tudo, diante da multidão — nunca se sentira tão sozinho.

Bem, exceto pelo dia em que quase tinha morrido.

O que vai fazer, Franz?, perguntou seu coração. A resposta era uma armadilha: trair o império e a família ou trair a si mesmo.

Ele queria poder perguntar a Elisabeth o que fazer – e a ironia o fez sentir vontade de rir de desespero. Eram os conselhos dela que ele queria, e ela era a última pessoa a quem ele podia perguntar. Eles estavam na mesma sala, mas podiam muito bem estar a mundos de distância. E ela não havia deixado seus sentimentos claros quando fora embora? Sua partida não era uma resposta em si mesma? Não era simples assim?

Mas não era, por causa do beijo. Porque ela o *vira*, e Franz a vira.

As portas se abriram e um desfile de criados entrou no salão.

— Ele é um bom companheiro... — cantaram eles, as vozes ecoando do teto.

À sua frente, os convidados para os dias de comemoração estavam sorrindo, cada um segurando uma taça de champanhe, prontos para brindar ao seu aniversário e à sua saúde. Franz tentou captar o olhar de Elisabeth, encontrar uma resposta nele. O que significava mais: o beijo ou a partida dela?

Ela evitou seus olhos. Se não estivesse numa sala cheia de dignitários, Franz teria chorado de frustração.

Helene estava parada ao lado de Elisabeth, com os olhos brilhantes e sorrindo em um vestido cor-de-rosa elegante. Seu cabelo estava trançado e preso num penteado bonito atrás do pescoço esguio. Os sorrisos dela eram outro peso sobre seus ombros. Não era culpa dela que eles não tivessem experimentado aquela centelha imediata, o reconhecimento entre almas gêmeas. E agora ele ia decepcioná-la, não importava o que acontecesse. Ou se casaria com ela enquanto amava sua irmã, ou transformaria suas esperanças em cinzas, junto com as da mãe dele.

A canção terminou. Os criados saíram do salão. Sophie assentiu de leve para Franz.

Era a hora.

Elisabeth ergueu o olhar e capturou o de Franz por um momento fugaz. Uma única batida do coração. A batida das asas de um pardal. E Franz soube.

Ele soube o que ia fazer.

TRINTA E TRÊS

ELISABETH ESTAVA DESMORONANDO, DESFAZENDO-SE DE DENTRO para fora. Sentia-se estranhamente fria no salão abafado, nua mesmo em seu vestido modesto com o casaquinho azul-claro e a saia em camadas. O pente grande que segurava suas tranças era como uma âncora que a puxava para baixo. Como era irônico parecer um anjo e estar presa no inferno – esperando a destruição de seus sonhos, esperando até ter que fingir estar feliz sobre isso.

Franz estava de pé, encarando a todos, e, quando Elisabeth finalmente olhou para ele – de verdade –, lágrimas formaram um nó em sua garganta. Alto e de ombros largos, com aquela mandíbula forte, os olhos gentis, os lábios cujos contornos ela sentira. Era como...

Voltar para casa.

Se ao menos não fosse o imperador. Se não fosse o prometido de Helene. Se ao menos Elisabeth tivesse ficado em vez de fugido na noite anterior. Se ao menos ela tivesse sentido que podia ficar.

Ele tinha dito que a queria e ela dissera não. Não quando seu coração estava gritando sim. Escolhera a felicidade da irmã, e era a coisa certa a fazer – ela sabia que era. Porém... como a coisa certa podia parecer tão errada? Ela sentiu o quanto era errado no peito, nas entranhas, nas partes mais profundas do seu ser. Tinha pedido a ele – não, ordenado – que partisse seu coração, mas agora tudo que queria era retirar as palavras.

Franz ergueu a taça.

— Obrigado. Agradeço a todos vocês por terem vindo.

Elisabeth encarou o piso de ladrilhos fixamente, desejando que o coração parasse de bater nos ouvidos.

— Eu tenho algo a anunciar — continuou Franz, cada palavra arrastando-os mais perto do fim.

Se Elisabeth pudesse cobrir os ouvidos, esconder-se sob a mesa como Spatz teria feito. Helene pegou a mão dela, e Elisabeth esperava que a irmã não percebesse como as mãos dela estavam pegajosas. Precisou de toda a sua força de vontade para manter a aparência de tranquilidade.

— Eu gostaria de pedir a mão de uma jovem dama. — A voz de Franz falhou, nervosa, o som arranhando a pele de Elisabeth. Unhas em uma lousa, o tilintar instável de um garfo batendo em um dente.

Ela fechou os olhos. Era agora.

— A duquesa da Baváría.

O coração de Elisabeth se preparou para o golpe.

— Elisabeth.

Um momento. Um arquejo coletivo percorreu o salão. Seus pensamentos colidiram contra uma parede e estacaram. Ela abriu os olhos.

Ele tinha dito...?

— Elisabeth.

Ele estava olhando para ela, os cantos dos olhos inquisitivos e enrugados em um sorriso, sua taça erguida.

Elisabeth se virou para Helene, e as duas se encararam. O rosto de Helene estava pálido de choque. Elisabeth não sabia dizer o que sua própria expressão revelava. Assombro? Alívio? Culpa? Helene soltou a mão dela.

— Não. — A mãe delas foi a primeira a reagir, ofegante.

— *Congratulazioni!* — exclamou Francesca, não entendendo o que acontecera.

Pelo canto do olho, Elisabeth podia ver Maxi, a raiva escapando de sua costumeira máscara de indiferença. O rosto de Sophie era puro choque. Os olhos da mãe estavam esbugalhados.

Foi o rosto da mãe que lhe mostrou que era real. Elisabeth não ouvira errado.

Franz a estava pedindo em casamento. Não Helene. *Elisabeth*.

Seu corpo inteiro relaxou.

Eu quero você. Foi o que ele dissera na noite anterior. E de alguma forma a fuga de Elisabeth não tinha arruinado tudo, não o tinha impedido. Era uma promessa inquebrável. Era ele a pessoa que ela encontraria nos momentos silenciosos, em seus momentos vulneráveis, também inquebrável.

Ela pensara que seria o fim. Mas isso não era um fim.

Era um começo.

Os olhos deles se encontraram e ela imaginou o que isso significaria. Eles juntos – ele pressionando os lábios na pele macia atrás da orelha dela, ela beijando a mandíbula dele –, os dois deitados lado a lado, inteiramente expostos, conhecendo-se em todos os sentidos possíveis.

A seu lado, ela ouviu a respiração acelerada da irmã, um sinal de lágrimas iminentes.

Elisabeth estava congelada no centro de tudo – da beleza e do desastre.

TRINTA E QUATRO

A futura imperatriz? Elisabeth? O corpo de Helene se contraiu de horror. Ela vinha plantando sementes e se esforçando em caminhadas e aos poucos voltando a sentir expectativa e contentamento. Vinha se esforçando tanto, trabalhando de modo incansável. E, o tempo todo, a irmã estava roubando o seu futuro.

A crueldade era de perder o fôlego. Ela nunca imaginara que Sisi fosse capaz disso.

E, agora, ela – Helene – estava parada em um salão glorioso, completamente deslumbrante, com bolos de seis andares e flores de açúcar feitas a mão, pontos de luz do sol entrando como vaga-lumes através de cortinas translúcidas. E ela achara que era a coisa mais linda na sala: toda coberta de seda cor-de-rosa, com brincos de pérolas pendentes e esperança. *Esperança.* Tinha lutado tanto por isso. Lutara tanto e perdera tudo em um instante.

O salão girou ao seu redor e ela soube que não podia ficar. Não podia suportar a vergonha, parada ali em sedas elegantes, rejeitada. Suas pernas se moveram antes que sua mente sequer soubesse que ela ia partir. Ela passou correndo por Franz sem nem olhar para ele.

No corredor, engasgou em lágrimas e começou a subir as escadas correndo.

— Helene, espere! — Era Sisi. Irmã. Traidora. Ela empunhara a faca cravada nas costas de Helene. — Por favor, Helene! Eu não sabia que ele ia fazer isso!

A mão de Sisi pegou o cotovelo dela, e Helene girou, a vergonha se transformando em raiva no espaço de uma respiração.

— Não toque em mim!

Helene balançou a cabeça e examinou a irmã. Pela primeira vez o cabelo de Sisi estava ajeitado, as roupas sem qualquer vinco. Os pés estavam calçados em sapatos pretos com saltos baixos. Helene podia vê-los espiando por baixo da barra da saia azul-escura. A roupa era tão simples. Tão menos bonita que a de Helene. Como isso tinha acontecido?

— Você tem que dizer não — exigiu Helene.

Sisi se limitou a encará-la, parecendo magoada. Como se *ela* tivesse o direito de estar magoada.

— Por favor — sussurrou Helene, embora em sua mente soasse como um grito. — Por favor.

Sua raiva se transformou em desespero.

O rosto de Sisi estremeceu, as lágrimas brotando em seus olhos combinando com as de Helene.

Helene insistiu:

— Diga *não*, Elisabeth, e podemos consertar as coisas. Não é tarde demais.

— É, sim, Néné.

Helene queria estapeá-la. Como ousava chamá-la pelo apelido em uma hora dessas? Como ousava lembrá-la do amor entre elas? Tinha sido Sisi que o quebrara – que o estilhaçara no chão de mármore polido, que o triturara sob os saltos.

— Eu nunca senti nada assim. — A voz de Sisi era dolorosamente terna. Sal esfregado em uma ferida aberta.

O queixo de Helene caiu, e então ela sentiu a incredulidade amarga na língua, a mágoa ardendo até se transformar em raiva de novo.

— Você se esgueirou para a cama dele para que a escolhesse? Era para lá que ia?

O golpe a atingiu – o rosto de Sisi ficou branco de choque –, e Helene teve vontade de rir. *Ótimo. Sinta uma porção da vergonha que estou sentindo.*

— É claro que não. — Sisi tentou pegar a mão dela.

Helene se desvencilhou.

— Então por quê? Por que ele ia querer *você*?

A culpa perfurou seu coração, mas ela a empurrou para longe. Sisi era infantil e indisciplinada. Recusara toda oportunidade de ser treinada para uma vida como aquela. Não merecia aquilo. Helene merecia. Helene tinha trabalhado por isso.

Os pensamentos ganharam força até que ela não conseguiu contê-los:

— Eu estava falando sério antes. Você *nunca* será uma boa imperatriz. Vai arruiná-lo.

De repente fez sentido por que Sisi ficara tão ofendida quando Helene brincou que ela não tinha nascido para o trono. Não era uma possibilidade teórica para ela.

E ela não estava triste porque Helene ia embora.

O rosto de Helene desmoronou de novo; lágrimas escorreram pelas suas bochechas. Tinha pensado que a irmã sentiria sua falta! Tinha pensado que ela a amava. Em vez disso, ela estivera tramando contra Helene o tempo todo. A mágoa a arrebatou. Doía muito mais que perder Franz. Ela perdera a irmã em algum ponto do caminho e não havia como recuperá-la agora. O coração de Helene era um penhasco e ela estava despencando dele.

Sisi seguiu Helene até os últimos degraus e a puxou para o aposento mais próximo, que tinha roupas espalhadas por todo canto, taças de vinho vazias e uma cama de dossel desfeita. O papel de parede alegre debochava de Helene; o tapete cor de creme ria dela.

— O que está fazendo? — A voz de Helene saiu dura e ela não tentou suavizá-la.

— Quero explicar as coisas em algum lugar que não seja um corredor onde qualquer um pode nos ouvir.

Helene cruzou os braços.

— Então explique.

— Nós ficávamos nos encontrando por acidente. No jardim, quando eu estava resgatando um pássaro. Uma vez quando eu só queria me refrescar do calor. Eu não pretendia que isso acontecesse.

Outra onda de vergonha varreu Helene. Ela vinha se esforçando tanto pelo amor, e Sisi o tinha encontrado *por acidente*. Tão fácil. Que tola Helene havia sido esse tempo todo. Era igual a quando elas eram crianças: Sisi tão facilmente amada, Helene tão invisível.

— Ele me chamou para os seus aposentos ontem à noite.

A cabeça de Helene se ergueu de surpresa e horror.

— Mas eu saí, Helene! Eu fui embora. Eu escolhi você. Você tem que acreditar em mim.

Sisi tomou as mãos geladas dela em suas mãos quentes, mas Helene as puxou de volta. Virou a cabeça para longe da irmã, o olhar fixo no canto de uma janela aberta, com o sol batendo inclemente lá fora.

— Eu nunca quis ser imperatriz. Eu só queria... ele.

A ternura na voz de Sisi encerrou a conversa para Helene. Ela passou furiosa pela irmã, puxando a porta com força. Sua voz estava fria.

— Não me siga. Não fale comigo. Nunca mais chegue perto de mim.

TRINTA E CINCO

O SALÃO DE BAILE ESTAVA VAZIO, EXCETO POR FRANZ, SOPHIE E Ludovika.
— Todos para fora — dissera Sophie simplesmente, e os convidados tinham partido. Esse era o poder dela. O poder que Franz desafiara.
Ele o desafiara quando os olhos de Elisabeth se ergueram para os seus e o pesadelo e as dúvidas simplesmente desapareceram. Se alguém ia acordar com ele no meio de um pesadelo, ele queria que fosse ela. Se alguém ia enfrentar o perigo que crescia no seio do império a seu lado, ele queria que fosse ela.
Ele ainda não sabia se algo tão frágil e perfeito quanto o que havia entre eles podia sobreviver ao mundo, mas estava pronto para tentar.
A mãe falou em voz baixa e firme:
— Essa mulher se tornará a imperatriz do segundo maior império na Terra. Você se divertiu com seu joguinho, mas agora a piada acabou.
Franz firmou os nervos e a voz:
— Não é uma piada, mãe.
O rosto de Sophie estava incrédulo, seus punhos apertados ao lado do corpo.
— Franz, levei muito tempo para achar a mulher certa para os Habsburgo. Lembre-se de que estamos cumprindo um dever divino.
Franz respirou fundo. Esse era o verdadeiro teste. Ele e a mãe, cara a cara. A culpa vinha até ele em ondas. Ela havia salvado sua vida, e ele

estava retribuindo com problemas, uma escolha que arruinava seus planos estratégicos.

— Helene é muito bem preparada, Majestade. — Ludovika fez uma mesura e deu um passo em direção a ele. — Ela não lhe causará problemas.

Como se ele estivesse pensando nisso. Como se tivesse tomado a decisão porque achava que Helene ia causar problemas.

— Sisi ainda é tão... — Ludovika ainda estava falando, e Franz se virou para encará-la, os olhos duros desafiando-a a dizer algo negativo sobre a mulher que ele amava. Ela parou, escolhendo a última palavra com cuidado. — ... jovem.

Ele se voltou de novo para a mãe e respondeu, imprimindo toda a sua vontade nas palavras e confiando na força, na certeza, que agora se espalhava quente e definitiva pelo seu corpo — que tinha surgido por causa *dela*. A garota com os cabelos desgrenhados, os pés descalços e o coração envolto em poemas.

— Será Elisabeth ou ninguém.

As mãos de Sophie se apertaram. Franz sabia que ela estava mais furiosa do que demonstrava.

— Eu vou falar com ela — disse a arquiduquesa finalmente, virando-se para a porta.

Franz a seguiu.

Quando chegaram ao quarto de Elisabeth, um criado os anunciou e ela se ergueu de onde estava sentada no chão, a saia amarrotada e espalhada ao seu redor como água. O coração ansioso de Franz acalmou-se ao vê-la. Ele teve que se segurar para não jogar os braços ao seu redor e apertar seu corpo quente, sua luz, contra o peito.

Ludovika se aproximou dela primeiro e Elisabeth se endireitou, a ansiedade cruzando seu rosto de um jeito que fez Franz querer protegê-la.

— Diga a sua tia que tudo isso é um grande mal-entendido, Sisi. Vamos. Fale agora.

Sophie ergueu uma mão.

— Chega, irmã. Eu quero ouvir o que Elisabeth tem a dizer. — Ela deu um passo à frente, procurando o rosto de Elisabeth. — Você quer ser a imperatriz dos Habsburgo?

Houve uma longa pausa. Longa demais, na verdade, e o coração de Franz subiu para a garganta. Depois de tudo isso, ele só precisava que ela dissesse sim. *Diga sim, Elisabeth.*

— Sim, eu quero.

Franz não percebera que estava segurando o fôlego, mas agora o ar saiu bruscamente. Elisabeth encontrou seu olhar e ele o segurou como a coisa preciosa que era. Podia sentir um sorriso abrindo-se em seu rosto.

Ela não tivera tempo de dizer sim antes, e era incrível como aquela única palavra desatou todos os nós em sua alma, todas as incertezas. Aquele *sim* podia mover montanhas, podia enfrentar a escuridão batendo nos portões dos Habsburgo. E pensar que ele quase deixara um pesadelo roubar aquela sua certeza.

Sophie contraiu os lábios, seu rosto severo.

— E você sabe o que significa ser imperatriz? Sabe que está se comprometendo não só com um casamento, mas com um império também?

Elisabeth sustentou o olhar da mãe dele e assentiu.

— Sim.

— E está disposta a fazer o trabalho necessário para se transformar em uma governante aceitável?

— Estou.

A mãe não fez mais perguntas, só encarou Sisi, mas Franz sabia que isso não significava que apoiasse sua escolha. Ela sabia esperar. "O mundo", dissera a ele uma vez, "não vai se dobrar para você se gritar e chorar. Mas vai se dobrar se você esperar o suficiente para encontrar as fraquezas dele."

Por enquanto, a mãe se virou e disse à irmã que eles deviam dar ao casal um momento a sós. Sem falar, as mulheres mais velhas se viraram e deixaram o quarto.

Sozinhos. Finalmente sozinhos. E dessa vez não em segredo. Franz se moveu em direção a Elisabeth, erguendo a mão e correndo o polegar pela sua testa, traçando a curva suave do seu rosto, maravilhado. Ela era dele. Ele era dela. Eles tinham conseguido.

Ela fechou os olhos ao seu toque, inclinando-se contra ele. Seu dedo passeou até os lábios dela, pressionando o inferior de leve e vendo-o se abrir. Franz se inclinou e beijou o lábio inferior dela gentilmente. Ela sorriu e ele beijou cada canto do sorriso, cada ruga feliz nos cantos dos olhos dela. E então os lábios deles se encontraram e ela aprofundou o beijo, saboreando-o. Franz correu as mãos suavemente pela curva da sua nuca, enfiando os dedos no cabelo dela. E continuou para baixo – do ombro delicado à curva gentil das costas, aos quadris curvados para fora. Ele a puxou em direção a si; os dedos dela traçaram sua mandíbula, e então seus braços se envolveram no pescoço dele e ela apertou o corpo inteiro contra o seu. Ele se ergueu para responder à altura.

Foi ela que se afastou primeiro, sem fôlego, apertando as mãos nas bochechas coradas. A felicidade em seu rosto vacilou e se transformou em algo diferente: inquietação.

— O que foi? — perguntou ele.

Elisabeth sacudiu a cabeça e fechou os olhos.

— Ela nunca vai me perdoar.

Franz sabia que ela estava falando de Helene. Ele vira o rosto de Helene, ouvira as vozes elevadas das irmãs no corredor. Puxou Elisabeth de volta para seus braços, dessa vez descansando o queixo na cabeça dela.

— Você se arrepende? — Seu coração esperou.

Ela o abraçou mais apertado.

— Não. Eu me arrependo de a ver magoada, mas nunca poderia me arrepender de *você*.

Franz sorriu. Nunca se sentira tão expansivo, tão poderoso, tão inteiramente ele mesmo. A mulher mais incrível que ele já conhecera tinha se apaixonado por ele. Por ele, não pelo seu poder. Era de tirar o fôlego. Ela tinha tanto a perder e mesmo assim não se arrependia – não se arrependia dele.

— O que acontece agora? — perguntou ela.

— Agora você volta para casa, e em alguns meses vamos nos casar em Viena.

Casar. Era a primeira vez que ele falava a palavra em voz alta, e, em vez de parecer uma jaula, era paixão e liberdade. Elisabeth não era outra pessoa que ele tinha que agradar, era uma pessoa que ele *queria* agradar.

Ela recuou e piscou algumas vezes de surpresa.

— Alguns *meses*?

Ele assentiu.

Uma centelha familiar brilhou nos olhos dela, provocadora.

— E se eu quiser casar com outra pessoa até lá?

Ele tocou aqueles lábios perfeitos de novo.

— Será um homem sortudo, quem quer que seja.

Ela deu uma risada alta e relaxou. O som dissipou as tensões remanescentes do momento, expulsou do quarto pensamentos sobre qualquer outra pessoa.

Ela se ergueu outra vez na ponta dos pés e o beijou. Ele não conseguia pensar em nada além da maciez sedosa da pele dela, o côncavo da clavícula sob seus dedos, suas mãos emaranhando-se na renda do vestido dela e puxando. As mãos dela se ergueram para responder à urgência dele, atrapalhando-se com os primeiros botões do uniforme, o segundo, o terceiro. E então...

Uma batida. Ambos pularam.

Um criado entrou.

— Vossa Majestade Real, sua mãe me enviou com uma mensagem.

Franz o encarou em silêncio.

— Ela disse que eu não deveria mais deixá-lo a sós com a jovem dama.

Ele sabia que Sophie nunca permitiria que eles passassem mais do que alguns minutos sozinhos, mas a decepção ainda era um balde de água fria.

Ele ajeitou o casaco, enfiou uma mecha solta na orelha de Elisabeth e deu um passo para trás.

— Verei você em breve.

Ela assentiu, e ele podia senti-la observando enquanto seguia o criado para fora do quarto.

No corredor, Maxi estava encostado na parede, as mãos nos bolsos e a cabeça inclinada.

— Vejo que você conseguiu exatamente o que queria. De novo. Mesmo tendo que criar um escândalo para isso. Parabéns, irmão. Nunca achei que veria este dia.

A voz dele estava divertida, mas seu rosto estava tenso. Era a mesma expressão que ele fizera ao descobrir sobre Louise. Ciúme – e mágoa. Franz se perguntou por um momento se o sentimento podia ser genuíno. Mas não. Ele conhecia Maxi bem demais. Como sempre, o irmão só estava irritado porque Franz tinha obtido algo que ele queria. E qualquer vitória de Franz era uma derrota para Maxi.

Em qualquer outro dia, Maxi o teria irritado, mas nenhuma palavra mordaz conseguiria afetá-lo hoje. Ele estava feliz demais. Aliviado demais. Sua alegria era uma armadura contra tudo que o irmão podia fazer.

Franz sorriu para ele, imitando o hábito de Maxi de inclinar um chapéu imaginário enquanto passava e guardando num canto da mente o fato de que as consequências iam chegar uma hora. Outro motivo para manter Maxi por perto.

TRINTA E SEIS

Eles tiveram um único dia para comemorar, sentir o peso retirado de seus ombros, trocar toques rápidos nos corredores e esconder-se atrás de cortinas para roubar um ou dois minutos de beijos e explorações.

Cada breve olhar, cada toque, era um choque elétrico. Um voo entre mundos de tirar o fôlego. O corpo inteiro de Elisabeth formigava com aqueles toques; sua pele ganhava vida com o calor da dele. Ela nunca se sentira tão consciente do próprio corpo: a curva dos seios, o modo como o tecido roçava contra eles enquanto se movia. A sensibilidade do interior do pulso, da coxa. Um desejo que mergulhava fundo dentro dela.

Ela puxou Franz para trás de uma cortina pesada e ele beijou o pescoço dela, o decote do seu vestido, os lábios na pele nua que nunca fora tocada antes.

— Imperatriz — sussurrou ele.

— Ainda não. — Ela beijou sua resposta no pescoço dele.

— Se eu governo o império e você me governa, então você já é.

Ela riu, mas a palavra a incomodava. Era a palavra — aquele título — que Helene quisera. Helene, que agora se recusava a falar com ela ou olhar para ela. Como era possível sentir-se tão perfeitamente feliz e tão insuportavelmente triste ao mesmo tempo?

— Acho que perdi minha irmã — confessou ela, correndo um dedo pelo colarinho dele.

— Ela vai entender. Só precisa de tempo.

Mas ele não conhecia Helene. Não de verdade. Só conhecera a versão educada e obediente dela. Elisabeth conhecia todas as suas versões, incluindo aquela que guardava rancor. Isso a preocupava, apesar da emoção de cada momento roubado com Franz.

Ela enterrou o rosto no pescoço dele e inspirou fundo. Seu corpo quente e firme afastou o medo que a espreitava e clareou sua mente. Talvez ele tivesse razão. Helene não podia ficar brava com ela para sempre. Elas se amavam havia tempo demais, eram aliadas quase desde o dia em que Elisabeth nascera. Os últimos meses não definiriam seu relacionamento; Elisabeth não deixaria que isso acontecesse. Ela não podia esperar que Helene superasse a dor imediatamente — ainda estava fresco demais. Mas em alguns dias, uma semana, um mês, elas encontrariam o caminho de volta uma para a outra. Elisabeth continuaria tentando estender a mão até Helene sentir vontade de agarrá-la.

A cortina foi subitamente afastada e Esterházy apareceu com uma careta, uma mão no quadril e a outra fechada num punho ao redor da cortina. Sua expressão suavizou-se ao ver Franz e a mão caiu do quadril enquanto fazia uma mesura.

— Perdão, Majestade, mas a família da duquesa está esperando por ela.

A mulher devia ter pensado que Elisabeth estava se escondendo ali sozinha. Ela se perguntou o que a tinha traído: um dedão espiando de baixo da cortina? Um sussurro alto demais?

Elisabeth recuou, relutante. Meses se passariam antes de eles se verem de novo. Ela quase riu de como tinha ansiado por aqueles meses poucas horas antes, pensando que teria um tempo para esquecer. Agora, seria um período de espera insuportável. E Elisabeth nunca fora paciente.

Todo o seu corpo sentiu a perda dele quando eles saíram de trás da cortina e se separaram. Ele se agarrou à ponta dos dedos dela até ela finalmente se afastar.

Quando Elisabeth chegou aos aposentos da mãe, Helene estava parada junto à janela, resolutamente fitando os jardins.

A mãe se aproximou alvoroçada e ansiosa.

— Sisi, as carruagens estão esperando. Está na hora.

Elisabeth suspirou, a pele já com saudade de Franz.

— Temos que ir. Está pronta? — A mãe fez um gesto impaciente na direção dela. — Você, uma imperatriz. Eu nunca teria imaginado.

Sua voz era metade decepção, metade fascínio. Ela havia perdido uma oportunidade para uma filha e ganhado a mesma chance para outra. Elisabeth sabia que não era o resultado ideal, mas isso ainda tornava a mãe importante do jeito que ela sempre quisera ser.

— Temos muito trabalho pela frente — disse ela. — Helene estaria preparada, mas você...

Helene se encolheu. Elisabeth fez menção de pegar a mão dela, mas Helene se esquivou, abraçando o torso, e saiu do quarto.

A mãe continuou:

— Teremos que começar imediatamente. Amanhã.

Elisabeth não respondeu. Em vez disso, seguiu a mãe e a irmã para fora dos aposentos, descendo a escadaria de mármore até o salão de teto alto. Parou ao pé das escadas, onde um mapa dos territórios dos Habsburgo se estendia no chão quase de parede a parede – intimidador, enorme, poderoso. Mais da metade da Europa. Logo se tornaria sua responsabilidade. Seu dever. Ela estremeceu, começando a entender o fardo que tinha aceitado.

Deu um passo para trás e viu suas saias varrerem o mapa, seu território. O peso do dever que escolhera era assustador, mas também havia certa empolgação cercando o sentimento. Porque, com o dever, vinha o poder de *mudar* as coisas. O poder de consertar injustiças. A pobreza sobre a qual ela lera em livros. Os motivos pelos quais as pessoas queriam Franz morto. A responsabilidade não era só uma rédea em suas aventuras; era um mapa para o futuro. Um mapa para um império Habsburgo melhor.

Ela sempre pensara que teria que escolher entre as obrigações e seu coração. Mas, no fim, a escolha não fora dever *ou* amor. Tinha sido ambos ou nenhum. Ela escolhera ambos e faria a mesma escolha outra vez.

— Sisi, está me ouvindo? — A mãe estava parada com a mão no quadril.

Elisabeth se endireitou e retribuiu o olhar dela. Ouvir a mãe ignorar completamente o nome que ela preferia a irritou outra vez. Era hora de acabar com isso.

— Me chame de Elisabeth.

A mãe não respondeu. Simplesmente deixou o salão, cruzando o mármore fresco até a entrada quente e úmida.

Elisabeth se forçou a atravessar o mapa. Estava protelando de propósito, não querendo começar o percurso. Horas e mais horas presa num espaço tão pequeno com a mãe e Helene – a mãe com suas ambições insuportáveis, Helene com sua dor insuportável. Ela queria ficar ali ou ir diretamente para Viena. Queria voltar para trás da cortina com Franz, desabotoar o quarto botão de seu uniforme, o quinto, pressionar uma mão nua no peito nu dele e sentir o coração que batia ali. Imaginou que o seu começaria a bater no mesmo ritmo.

— Sisi! — A voz da mãe ecoou pelos corredores.

Ela estava demorando demais. Com um suspiro, obrigou-se a sair do salão. Mas atrás dela, através de uma porta aberta, uma voz desconhecida a alcançou e capturou sua atenção.

— Não se preocupe, Alteza Imperial. Até a grama mais selvagem se dobra.

Elisabeth parou e apurou os ouvidos.

E então a voz de Sophie – reconhecível pelo tom confiante e afiado – respondeu:

— Não estou preocupada. Qualquer coisa que não se dobre vai quebrar.

Elisabeth gelou quando absorveu as palavras, duras e perigosas. Estavam falando sobre ela, com toda certeza. Ela era a grama selvagem que não se dobrava. Elisabeth esperara que Sophie estivesse do seu lado, mas agora as palavras agourentas fizeram seu coração bater mais depressa.

Ela seguiu até a carruagem, os nervos desfiando as bordas de sua felicidade. De uma janela no segundo andar, uma cabeça loira reluziu ao sol – Franz. Os olhos dele encontraram os dela.

Tome cuidado, Franz. Cuide do coração que estou deixando para trás com você.

Ela esperava que eles fossem fortes o bastante para sobreviver ao que estava por vir.

1854

1854

PARTE II

TRINTA E SETE

Helene queria quebrar alguma coisa. Franz tinha enviado quarenta e quatro cartas para Sisi.
Quarenta e quatro.

Helene recebera *uma* carta antes de seu suposto noivado – e de Sophie. Ela riu de sua própria tolice. Um homem que estivesse empolgado para encontrá-la teria enviado suas próprias cartas. Um homem pronto para o amor teria enviado quarenta e quatro.

Às vezes Helene se cansava de ficar brava. Mas então chegava outra carta e sua raiva se inflamava novamente. Cada missiva era um lembrete de como ela falhara, de como todo o seu esforço acabara em desastre. De como tinha sido *fácil* para Sisi obter o que Helene passara meses tentando, se preocupando e fazendo malabarismos para conseguir.

Helene se esforçara pelo amor e ele ainda virara a cara para ela.

A única coisa que a fazia se sentir melhor – mesmo que só por alguns momentos – era ver a expressão de Sisi quando Helene se recusava a passar a manteiga para ela, a responder a uma pergunta, a sair para uma caminhada. O único poder que lhe restava era o de magoar, e ela não conseguia parar de usá-lo.

Agora Helene estava parada no corredor perto da porta de Sisi, preparando-se para roubar a carta mais recente. Para se torturar com ela enquanto Sisi praticava conjugações em francês no andar de baixo.

Helene empurrou a porta gentilmente, amaldiçoando o rangido familiar por trair suas intenções à casa inteira. Ela entrou no quarto de Sisi e, como sempre, parecia que uma tempestade tinha passado por ali: a janela escancarada, folhas e penas espalhadas sobre o peitoril e o chão. Roupas em uma dúzia de tons de preto, branco e roxo jaziam no tapete. E a cama era uma zona de guerra – desfeita e coberta de livros, diários, poemas e precisamente o que Helene procurava: as cartas.

Não só as de Franz, mas também uma resposta inacabada de Sisi. Helene raramente conseguia se torturar com elas; eram enviadas rápido demais.

Ela ergueu o papel da cama, movendo duas outras cartas sem cuidado no processo. Sempre deixava as coisas fora de lugar quando pegava uma carta, sentindo uma espécie de satisfação dolorosa ao saber que sua irmã caótica não lembrava onde deixava suas coisas. Se alguém mexesse nas coisas de Helene, ela saberia imediatamente. Nem um canto de página estaria dobrado. Era esse o tipo de pessoa que ela era – organizada, atenta, detalhista.

Helene leu a carta pela metade, apertando o papel com força entre os dedos, e parou na frase: "Quem poderia não amar um homem como você?". Cerrou a mandíbula. Pensou em rasgar e jogar a carta fora. Enterrá-la num túmulo junto com seus próprios sonhos. Ela sabia que Sisi nem repararia; só acharia que tinha perdido o papel. Nunca culparia Helene – nem perguntaria a ela. Sisi simplesmente a reescreveria, como da última vez que Helene rasgara uma de suas respostas.

Helene ergueu outra folha de papel elegante. Essa era de Franz – uma carta que Helene já lera. Era a primeira que ele assinara com "Seu alfaiate". Uma piada interna, a resposta a algo que Sisi escrevera depois de uma aula de francês particularmente desafiadora: "Se ao menos você fosse um alfaiate, e não o imperador! Eu queria você, nunca tudo isso!".

Helene odiava pensar em quantas cartas ela conhecia de cor a essa altura. Odiava pensar no que teria dito a ele em suas próprias cartas: sobre sua infância rebelde, sobre roubar doces e espiar o pai. Ou sobre como revirava o jardim em busca de sapos, a satisfação que sentia quando salvava um do poço em que sempre caíam.

No andar de baixo, uma porta pesada se fechou e Helene soube que seu tempo estava acabando. Pegou uma última carta – essa não de Franz, mas de Maxi.

As dele eram as mais interessantes. Sua caligrafia era surpreendentemente boa. Havia algo elegante nas letras largas, nos floreios. Helene se perguntou se ele treinava nos recados para as damas da corte. Certamente combinaria com sua reputação.

As cartas dele sempre eram sobre viagens e cavalos. Sisi sempre quisera ir à Grécia, e a carta mais recente de Maxi respondera a esse desejo com uma promessa: "Então iremos à Grécia. E à Hungria e à Espanha e à França e a Genebra também".

As cartas de Maxi não eram românticas como as de Franz, mas Helene conseguia ler entre os floreios. O irmão do imperador também estava apaixonado por sua irmã. Sua dedicação em escrever a Elisabeth e suas promessas de viagem e aventura deixavam isso claro. O modo como ele evitava flertar muito descaradamente também, o respeito pela irmã dela desmentindo completamente sua reputação.

Era outro corte no coração de Helene, outra prova de que Sisi era sempre amada sem tentar, outra flecha que Helene guardava em seu próprio arsenal.

Helene deixou o quarto de Sisi antes que alguém a flagrasse ali. Não que se incomodassem. Ninguém – nem a mãe – parecia se importar com ela ultimamente. Ela era a filha fantasma, o fracasso, a bomba prestes a explodir. Sisi tentava desarmá-la, mas todos os outros ficavam fora do alcance da explosão.

O pensamento veio acompanhado de uma onda de vergonha. É claro que todos a evitavam; Helene teria se evitado também, se pudesse.

Ela nunca desgostara de si antes, mas agora sim. O tempo todo. Antes, receava que fosse talvez entediante demais, ansiosa demais, mas nunca se *odiara*. Não como agora. Agora ela era um turbilhão de fúria e vergonha e, se olhasse com atenção para o próprio coração, ficaria horrorizada com o que ele se tornara.

Havia algo quebrado dentro dela, e Helene não sabia como consertar.

TRINTA E OITO

ELISABETH NÃO ESTAVA CAVALGANDO COM UM DESTINO EM MENTE, mas se encontrou nas colinas bávaras outra vez, atingindo cumes e descendo inclinações até lagos brilhantes como espelhos. Não era a primeira vez que se maravilhava com a terra verdejante e sua audácia de ter tantos tons: o verde-cinza profundo, o verde-floresta escuro, o verde gélido dos abetos prateados.

Ela reduziu o ritmo do cavalo e apeou, apoiando os pés descalços no chão do topo da colina e inspirando o cheiro de terra molhada. Era tão raro ter uma chance de ficar sozinha nos últimos tempos, e ela aproveitou a sensação, a liberdade, o espaço. Nada de conjugações em francês. Nenhuma ordem de talheres para memorizar. Só ela e os pássaros e...

Pensamentos sobre ele.

Estava cheia deles, transbordando.

Elisabeth levou o cavalo a uma pequena clareira, amarrou-a na margem e passeou entre os troncos, imaginando Franz vindo até ela.

Fechou os olhos e imaginou os lábios dele. Como seria beijá-los de novo, dessa vez sem a culpa pesando num canto da mente, sem promessas a mantendo longe? Sentir os braços dele ao redor de sua cintura, suas mãos emaranhadas no seu cabelo. E então, talvez, a mão dele encontraria os laços do seu vestido e os puxaria delicadamente, fazendo o tecido se afrouxar e soltar.

· A IMPERATRIZ ·

Pressionando as costas contra o tronco áspero de uma árvore e erguendo a garganta em direção ao sol que se infiltrava entre as folhas, ela deixou a mente vagar, livre e desimpedida. Todo dia distribuía lembranças dele a si mesma como chocolates: raras, doces, saboreadas lentamente. O beijo atrás das cortinas. O jeito como ele a abraçara quando as mães deles saíram, apertando-a contra o peito como se ela fosse parte dele. A emoção de deitar no chão ao lado dele, encarando seus olhos, quase tocando. O tremor vulnerável em sua voz quando ele compartilhava seus segredos.

Agora, no espaço silencioso entre as árvores, ela esboçou as novas lembranças que queria criar. Seus dedos lentamente desabotoando os botões do uniforme dele, deslizando sobre seus ombros largos, afastando seu casaco, sua camisa. Imaginou a pele do peito dela contra a dele. Ela beijaria sua mandíbula. Ele beijaria a clavícula dela, e então desceria mais. E ainda mais...

Ela umedeceu os lábios, deleitando-se com as imagens. Conseguia quase sentir as mãos dele em sua pele, provocando arrepios no pescoço, nos braços, no estômago, nos seios. Ele era um acendedor, e ela, um fósforo. Ela enfiou a mão dentro da saia e a apertou contra o topo da coxa. Deixou os dedos explorarem a maciez de sua pele, deslizando dentro dela, imaginando que a mão não era a sua.

— Eu te amo. — Ela testou as palavras em voz alta, ainda mais deliciosas do que no papel.

Seu corpo inteiro tremeu enquanto ela pressionava com os dedos, recordando um poema que ele escrevera para ela em uma de suas cartas enquanto ela estimulava seu corpo até o clímax:

Pardal, voe até mim,
Voe até mim,
Rápido –
Preciso de ti como uma gaivota
Precisa do ar salgado sob as asas.

Ela acompanhou a onda do poema, o ritmo de seus dedos, e sentiu tudo desabar sobre si, pressionando o corpo contra o tronco áspero e libertando sua alma para o éter.

— Franz. — Ela sussurrou o nome, depois o disse mais alto; não havia ninguém para ouvir em quilômetros.

Em breve eles estariam juntos. Em breve os longos silêncios e as aulas ainda mais longas em sua casa sufocante ficariam para trás. E seriam os dedos dele traçando a curva do seio dela, a pele macia do interior da coxa, o clímax entre suas pernas.

A ideia a fazia se sentir bêbada, lânguida de desejo.

Ela só tinha que esperar mais dois dias.

TRINTA E NOVE

Amor não era uma palavra que Franz já dissera a qualquer outra mulher.

Ele tivera aventuras, é claro. Todo rapaz tinha. Sentira a urgência do desejo, a empolgação de encontros secretos. Mas isso era algo novo. Ela era algo novo.

Em suas cartas, ele começara a escrever a palavra – e agora ela estava na ponta da língua, e ele pronto para que as cartas se tornassem conversas, risadas, sussurros à luz de velas.

Ele estava em seu quarto, escrevendo outra carta, a última que enviaria antes de ela chegar. Talvez nem a alcançasse a tempo, mas ele conseguia imaginar o sorriso no rosto dela se chegasse de surpresa no dia antes da partida.

Ela lhe enviara outro poema e ele o relia agora:

Tu és o meu sol,
Ó, nobre Aquiles!
Ah, crava tua lança no meu coração,
Liberta-me de um mundo que
Sem ti
É tão desolado, tão vazio,
E me mantém longe sem razão.

Franz levou a mão à cicatriz, sentindo suas bordas, o modo como a pele era tesa ali. O momento em que Elisabeth correu seus dedos sobre ela – talvez tivesse sido o momento em que ele se apaixonara, o ponto a partir do qual não havia mais volta. Ele estivera inteiramente vestido e, no entanto, mais nu do que já se sentira com outra pessoa. Ela havia traçado a alma e não o corpo, e cada parte dele se inflamara de desejo. Tinha sido mais íntimo e mais erótico que sexo.

Ele a viu na mente: o vestido azul-escuro contra a pele bronzeada, uma constelação de sardas que o sol beijara em seus braços, o arco dos seios subindo e descendo com sua respiração, a curva sedutora de um sorriso sempre esboçado. E aqueles olhos – tão profundos que ele podia segurar o fôlego para sempre e nunca alcançar seu fim.

Ele imaginou o que faria se ela estivesse ali agora. Como desataria cada laço de seu vestido, revelando a pele centímetro por centímetro, beijando cada revelação e gravando-a na memória. Ele traçaria cada curva perfeita, deixaria as mãos se demorarem no ponto onde a cintura se encontrava com o quadril. Beijaria seu umbigo, a curva do estômago.

Ela arquearia as costas, a doçura transformando-se em desejo – ousada, diferente, uma criatura da noite indomável que vinha reivindicar sua alma. Ele a entregaria a ela de mãos abertas.

Vez após vez, em suas cartas, ela o chamara de forte, de sonhador. O coração dele crescia ao saber que ela o via como quem ele era e o amava por isso. Ela também o incentivara a confiar em seu coração. Ninguém jamais lhe dissera para fazer isso. Todos tinham suas opiniões. Todos queriam orientá-lo. Ela fora a primeira pessoa a dizer que seu próprio coração era forte o bastante, certo o bastante, inteligente o bastante para encontrar o caminho.

Não pela primeira vez, Franz desejou que o império tivesse uma ferrovia. Sempre quisera construir uma, mas a distância de Elisabeth o fizera perceber como a questão era urgente, quantos problemas uma ferrovia podia resolver. Ele passara incontáveis horas irritado por não conseguir visitá-la. Uma ferrovia resolveria essa dor para todos os homens. Sem contar que incentivaria os negócios, o comércio, levaria as pessoas até familiares distantes. E, mais importante: conectaria as cidades a mais alimentos e oportunidades. A elegância da solução tirava seu fôlego.

Uma batida soou à porta e ele se sobressaltou. E então a mãe entrou calmamente no quarto, estoica e impressionante como sempre.

— Mãe. — Franz se ergueu e gesticulou para que ela se sentasse no divã próximo.

Quando ele se acomodou numa cadeira à frente, ela falou, sem preâmbulos:

— Devo pedir novamente que você reconsidere sua escolha. Não é tarde demais; você tem dois dias.

Como ele não respondeu, ela prosseguiu:

— Devo lembrá-lo que Elisabeth é... — Sophie procurou uma palavra, agitando os dedos no ar. — ... imprevisível. A corte exige educação e delicadeza. Nenhuma das duas palavras descreve a jovem duquesa.

Ela tinha razão, é claro: Elisabeth era muitas coisas, mas Franz não podia descrevê-la como recatada e polida. Mas quem tinha determinado que essas eram as únicas qualidades que podiam funcionar na corte? Só porque pessoas imprevisíveis tinham sido mantidas longe dali não significava que não podiam sobreviver naquele ambiente – quem sabe até prosperar.

Sophie e Franz tiveram aquela conversa mais de uma vez desde que voltaram a Viena. E, toda vez que a mãe reiterava suas objeções, Franz as achava mais fáceis de ignorar. Quanto mais cartas de Elisabeth se acumulavam, menos sua culpa ou seus receios conseguiam atravessar a conexão que eles haviam criado.

A resposta de Franz soou tranquila:

— Isso é irônico considerando como você ficou encantada quando convidei Maxi para a capital. Ele é a definição de imprevisível.

Sophie balançou a cabeça de leve.

— Mas ele é um homem, querido. Há mais jeitos de ser um homem na corte do que uma mulher.

Franz não tinha pensado desse jeito antes, mas ela tinha razão. As mulheres na corte recaíam em categorias bem definidas. Ele nunca percebera que talvez elas fossem *obrigadas* a isso. A ideia o incomodou.

— Está dizendo que não demos às mulheres a chance de ser mais nada na corte. Então por que não começar agora?

Sophie redirecionou a conversa:

— Franz, você sempre foi um homem sensato. Mesmo quando criança, era o mais esperto e disciplinado dos seus irmãos. Sempre fez as escolhas difíceis, as escolhas boas. E tornou-se exatamente o homem que precisava ser para governar o império. — Ela fez uma pausa. — Por favor, querido, pense bem. Ainda há tempo de cancelar o casamento. Seja sensato. A garota é bonita? Sim, claro. Ela é encantadora e atrai todos os olhares na sala. Mas essas não são as qualidades de que você precisa numa imperatriz.

Franz fechou os olhos devagar e os abriu de novo. Era uma pena que a mãe não aprovasse e não quisesse Elisabeth como nora. Contudo, ele era um homem agora, e deixaria seu coração e sua mente guiá-lo juntos, não separadamente. Não cortaria uma parte de si.

— Mãe, você terá que aceitar a minha escolha. — Ele se levantou da cadeira e apontou para a porta. — A imperatriz logo estará aqui.

QUARENTA

As carruagens pararam em uma alameda ladeada de árvores, a floresta se estendendo ao redor como um cobertor verde luxuriante. Um leve indício das cores de outono tinha chegado mais cedo, deixando a orla da floresta levemente dourada. Elisabeth sentia o brilho na alma, impelindo-a em direção a Viena.

Ela pedira às carruagens que parassem para poder se aliviar, mas só queria caminhar nos bosques, inspirar o cheiro da terra e das folhas, e escapar por um momento. Sair da carruagem fora um alívio, como respirar profundamente após estar submersa.

A carruagem com Helene e a mãe parecia uma caixinha de fósforos – cheia de esperanças frustradas e silêncios afiados como lâminas. Spatz também estava lá, mas sabiamente se mantinha calada. E a carruagem com o pai vinha com as decepções dele: o medo de que sua filha rebelde se tornasse outra pessoa. Ela dissera que não era o caso, mas a descrença dele pairava pesada entre as piadas que os dois trocavam. Aquela seriedade atípica a perturbava. Ela queria que ele pudesse sempre ser seu aliado, não só quando isso lhe conviesse.

Seus pés amassaram folhas caídas e pedras ásperas até ela não ver a carruagem, não ouvir a conversa abafada ou o pai se revirando em busca de um charuto. Ela pressionou as costas contra um pinheiro, reclinou a cabeça e fechou os olhos. Queria que já estivessem em Viena, queria estar naquele bosque com Franz, uma história da infância nos lábios dele, suas cartas transformadas em conversas reais.

Cada uma a fizera amá-lo ainda mais. A história mais recente dele era sobre a vez em que tentara soltar todos os cavalos no estábulo de Bad Ischl quando tinha dez anos. Ele tinha metido na cabeça a ideia de que os cavalos mereciam correr livres, e conseguira libertar pelo menos meia dúzia antes que um dos cavalariços o encontrasse. Levou um dia inteiro para eles capturarem as últimas duas éguas obstinadas que haviam conseguido subir metade de uma trilha íngreme da montanha.

Ele contou que nunca vira a mãe tão furiosa. Não por causa dos cavalos, mas porque havia uma delegação importante na cidade e Franz fizera os Habsburgo parecerem ridículos. Era engraçado agora, mas na época ele se sentira péssimo. Ardera de vergonha por fazer a coisa errada e ainda mais quando Sophie o censurara por chorar.

— Pode se apressar? — A voz do pai atravessou as árvores, estilhaçando o momento.

Ela quase se esquecera de onde estava.

Alisou as saias e se afastou do pinheiro. Quando emergiu do bosque, o pai estava debruçado na janela da carruagem, segurando um charuto preguiçosamente entre dois dedos. Ele deu uma tragada.

— Essa provavelmente foi a última vez que você mijou nos bosques.

— Papai, por favor. — Ela ergueu uma sobrancelha. — Você quer dizer: essa foi a última vez que você mijou nos bosques, *Majestade*. — Ele tinha piadas, mas as dela eram melhores.

Ele sorriu.

— Essa é a minha garota.

Elisabeth subiu na carruagem de novo, sentou-se no banco oposto a ele e estendeu a mão para pedir um charuto. A carruagem voltou a se mover, e eles seguiram seu caminho. Ela relaxou os ombros para se dispersar um pouco da empolgação.

Abriu e fechou a mão, com a palma para cima, na frente do pai, e ele deu uma gargalhada e colocou o charuto em sua mão.

— Não conte para a sua mãe.

Ela lançou um olhar incisivo para ele.

— Desde quando você tem que me dizer isso?

— Desde que você é a *Majestade*. Não sei como uma imperatriz se comporta com a mãe.

Elisabeth bufou.

— Eu ainda sou eu.

— Ah, mas por quanto tempo?

Ela franziu o cenho. As dúvidas e decepções a invadiram de novo.

— Para sempre — respondeu, sustentando o contato visual e desejando que ele acreditasse e se reconfortasse com a determinação dela.

Ele estendeu o fósforo para ela.

— Me faça um favor. — Ela ergueu uma sobrancelha, convidando-o a continuar. — Na corte, não se lance contra problemas impossíveis de resolver como você geralmente faz. Cuide de si mesma. Dobre-se quando precisar se dobrar.

Elisabeth soltou o ar devagar. Não podia prometer isso. Na verdade, tinha feito exatamente a promessa oposta a si mesma todo dia nos últimos dois meses. Ela amaria Franz, aceitaria seu dever *e* permaneceria ela mesma. Não abandonaria qualquer uma dessas coisas.

— Não se preocupe, papai. Franz sabe quem eu sou. — Ela deu um sorriso tranquilizante.

— E isso... — Ele gesticulou pela janela em direção ao palácio, que lentamente entrava à vista conforme eles emergiam da orla das árvores. — Isso é o que você é?

— Parte de quem eu sou, sim. Parte do que eu escolhi. — Ela inalou a fumaça doce e a exalou devagar.

— Aproveite enquanto puder. — Ele apontou para o charuto. — Imagino que sua futura sogra não vá aprovar que você fume.

— A desaprovação dos outros nunca me impediu antes.

— Ah, mas ouvi dizer que ela é uma oponente mais formidável que sua mãe.

De fato. Elisabeth ainda conseguia ouvir aquelas palavras afiadas como agulhas, proferidas através de uma porta entreaberta: *qualquer coisa que não se dobre vai quebrar*. Acaso Sophie pretendera que ela as ouvisse? De toda forma, ela tinha certeza de que significavam algo mais que parar de fumar.

Mas guardou isso para si mesma, sorrindo para o pai.

— Deixe que eu me preocupo com isso, papai. Você só se preocupe em não criar problemas com a arquiduquesa.

— Não prometo nada. — Ele ergueu as sobrancelhas, num humor mais leve. Ao contrário do que a mãe pensava, viajar tendia a deixá-lo mais feliz e menos mordaz.

Elisabeth balançou a cabeça afetuosamente. Era como aquela primeira viagem de carruagem com Helene, só que com os papéis invertidos: ela censurando, e o pai prestes a criar encrenca na corte.

QUARENTA E UM

A MÁGOA DE HELENE ERA UM COPO TRANSBORDANTE, ENCHARcando-a, espalhando-se muito mais longe do que ela percebera. Não a havia enxugado imediatamente e agora ela havia se fixado — uma mancha vermelho-escura na sua alma. Profunda e densa como a floresta que se espalhava fora das janelas da carruagem enquanto elas sacolejavam desconfortavelmente rumo a Viena. Rumo ao destino de Sisi.

O destino que deveria ter sido de Helene.

Ela tinha pensado que estaria mais calma quando a família deixasse a Baviera para o casamento, mas em vez disso seu ressentimento tinha continuado a crescer, espalhar-se, enraizar-se. Até que tudo que ela conseguia ver era aquela mancha, tudo que conseguia sentir era a fúria. Tinha ouvido a vida inteira que, se se comportasse, coisas boas aconteceriam para ela. Agora que descobrira que era mentira, não conseguia se livrar da raiva.

— Vai ser assim com você a partir de agora? — A mãe irrompeu em seus pensamentos, sua voz cheia de exasperação.

— Assim como? — Helene afastou os olhos das árvores e se recostou no assento para encarar a mãe.

A expressão no rosto dela dizia *você sabe como*, mas ela se explicou mesmo assim:

— Venho encarando o seu rosto de peixe triste há meses. Tenho sido paciente, mas agora chega. Supere. Eu superei.

As palavras eram farpas se alojando sob a pele de Helene. E vindas da única pessoa que devia ser sua aliada! Não era justo. Tinha sido a mãe que a fizera acreditar que ela estava fazendo a coisa certa, que a arrastara ao longo de meses de preparação, que lhe dissera que ela seria recompensada pelo esforço.

— Também não foi fácil para mim — disse a mãe, apontando um dedo para Helene. — Deus, não mesmo. Os preparativos, a correspondência, o dote. Tudo sem a ajuda de qualquer outra pessoa na casa!

Lágrimas de raiva brotaram no canto dos olhos de Helene. O fracasso nunca parava de doer. A perda nunca diminuía.

O tom da mãe ficou mais suave que o usual:

— Está tudo bem, querida. Não chore. — Ela se esticou e deu uma batidinha no joelho de Helene. — Pense assim: você estará lá para cuidar de mim quando eu estiver velha. Sisi teria me matado prematuramente.

Outra farpa. Outra mágoa para acrescentar à pilha. A mãe via aquilo como o fim das esperanças de Helene. Pensava que porque um homem, um imperador, não amava Helene, ninguém mais amaria. Helene continuou sentada em meio à dor inacreditável.

Às vezes ela queria falar com Sisi sobre isso, brincar com ela até que a fúria, a mágoa, se transformasse em algo menor e mais administrável. Sabia que Sisi poderia fazer isso; era o seu poder mágico, sempre fora. Mas, toda vez que o pensamento lhe ocorria, seu coração erguia um muro. *Não*, ele gritava. A fonte da dor não podia ser um bálsamo. E Helene puniria Sisi pelo que ela fizera, mesmo que também estivesse punindo a si mesma.

As duas seguiram o resto do caminho até o palácio em silêncio, Helene mantendo os sentimentos trancados. Seu rosto era de pedra – e seu coração também.

QUARENTA E DOIS

F RANZ ACORDOU AO NASCER DO DIA, O CORPO VIBRANDO DE antecipação. Esse era o dia, o *dia*, o dia. Ela chegaria a qualquer minuto. Ele ajeitou o colarinho, os nervos se misturando com a empolgação no estômago.

A necessidade de se mover – de se libertar um pouco da ansiedade que corria sob a pele – o levou ao local onde sempre praticava esgrima, longe do palácio, perto dos bosques. Agora ele estava parado em seu equipamento de esgrima, enfrentando Maxi – dessa vez sabendo que era ele.

— Você acordou umas dez horas mais cedo que de costume. — Franz assumiu a pose de luta.

— Está enganado, irmão. Eu ainda não fui dormir. — Maxi ergueu a rapieira com um floreio.

Franz tinha convidado o irmão a se juntar a ele – uma tentativa de fazer as pazes –, mas não imaginara que Maxi realmente apareceria a essa hora. Era especialmente desagradável porque Franz tinha acabado de receber uma carta muito atrasada de Elisabeth. Isso o teria deixado feliz – as cartas dela sempre o deixavam –, exceto que essa havia sido um soco no estômago. Ela mencionara que Maxi vinha escrevendo para ela, uma informação que ele não tinha antes.

E Elisabeth podia pensar que o contato era inocente, mas Franz conhecia bem seu irmão patife. Se Maxi estava escrevendo para Elisabeth, estava flertando com ela. Ou tentando boicotar Franz de alguma forma. Ou – até mais provável – ambos.

Franz queria ver as cartas, analisar seus significados mais profundos, os modos como Maxi estava planejando prejudicá-lo.

A ideia fez seu sangue ferver, e ele saltou em direção ao irmão, começando a partida. Eles lutaram. Para a frente, para trás, para trás, para a frente: mesmo irritado, o ritmo familiar era um bálsamo. Sua respiração passou a acompanhar os movimentos dos pés.

Maxi o pegou com o primeiro toque.

— Você está distraído hoje — disse ele, e Franz o ignorou. — Ah, sim, esqueci. Sua noiva chega hoje. Quanto tempo acha que vai demorar até a arruinar?

O estômago de Franz se apertou.

— De que forma eu a arruinaria?

Uma risada saiu da máscara de Maxi.

— De todas as formas. Ela é uma borboleta e você a está colocando num vidro com tampa, Franz. Ela vai sufocar.

— E o que você sabe sobre isso?

— Tudo. Eu estou no mesmo vidro, já meio morto. — O tom de Maxi era um fio de lâmina disfarçado de piada.

— Por favor, você tem mais liberdade do que qualquer um na corte, incluindo eu. — Franz tentou terminar a partida, mas Maxi o bloqueou. Ataque, defesa. Ataque, defesa.

— Eu não tenho nada.

— Isso é tão dramático quanto falso, Maxi. — Ele franziu o cenho, piscando para tirar o suor dos olhos sob a máscara. Maxi encontrou uma abertura: dois toques.

Maxi falou de novo, a voz tensa:

— Você ainda pode pôr fim a isso.

— Está falando como nossa mãe.

— Então você vai arruiná-la pelos seus próprios sentimentos egoístas?

A raiva se ergueu na garganta de Franz, mas ele não respondeu. Será que Maxi estava com ciúme de novo? Era difícil dizer. Em Bad Ischl, Maxi brincara que se casaria com Elisabeth e fizera comentários maliciosos sobre ela o tempo todo. Tinha flertado – sem um pingo de vergonha. E agora Franz sabia que vinha escrevendo cartas a ela. Por outro lado, Maxi *sempre* flertava sem um pingo de vergonha. E ele tinha um histórico de querer o que Franz queria – só porque Franz queria o que quer que fosse.

A frustração tensionou os músculos de Franz e ele pressionou mais, abandonando a forma e o movimento dos pés enquanto atacava, bloqueava, atacava de novo. Os toques se acumularam, as rapieiras batendo uma na outra com um estremecimento metálico que subia pelo braço de Franz toda vez.

E então Maxi estava dentro das defesas dele de novo, o toque final amassando o centro do uniforme de Franz.

— Ganhei. — Franz conseguiu ouvir o sorriso de Maxi mesmo atrás da máscara. — Acho que você não consegue *sempre* o que quer.

Franz arrancou a própria máscara e estendeu uma mão para o irmão. Tentando – novamente – não ser mesquinho.

Como nunca se sentia obrigado a responder da mesma forma, Maxi afastou a mão dele com a rapieira, virou-se e marchou de volta ao palácio. Franz o viu se afastar, desejando que a luta o tivesse deixado menos – e não mais – inquieto.

※

A irritação após a luta com Maxi e a notícia das cartas não resistiram à emoção do dia. Quando Franz voltou a seus aposentos, seus nervos estavam à flor da pele. Elisabeth estava a caminho, aproximando-se a cada segundo. Sua empolgação era uma coisa quase física, elevando-o tanto que ele mal sentia os pés tocarem o chão.

Ele pegou a trança da crina de Puck – o precioso presente dela, enviado a ele em sua última carta. "Para pensar em mim até eu chegar a você." Ela enviara um poema também.

Alegre,
Sopro o ar marítimo em ti,
No centro do teu coração;

> *Muito em breve, então,*
> *Esqueça*
> *O mundo e suas dores.*

Ele esqueceria. Era o dia perfeito para fazer isso. Para esquecer os ataques de Maxi e a desaprovação da mãe. Para começar do zero.

Theo interrompeu seus pensamentos com uma tosse, e Franz se virou para ele.

— Majestade, é a condessa de novo. Devo dispensá-la?

Franz suspirou. Havia muitas condessas na corte, mas só uma era relevante: Louise. A ex-amante de Franz, que – quem diria – estava realmente apaixonada por ele.

Ele nunca quisera partir o coração dela, mas os destroços estavam nas suas mãos.

— Deixe-a entrar. — Ele guardou a crina de Puck em uma caixinha na escrivaninha de madeira de carvalho e se virou quando Louise entrou.

Ela estava linda, como sempre, mas Franz não sentiu nenhum desejo, nenhuma atração. Não sentiu nada pela figura dela, definida na cintura por um corpete que parecia feito de escamas verdes. Nada pelos fios dourados em seu cabelo, acentuados por um casaco preto e um chapéu preto para combinar. Nada pelos olhos azuis brilhantes, pelo pescoço delicado, pela respiração palpitante na base da garganta.

Se ele sentia alguma coisa, era pena. Ela era uma mulher de luto e estava vestida dessa forma, suas roupas uma nuvem escura, seus brincos na forma de machados de batalha para afastar o mal. Os aposentos alegres dele – com seu papel de parede verde e dourado, o piso de madeira claro, o teto azul com anjinhos sorridentes – só a faziam parecer mais infeliz.

— Meu imperador. — A voz dela ainda era esperançosa, o que o irritou. Ele tinha terminado o relacionamento assim que voltara a Viena, seu coração pertencendo apenas a Elisabeth. No entanto, os meses não haviam ajudado Louise a seguir em frente. Ela usava sua dor como um vestido.

— Condessa, não é uma boa hora. — Ele não tinha mais nada para dar a ela. Tentara gentileza. Tentara se explicar. Mas ela continuava ali. Persistente.

— Você não respondeu às minhas cartas.
— Não havia motivo para responder. Acabou. Acabou faz tempo.
— Acha que pode simplesmente me descartar?

Como se tivesse sido fácil assim. Como se Louise tivesse *permitido* que fosse fácil.

Apaixonar-se por Elisabeth fora fácil. Mas Louise estava acostumada a obter o que queria, e evitá-la – com seus olhares sofredores e suas ameaças veladas de expor o caso deles – fora impossível.

— Eu fiz uma oferta generosa a você. — Ele falou, sabendo que não era o que ela queria. Mas era assim que se fazia aquele tipo de coisa: um jeito de se desculpar, de reconhecer a profundidade da estima dela.

Ela estendeu uma mão com luva e tocou a dele.
— Você disse que precisava de mim.

Não fora uma mentira na época, mas seria agora. Ele queria que ela conseguisse entender isso.

— Majestade — interrompeu Theo. Louise puxou a mão, baixando o olhar para o piso com padrão de diamantes. — A noiva imperial chegará em breve.

Franz assentiu, segurou o olhar de Louise e torceu para que dessa vez ela entendesse que seu coração não estava mais disponível. Que estava tomado e consumido, pertencendo inteiramente a outra pessoa.

— Condessa, acabou. — Ele torceu para que ela sentisse o caráter definitivo das palavras. E, embora não quisesse fazê-la chorar, podia ver que as lágrimas brotariam de novo assim que ela saísse da vista. Ele odiava que isso o fizesse se sentir como Maxi – usando as pessoas e depois as descartando.

Assim que ela saiu, ele se virou de volta à janela, desejando que a carruagem de Elisabeth aparecesse. Sua alma ansiava por ela. Tudo que ele queria era estar com ela e esquecer o mundo e suas dores – a guerra pairando sobre eles como uma nuvem tóxica. Ele estava usando toda a sua força para opor-se ao conflito, para ver algo mais grandioso e menos destrutivo para o império Habsburgo.

Ele contemplou os terrenos expansivos e tocou a cicatriz de leve. Queria poder banir as preocupações sobre a guerra só por um dia e se dedicar à *alegria*. À facilidade de estar com Elisabeth. E ao prazer de planejar coisas boas para o império em vez de ruins. Estradas e ferrovias, comércios e negócios.

Franz se virou para sua mesa e pegou o anúncio do casamento em uma pilha de cartas, erguendo-o para a luz.

A foto era dela – mas não como ele a conhecia. O cabelo castanho lustroso, as feições bronzeadas, a curva gentil dos quadris estavam todos lá. Porém, em vez da piada usual no canto da boca, havia uma linha séria. Em vez dos cachos soltos, seu cabelo estava impecável: um trançado perfeito, sem um fio fora de lugar. E as saias... eram duas vezes o tamanho normal, pareciam um profiterole em forma de tecido. Ela não era mais a despreocupada duquesa da Bavária, mas a imperatriz Elisabeth de Habsburgo.

Uma batida na porta anunciou a chegada da mãe, seu vestido laranja e preto elegante anunciando a última moda na corte.

Franz sacudiu o anúncio vagamente na direção dela. Sophie tinha se encarregado de todos os preparativos do casamento, e ele não vira o anúncio até aquela manhã.

— Ela não é assim, mãe.

— Ainda não. — O tom de Sophie era casual, sua versão de erguer a bandeira de rendição. Ela não chegaria ao ponto de apoiar a escolha dele ativamente, mas não iria mais resistir. Mesmo assim, ele desejava mais – não só rendição, mas animação. Amor. Elisabeth era inteligente, observadora, empática. Era a própria vida, uma semente desabrochando em flor, uma nova estrela aparecendo no céu. Ele queria que a mãe também visse isso.

Pegou a mão da mãe e a apertou.

— Ela será uma imperatriz maravilhosa, você vai ver. Ela me trouxe de volta à vida e vai fazer o mesmo pelo império.

— Não tenho dúvida. — Ela soltou a mão dele e deu alguns tapinhas, ainda neutra.

Ele teria que se contentar com a rendição. Por enquanto. Mas Elisabeth encantaria a mãe dele, com o tempo – ele tinha certeza.

QUARENTA E TRÊS

UMA MULTIDÃO AGUARDAVA JUNTO AOS PORTÕES DO PALÁCIO, tentando avidamente pegar um vislumbre de Elisabeth – sua futura imperatriz. Nada tão empolgante acontecia em Viena em anos, desde o nascimento de Luzi. Agora, enquanto a carruagem sacolejava em direção aos portões, mães equilibravam seus bebês no quadril. Pais colocavam crianças pequenas nos ombros para conseguirem ver melhor sobre a aglomeração. Crianças mais velhas abriram caminho ou se agarravam a uma floresta de pernas.

— Imperatriz! — gritavam eles. — Elisabeth!

O ar ficou preso no peito dela. Tudo isso era por ela? Pela sua chegada?

— Isso é insano — exclamou ela, maravilhada, acenando hesitante da janela da carruagem, as pessoas aplaudindo entusiasticamente.

— De fato, Majestade. — O pai fez uma mesura debochada.

A multidão reduziu o progresso da carruagem, e Elisabeth impulsivamente estendeu a mão pela janela, apertando mãos e tocando dedos enquanto passava. As mãos eram grandes e pequenas, brancas e pretas, suaves e ásperas, velhas e jovens, sujas e limpas. Uma sinfonia de pessoas, um reflexo de Viena – seu novo lar.

— Abram caminho! — Ela ouviu os guardas gritando na frente das carruagens conforme empurravam as pessoas rudemente para trás. Ela franziu o cenho e desejou que eles fossem mais gentis. As pessoas estavam felizes – não eram perigosas.

Conforme se afastavam, os olhos de Elisabeth foram atraídos para um ponto além. Ela teve seu primeiro vislumbre real do palácio e seu coração pulou para a garganta. A enormidade, o glamour – era tão assombroso quanto o mapa do império Habsburgo no piso de mármore da Kaiservilla. Ela ouvira que o palácio podia abrigar cinco mil pessoas, mas não tinha entendido de fato como isso seria na realidade, quão grande ele teria que ser.

Era uma cidade em si – uma propriedade com múltiplas construções, cada uma delas com vários andares, seus telhados verdes e vermelhos inclinando-se em todas as direções. Uma fonte retangular enorme, com linhas retas e água cintilante, os recepcionou antes de um grandioso arco de dois andares que levava ao prédio central.

— Inacreditável. — Elisabeth apertou o rosto contra a janela.

O sorriso do pai era surpreendentemente triste, ainda contido por preocupações.

— Sabe, essas pessoas acreditam que Deus as escolheu. — Era um insulto e um aviso para não se deixar levar pelo luxo e presunção de tudo aquilo.

— Você sabe que eu não acredito nisso — garantiu ela.

— A família imperial é igual a você e eu: igualmente triste, igualmente quebrada, igualmente faminta.

— Igualmente amorosa? — Ela tentou puxá-lo do humor sombrio que o tinha tomado.

— Não tenho tanta certeza disso.

Claramente ela não conseguiria melhorar o humor dele, então se virou e se concentrou na arquitetura do prédio principal, que ficava mais grandiosa conforme os detalhes eram revelados com o avanço da carruagem: relevos de espadas e brasões, estátuas de pedra mostrando pessoas usando armaduras ou despidas, guirlandas, círculos, linhas. Seria possível passar a vida toda estudando aquelas fachadas e nunca memorizar todos os seus contornos, pensou ela.

E então se esqueceu completamente do palácio, porque havia pessoas esperando na frente da entrada.

Sophie. Maxi. Ludwig.

Franz.

Ele estava empertigado, forte, até mais bonito do que ela se lembrava. O coração dela quase saltou do peito e flutuou até ele. Deus, será que seus olhos sempre foram tão escuros, tão profundos? Como ela tinha esquecido os contornos de suas sobrancelhas, a delicadeza de seus cílios? Ela absorveu a visão, deixou a mente vagar de volta a seus sonhos acordados, sua mão apertando a coxa – uma substituta para a dele.

Em breve seria a mão dele. Muito em breve.

Sua boca ficou seca e seu coração batia tão alto que ela não conseguia ouvir mais nada.

Franz nem esperou a carruagem parar de vez antes de correr até eles, abrindo a porta e estendendo a mão para tomar a sua. Quando a mão dele a tocou, ela arquejou. Foi como aquele primeiro toque: os dedos dele no pescoço dela, apoiando a trança de Puck gentilmente em seu ombro. O corpo inteiro dela ardeu.

Elisabeth sabia o que se esperava dela agora. A mãe tinha inculcado a lição em sua cabeça: ela devia se apresentar a Sophie, fazer uma mesura, pressionar a testa contra a mão estendida da arquiduquesa. Nada de displicência. Tudo de acordo com a tradição. Mas isso parecia tão tolo agora. Como ela podia não se jogar diretamente nos braços do seu amado? Ela pensou nas preocupações do pai e sorriu para si mesma. *Veja isso, papai, e me diga se estou perdida.*

Elisabeth saiu da carruagem, envolveu a mão na nuca de Franz e se inclinou para beijá-lo. Sabia que desapareceria na alegria do beijo, esquecendo-se de tudo que não fosse ele. Palácio, família real, a nobreza escandalizada – tudo desapareceria na perfeição do momento.

Mas ele recuou. No lugar de um beijo, ergueu a mão dela e a levou aos lábios – e isso foi o bastante. Por enquanto. Após meses só de cartas, a pele de Elisabeth absorveu o calor do corpo dele como uma terra ressequida num temporal.

Era isso. Ela estava ali, e ele estava ali, e estavam finalmente juntos. Noivos. Dessa vez seria Elisabeth quem passearia pelos jardins com Franz enquanto suas mães observariam a distância. Seria ela quem se sentaria a seu lado nas refeições. Que o faria rir.

Sua felicidade era perfeita naquele momento. Mesmo depois de meses das proclamações agourentas da mãe sobre como seria difícil ser imperatriz, mesmo com os silêncios teimosos de Helene.

Nada disso importava.

Elisabeth escolhera seu caminho, e o sorriso radiante no rosto de Franz sossegou seu coração. Ela tinha encontrado seu grande amor e lutaria por ele se fosse preciso.

QUARENTA E QUATRO

O coração de Helene era uma fortaleza, com a mágoa trancada no lado de dentro e a raiva mantendo vigia do lado de fora.

Ela tinha assistido, através da janela da carruagem, enquanto Sisi voava da própria carruagem para os braços de Franz. Ele a tinha impedido de beijá-lo – o que seria um escândalo –, mas segurou sua mão até o último segundo possível, os dedos deles tentando se tocar mesmo enquanto se afastavam. Helene se sentia exposta, esfolada. Seu ressentimento só aumentou.

Até mesmo os ossos doíam com a sensação de fracasso, ao ver como o amor havia surgido facilmente para eles e não para ela. Pensando em como se esforçara e em quão pouco isso tinha importado. Como a traição havia cortado fundo. Conseguia sentir todos a encarando enquanto descia da carruagem e endireitava a coluna, firmando os olhos. *Encarem o quanto quiserem*, ela desafiou a todos em silêncio. *Seus pensamentos cruéis não podem me atingir.*

A mãe surgiu atrás dela e Sophie a abraçou afetuosamente.

— Irmã, é tão bom ver você.

Isso também enfureceu Helene. A mãe tinha Sophie; Sisi tinha Franz. Quem ficaria feliz por Helene? Ninguém. Helene passara da esperança para a invisibilidade no espaço de um único dia. Não pela primeira vez, desejou que a mãe a tivesse deixado ficar em casa.

Depois dos cumprimentos, Sophie – majestosa da cabeça aos pés, como Helene se lembrava dela – conduziu Helene, Sisi e a mãe rapidamente através do palácio. O colar de Sophie tilintava a cada passo: cinco esferas douradas pendendo de um cordão preto. O tipo de colar que Helene esperara ter e agora nunca teria.

O pai delas havia perambulado vagamente na direção de uma fonte com Spatz, e um criado fora enviado para trazê-los para dentro quando estivessem prontos. Agora, os passos das mulheres ecoavam através dos corredores de mármore. Estátuas de pedra de querubins em tamanho real seguravam grandes lâmpadas douradas e rebuscadas, congelados no ato e tão reais que Helene sentiu que poderiam estender a mão para tocá-la.

Eles a faziam querer quebrar alguma coisa.

O palácio podia ter sido seu lar. Ela podia ter pertencido ao teto alto, às colunas verde e cor de creme, à entrada de mármore púrpura delicada, às espirais entrelaçadas em alto-relevo na base de cada coluna. Teria comandado os corredores infinitos, os cômodos revestidos de madeira atrás de portas com pinturas extravagantes em tons de azul, rosa e verde.

Helene mal ouvia a conversa à sua frente. Sophie já estava instruindo Sisi: algo sobre uma carruagem de vidro, uma igreja, uma valsa. Sisi odiaria tudo aquilo. Uma carruagem de vidro atraindo todos os olhares para ela. Uma cerimônia na frente de centenas de nobres, duques e condessas. Valsas formais nas quais ela seria obrigada a – o maior dos crimes! – usar sapatos.

O coração de Helene avançava e recuava no peito. Uma parte dela queria consolar a irmã, sabendo que Sisi estaria sobrecarregada com tudo aquilo. A outra se afastou: Sisi havia escolhido – roubado – essa vida para si. Helene estava cansada de não ser mesquinha; manteve a mão resolutamente ao lado do corpo e apertou a saia para não se trair com um toque tranquilizador no braço de Sisi.

Sophie estava apontando para vários criados que esperavam silenciosamente no topo das escadas.

— Aqui estamos. Agora, por favor, levem Suas Altezas aos jardins de rosas.

Ela tomou Sisi pelo cotovelo, despedindo-se de Helene e da mãe com um aceno. As duas deveriam seguir os criados. Helene conteve a raiva.

Não sabia o que seria pior: ser excluída do passeio privado com Sophie ou ser forçada a ir junto sabendo que não era por ela.

— Néné. Espere. — Foi Sisi dessa vez, a voz suplicante, e, ah!, como os sentimentos de Helene se transformaram. Se antes ela se ressentira por ser mandada embora, agora se deliciou com isso. Deliciou-se ao ver como a irmã estava sozinha. Se Sisi precisava da ajuda de Helene, devia ter pensado nisso antes de arruinar a vida dela.

— É *Helene*.

Ela se virou resolutamente e começou a seguir o criado. E foi só quando tinha dobrado uma esquina e seguia por um corredor com estampa de diamantes que sua raiva diminuiu. A vergonha — sua nova amiga constante — ergueu-se para abafá-la.

Helene, essa é mesmo a pessoa que você quer ser?, ela se perguntou silenciosamente.

Não era. Ela se sentia...

Descontrolada. Uma avalanche trovejante. Uma coisa destrutiva e perigosa que não conseguia impedir a si mesma.

Ela seguiu em frente, os sapatos batendo num ritmo rápido demais nos pisos de mármore, odiando-se mais a cada passo.

QUARENTA E CINCO

Elisabeth viu Helene se afastar com o coração dolorido. Nem se tratava mais dela, agora só estava preocupada que Helene jamais seria a mesma. Que ela — Elisabeth — tivesse quebrado algo que não podia ser consertado. A fúria de Helene era um incêndio, e Elisabeth tinha medo que a irmã se queimasse até restarem apenas cinzas.

Onde estava a Helene que sempre a salvava? A Helene que sacrificara a sola dos pés em gravetos e espinhos para correr atrás de Sisi no rio? A Helene que a escondera num baú quando o conde-que-abria-os--botões-das-calças tinha vindo visitá-la? Será que a veria novamente?

— Ela não fala mais comigo. Nem uma palavra. — A voz de Elisabeth soou mais baixa que o normal.

Sophie estendeu a mão, tocando seu ombro e gentilmente a guiando pelo corredor ornamentado.

— Nós buscamos o perdão apenas de Deus, Elisabeth — disse ela simplesmente. — Todo o resto é vaidade. Além de perda de tempo.

Elisabeth ficou estranhamente reconfortada, não pelas palavras, mas pelo tom de Sophie. Havia algo caloroso nele. Algo que a fez sentir que talvez tivesse ouvido errado, antes de deixarem Bad Ischl. Talvez Sophie pudesse ser uma aliada.

Ela e Sophie eram parecidas de algumas maneiras. Pelo menos Elisabeth esperava que sim. Sophie era ousada e original; não era reduzida pela corte e sim a comandava com confiança. Não se perdia ao dever, e sim o curvava ao redor de si. Era o que Elisabeth aspirava ser, e esperava que Sophie pudesse ensiná-la a fazer isso.

Sophie a levou até umas portas duplas e as empurrou.

— Seus aposentos — disse ela, com um floreio.

Admiração e assombro a tomaram, empurrando as preocupações com Helene para o fundo da mente. Os cômodos eram perfeitos. Na sala, um papel de parede azul tinha detalhes em verde-musgo que a lembravam de passeios na floresta em casa. Pinturas de cervos surpresos e pássaros prestes a alçar voo cobriam as paredes graciosamente entre arandelas de bronze. O tapete persa verde e azul era espesso e macio sob seus pés, como caminhar sobre um canteiro de flores recém-plantado. Uma cortina transparente oscilava gentilmente na brisa, revelando a vista de um jardim repleto de flores amareladas e videiras enroladas.

Elisabeth ficou surpresa ao ver que o cômodo estava cheio de mulheres – todas usando roupas parecidas, blusas abotoadas até o pescoço, espartilhos apertados na cintura e saias largas varrendo o chão. Elas fizeram uma mesura em sincronia.

A única que ela reconheceu foi Esterházy, com seu rosto magro e pescoço comprido, usando um casaquinho cinza e uma blusa de gola alta bege. Ela estava sorrindo, mas ainda conseguia parecer infeliz.

Esterházy apresentou cada uma das mulheres, mas eram detalhes demais para lembrar. Eram harpistas e bordadeiras, linguistas, leitoras. Da Itália e da Romênia, da Alemanha e da França. A preocupação acelerou o coração de Elisabeth quando ela descobriu que a amarga e severa Esterházy seria sua guia na corte, enquanto o resto das mulheres tinha a tarefa de passar cada minuto de cada dia ao seu lado.

— E essa é a condessa Leontine von Apafi da Transilvânia, Alteza — disse Esterházy, agora finalmente na ponta da fila. — Ela é proficiente em francês e uma excelente leitora.

O interesse de Elisabeth se atiçou. Outra leitora – talvez fosse alguém que pudesse se tornar uma amiga. O primeiro nome de que ela se recordaria.

— Eu trouxe meus livros preferidos comigo — disse Elisabeth, animada. — Você conhece *Werther*?

Risos nervosos percorreram o grupo, e Sophie e Esterházy trocaram um olhar cúmplice. Leontine simplesmente fez uma mesura.

Sem saber por que a pergunta não inspirara uma resposta, Elisabeth estendeu a mão para tomar a da garota.

— Eu sou Elisabeth.

Esterházy arquejou, e Elisabeth puxou a mão quase involuntariamente, o coração se apertando. Ela fizera algo errado – mas o quê?

— Alteza Real! — Esterházy levou as mãos ao peito, horrorizada. — Não deve tocá-las! E, por favor, nada de tratá-las pelo primeiro nome.

Elisabeth ficou pasma. Ninguém a avisara sobre essa regra específica. Ela ouvira muitas outras: esse garfo para uma coisa e não outra, esse tipo de mesura para um nobre e não outro. Elisabeth tentou sorrir para superar aquela norma ridícula, assentindo para Esterházy ao final do sermão.

A próxima parada era o quarto de vestir de Elisabeth – o maior e mais brilhante do mundo, até onde ela podia julgar. Dezenas de vestidos de cores fortes e estampas intrincadas estavam pendurados em manequins esguios. Havia casaquinhos cor de creme com bordados cor-de-rosa sofisticados, vestidos verde-azulados que rodopiavam na cintura como um mar revolto, uma saia amarela como um raio de sol. Meia dúzia de mulheres estavam na sala, e ela foi rapidamente apresentada: duas costureiras, quatro criadas. Seis outros nomes que ela teria dificuldade para lembrar. Ela sentiu um aperto no peito – a empolgação em guerra com o alcance avassalador de tudo, a ideia de precisar de tantas pessoas para algo tão simples quanto se vestir.

— Essas são as últimas modas de Paris, São Petersburgo, Milão. Escolhi tudo para você pessoalmente. — Sophie correu as mãos pelos vestidos enquanto falava.

As outras mulheres se espalharam pela sala, admirando bainhas de renda e mangas bufantes, tecidos vermelho-escuros, brancos como a neve, azuis como o fundo do mar. Os olhos de Elisabeth foram atraídos para duas fileiras de sapatos que se estendiam em uma linha infinita de laranja suave, roxo reconfortante e uma centena de outras tonalidades. Devia haver mais de cem pares. Sapatos suficientes para que cada mulher ali levasse dez pares.

— São tantos. — Era demais para absorver.

— Uma imperatriz nunca pode usar os mesmos sapatos duas vezes — explicou Esterházy. — Eles serão jogados fora no fim de cada dia.

O orgulho na voz dela embrulhou o estômago de Elisabeth.

— Jogados fora? Mas isso é um desperdício tão grande.

Sua mente se voltou para as pessoas nos portões. Algumas estavam descalças, muitas usavam sapatos puídos. Por que ela – que nunca tinha amado sapatos, para começo de conversa – descartaria pares perfeitamente bons? Sem mencionar que sapatos novos apertavam, roçavam e machucavam a pele. Se ela tinha que usar sapatos, queria suas botas de cavalgada gastas ou os sapatos de viagem que já tinham se moldado na forma dos seus pés.

— É a tradição, Alteza. — Esterházy deu de ombros.

O gesto casual incomodou Elisabeth, como cada um daqueles sapatos sem dúvida faria. Ela só estava no palácio havia algumas horas e já se sentia sobrecarregada. Tinha memorizado tantas regras tolas, e agora havia ainda mais.

Ela não via a hora de encontrar Franz. Não tinha vindo até ali para falar sobre sapatos ou provar vestidos bonitos. Eles *eram* bonitos, e ela queria ficar bonita neles – e ver o rosto dele quando ela entrasse na sala usando o veludo amassado ou a seda azul. Mas esse desejo era abafado pelo desejo mais forte de se esconder atrás das cortinas com ele e sentir seus lábios macios na pele, sua respiração quente no pescoço. O desejo mais forte de estar a sós para dizer em voz alta o que ela só colocara em cartas: *Eu te amo*. Era *ele* que importava, não os vestidos.

Alguma coisa bateu suavemente contra sua perna, e ela abriu os olhos. As outras damas estavam todas examinando sapatos e vestidos, distraídas. Elisabeth ergueu uma sobrancelha, levantou uma saia de seda e encontrou...

Luzi.

Ela sorriu – um sorriso largo e genuíno –, e uma sensação de leveza dissipou a ansiedade que começara a cair sobre ela durante o passeio. Era o tipo de brincadeira de que Spatz também gostaria: esconder-se dos adultos sob uma cascata de seda, fingindo que a magia das fadas a tinha deixado invisível.

Elisabeth deu uma piscadinha para Luzi e abaixou a seda antes que ele fosse descoberto. Outro segredinho entre eles. E foi um alívio, porque servia como lembrete: Franz não era a única pessoa no palácio de quem ela gostava. Luzi sempre estaria ali, lembrando-a de Spatz sempre que ela sentisse falta da irmã. E Maxi era quase um amigo também – mesmo que fosse um libertino.

A alma dela se aquietou um pouco.

Elisabeth procurou outra coisa em que se concentrar, até que seus olhos pousaram num ponto em que a luz do sol refletia na penteadeira. Joias, percebeu. Em uma caixa de vidro, cintilando como chamas no sol. Era um colar com joias laranja-amareladas – antigo, elegante, majestoso.

— Gostou? — Sophie emergiu do grupo e se uniu a Sisi junto da caixa. — Está na nossa família há centenas de anos.

— Ele brilha como se estivesse vivo — respondeu Elisabeth.

Sophie tirou o colar da caixa e o dispôs gentilmente contra a pele de Elisabeth, apertando o fecho atrás do pescoço.

Havia algo carinhoso, maternal, no gesto. Elisabeth se perguntou se Sophie, que tinha tantos filhos homens, não tivera muitos momentos como esse, se sentia o afeto do momento tanto quanto ela. A mãe de Elisabeth havia esgotado com Helene a pouca ternura que tinha. Elisabeth não sentira uma única gota. E o modo gentil como Sophie colocou o colar nela a fez querer chorar.

Seu coração, já mais leve desde que encontrara o esconderijo de Luzi, aliviou-se ainda mais. Ela não percebera o quanto os últimos meses a tinham exaurido. Quanto tempo esperara, de uma das mulheres em sua vida, sentir aquele tipo de amor protetor – o tipo que colocava um colar cuidadosamente ao redor de um pescoço. O tipo que ouvia quando ela falava. O tipo que perdoava. Elisabeth se perdeu no alívio de sentir aquilo de Sophie – mesmo por um momento fugaz.

Quando Sophie foi levada por uma criada, deixando-a nas mãos supostamente capazes de Esterházy, Elisabeth sentiu a perda como uma dor física.

E sentiu a falta da irmã mais do que nunca.

QUARENTA E SEIS

A CONCENTRAÇÃO DE FRANZ TINHA EVAPORADO. TUDO QUE ele queria eram trinta, quinze minutos – até cinco – sozinhos com ela. Inalar seu aroma, apertar o rosto contra seu cabelo, sentir aquele corpo quente, macio e forte contra o seu. Terminar aquele quase beijo que trocaram fora da carruagem. Ele achou que iria se desfazer de desejo, com a tensão de conter-se. Ela dissera uma vez que gostaria que ele fosse um alfaiate e, ah, como ele queria mesmo ser hoje. Se fosse um alfaiate, ninguém estaria observando. Ninguém esperaria que ele seguisse o protocolo. Ninguém os teria mantido separados por *meses*. Meses! A saudade era um nó de dor e prazer.

E agora ela tinha sido levada embora de novo, dessa vez para provar vestidos ou algo do tipo. Ele imaginou as costureiras desatando os laços das vestes de Elisabeth, deixando-as cair do corpo dela. Ela, nua. Ela, enfiada em outro vestido. Então nua de novo. O corpo inteiro dele ficou quente e tenso.

Ele precisava estar inteiramente presente para essa reunião, uma conversa sobre o destino do império. Obrigou-se a se concentrar e a pensar em qualquer coisa que não fosse Elisabeth. As colunas de mármore púrpura, as paredes verde-mar, a longa mesa coberta com um mapa da Europa e rodeada por homens importantes de uniforme – e a mãe, parada com uma expressão séria à frente dele.

— A França e a Inglaterra oficialmente entraram em guerra contra a Rússia. O exército russo perto de Odessa tem sofrido ataques desde ontem — informou um conselheiro.

A notícia afundou pesadamente no coração de Franz. Cada movimento e contramovimento das nações vizinhas tornava mais difícil para eles ficarem fora da guerra.

Ecoando suas preocupações, o conselheiro falou de novo:

— Vossa Majestade deve tomar um lado ou um lado será tomado por nós.

Franz lembrou-se de uma das cartas de Elisabeth. Ela fora clara em um ponto em particular: era preciso ater-se firmemente às próprias convicções. Caso contrário, a pessoa não tinha nada. Franz nunca conhecera ninguém assim. A corte estava cheia de gente competindo por status, disputando a atenção dele, mudando de convicção para obter o que desejava. Havia pureza no modo como Elisabeth via o mundo, e era como Franz *queria* ver as coisas. Ela acreditava que ele tinha a força necessária para se ater a suas convicções. Ele esperava que ela tivesse razão.

Ao redor dele, os conselheiros estavam falando, um general apertando a mão contra a mesa de madeira ao redor da qual todos estavam parados.

— É indispensável que fortaleçamos nosso exército.

Von Bach, o conselheiro financeiro de Franz, interveio:

— Perdoe-me, senhor, mas os gastos militares deste ano já foram um fardo pesado no nosso orçamento. Se entrarmos na guerra, não sobrará verba para mais nada.

Von Bach lançou um olhar significativo para Franz, e ele sabia o que o homem queria dizer: que não haveria dinheiro para os planos que Franz vinha fazendo secretamente de melhorar o império. Planos de uma ferrovia – um jeito de conectar o império de uma ponta a outra. O fim de trajetos de carruagem de vários dias e estradas inacabadas e esburacadas. Ele também construiria estradas – mas a ferrovia seria sua grande realização. Ele conseguia sentir a grandeza do plano, o modo como isso objetivamente melhoraria tantas vidas. Resolveria o problema da fome e aliviaria a agitação social. Ele não era ingênuo a ponto de acreditar que resolveria tudo num instante, mas mostraria ao povo que estava começando, que estava determinado a fazer mudanças.

E Elisabeth – ele não via a hora de contar para ela. Não tinha mencionado nas cartas porque queria ver o rosto dela quando delineasse a grandeza do plano. Queria ver o rosto dela quando contasse que era tudo graças a ela. Ele tivera noções vagas sobre como melhorar o império antes, mas tinha sido Elisabeth que as fizera parecer reais para ele. Franz não queria que ninguém sofresse a saudade que ele sofrera por tantos meses sem saída. A ferrovia era uma resposta a isso; aproximaria as pessoas, conectando-as através dos quilômetros. Conectando-as umas às outras *e* às coisas que elas queriam. Comida para suas mesas, madeira para suas lareiras.

Era mais um motivo para se opor firmemente à guerra.

Um general ergueu uma sobrancelha sarcástica para Von Bach.

— Para que você precisa do dinheiro dessa vez? Um lar para viúvas? — Risadas percorreram a sala.

— Cavalheiros — interrompeu Franz, sua voz severa. Ficou grato quando os risos morreram imediatamente.

Os que apoiavam a guerra tentaram outra tática:

— Majestade, o que pode ser mais importante que a defesa do império?

Um argumento velho.

— Vocês querem *atacar*, não defender — respondeu Franz. Eles não viam mesmo a diferença?

— Recomendo esperar. — Um homem moderado ergueu a mão. — A situação ainda está confusa, o curso certo não está claro.

Maxi interveio, com uma risada desdenhosa:

— Confusa? Por favor. — Ele tinha se erguido de onde estava esparramado, seu casaco azul-escuro desabotoado sobre um colete azul e branco com uma gravata lavanda-acinzentada. Com todos os outros de uniforme, ele se destacava do jeito que gostava.

Todos se calaram enquanto Maxi simplificava a situação espalhando frutas sobre o mapa que eles vinham estudando. Figos eram os navios franceses; morangos, os barcos a vapor dos britânicos; uvas, a infantaria russa. Cada um foi disposto estrategicamente. Maxi jogou uma uva no ar e a pegou com a boca, mastigando ruidosamente. Sempre fazendo um espetáculo, sem nunca ter convicção sobre qual era a coisa certa a fazer.

— Como podem ver, o tsar será destruído com ou sem a nossa ajuda. — Ele apontou para o mapa. — Então, devíamos olhar para o oeste. Podemos aprender algo com os franceses e os ingleses.

Sophie interveio, sua voz silenciando até mesmo a de Maxi:

— Não devemos nos opor ao tsar Nicholas. A aliança com os russos protege nossa posição na Europa. Precisamos ficar contra o oeste.

Todos se voltaram para Franz, esperando que desempatasse entre a mãe e o irmão. No entanto... não. Franz não ia entrar nessa guerra. Ele tentou evocar a convicção de Elisabeth:

— Envolver-se de qualquer lado é uma perda de dinheiro e, mais importante, de vidas. Eu tenho planos maiores para o império.

Após uma longa pausa, um dos generais ergueu uma mão esperançosa.

— Imploro que reconsidere, Majestade. Os representantes de Paris e São Petersburgo vieram para o casamento e querem saber de qual lado os Habsburgo vão ficar.

— Os senhores já têm a minha resposta. — Franz se manteve firme e então dispensou a todos. Perguntou-se como seria a reação de Elisabeth quando ele contasse o que fizera. Já tinha brigado com a mãe por causa do casamento, o que fora um alívio. Agora, entretanto, vinha um teste maior: a luta para manter todos eles fora de uma guerra desnecessária.

※

Von Bach esperou fora da sala e seguiu Franz quando ele saiu. As batidas dos passos de ambos no piso azulejado ecoavam das paredes laranja-escuro e dos aparadores de mármore.

— Receio que sua mãe me odeie — disse Von Bach.

Franz quase riu.

— Não se preocupe. Você não é o único.

— Quando contaremos ao gabinete e à arquiduquesa sobre os seus planos?

Franz sentiu um cabo de guerra familiar entre a empolgação e o terror. Terror porque ainda havia tanta coisa em seu caminho – a guerra ainda tinha modos de forçá-lo a agir –, mas empolgação porque, se ele conseguisse fazer aquilo, a ferrovia mudaria tudo.

Claro, seria só a segunda vez que ele faria algo sem o envolvimento da mãe. Parecia ao mesmo tempo errado e ousado mantê-la fora de seus planos, mas ele não queria que ninguém — especialmente ela — destruísse o seu sonho. No momento, ela e o gabinete o pressionavam para assumir um lado: Napoleão ou os russos. Eles veriam a ferrovia como uma distração. Ele defenderia seus planos quando chegasse a hora, mas queria esperar até estarem prontos primeiro — tudo feito do jeito certo, nenhum pedaço do plano inacabado e aberto a críticas. Franz consultaria seus especialistas, mapearia as rotas, e então compartilharia suas ideias com a mãe e os conselheiros.

Ele parou e se virou para Von Bach:

— Contaremos quando tudo estiver perfeito.

E depois que ele contasse a Elisabeth. Ele queria falar para ela primeiro, ver sua reação. Queria que ela soubesse que havia inspirado a coisa toda. Queria contar a ela antes de qualquer outra pessoa.

Von Bach assentiu e se virou para ir embora.

— Como quiser, Majestade.

※

Franz estava de volta em seu gabinete, atrás da escrivaninha, quando uma batida soou à porta: sua próxima reunião, para a qual não estava muito animado. A empolgação da conversa anterior tinha sido completamente substituída pela raiva mesmo antes que a conversa começasse.

Theo anunciou Maxi, que entrou na sala com as mãos nos bolsos. Tranquilo. Casual como sempre. Um contraste forte com a formalidade da própria sala, decorada com bustos de homens do passado e brasões dourados de linhagens centenárias.

— Irmão. — Maxi foi até a mesa onde Franz estava sentado, com os cotovelos apoiados na madeira escura e os dedos unidos. — Você queria me ver.

— Maxi. — Franz se preparou para o que estava por vir, reclinando-se e deixando sua decepção transparecer no rosto. — Você está levando a sério seu papel na corte?

— Como assim? — Maxi estreitou os olhos, a irritação escapando através da fachada casual. — Sou seu conselheiro há meses, embora eu saiba que você só dá ouvidos àquele enfadonho do Von Bach.

Franz respirou fundo e devagar, voltando os olhos para o outro homem na sala, sentado em silêncio em frente à parede verde-escura à sua esquerda. O tenente Krall era alto e pálido, com o cabelo curto entremeado de fios grisalhos. Tinha olhos sérios e rugas entalhadas no rosto após guerras e infortúnios. Perdera um braço na revolução, e perdera ainda mais recentemente. Quando viera procurar Franz no começo da semana com sua história, Franz levara dias até conseguir olhar para Maxi sem querer estrangulá-lo.

— O tenente Krall deu seu braço pelo império durante a revolução. — Franz apontou para o homem, que se ergueu.

— Que bom para ele. — A indiferença na voz de Maxi fez Franz querer sacudi-lo.

— O tenente tem duas filhas. Agnes e Emilie.

A máscara casual de Maxi vacilou e ele empalideceu. *Pelo menos ele lembra o nome delas*, pensou Franz secamente. Teria sido pior – a indiferença ainda mais nauseante – se não lembrasse.

Franz prosseguiu:

— Agnes engravidou de um jovem que não tinha qualquer intenção de casar-se com ela. Morreu no parto. A criança ficou órfã.

Maxi se limitou a encará-lo.

Franz sacudiu a cabeça.

— Emilie se tornou uma vítima do *mesmo* jovem. Consumida pelo luto por si mesma e pela irmã, ela se jogou do celeiro deles e vive num sanatório desde então.

Os olhos do tenente se encheram de lágrimas, e ele fitou Maxi, o queixo tremendo com algo entre raiva e nojo. Maxi encolheu sob seu olhar, retorcendo as mãos e girando os anéis dourados nos dedos.

Franz cerrou a mandíbula.

— Como não sabemos a identidade do rapaz, só podemos garantir que o tenente e sua família recebam reparações. Pensei em um título de nobreza e uma pensão anual. Você concorda?

— Sim — Maxi assentiu, solene como deveria estar.

Franz apertou os punhos.

— Isto é, para que o tenente possa esquecer essa história e não sentir mais vontade de contá-la. — Franz esperava que estivesse se exprimindo com clareza tanto para o tenente como para Maxi. A família não podia se dar ao luxo de passar seu tempo envolvida em escândalos quando guerra e agitação social já estavam começando a desgastar a imagem do império. Ele se virou para o tenente e assentiu.

— Obrigado, Majestade. — O homem inclinou a cabeça, erguendo-se da cadeira e saindo da sala. Maxi se encolheu quando ele passou.

Enquanto os passos do homem ecoavam dos pisos de madeira a distância, deixando os irmãos sozinhos, Maxi se virou para ele, branco feito um fantasma.

— Acredite em mim: eu não sabia que elas eram irmãs.

— E isso por acaso é desculpa? — Franz sacudiu a cabeça, incrédulo, e então se ergueu e se inclinou em direção a Maxi, apertando um punho fechado na mesa. — Nós falamos sobre isso quando você concordou em ser meu conselheiro. Você tem que seguir as regras!

Maxi tinha passado meses censurando Franz por escolher Elisabeth, dizendo-lhe que a arruinaria, que destruiria a vida dela. E o tempo todo estava – como sempre – tratando as mulheres ao seu redor como se fossem objetos, esquecíveis e facilmente descartáveis. Franz nunca entraria num caso sabendo que ia ferir alguém, muito menos tantas pessoas. Ele estava enojado. Era a pior transgressão de Maxi até o momento, e custara não só corações, mas duas vidas. Nem mesmo Maxi devia ser capaz de tamanha crueldade.

— Você tem que parar com isso. Está boicotando todos nós, tudo que construímos, com seu comportamento desajuizado. E se ele não estivesse disposto a aceitar o título e o dinheiro? E se continuasse espalhando essa história na corte? Como você poderia ser meu representante em missões diplomáticas e conselhos de guerra com uma fama dessas? — Franz apelou ao amor do irmão pelo império porque Deus sabia que seu amor por Franz não o faria parar. E apelar à sua consciência certamente não estava funcionando.

Os olhos de Maxi reluziram de raiva.

— Então você me jogou aos leões e me expôs em vez de falar comigo?

As frustrações de Franz apitavam como uma chaleira. Ele já *tentara* falar com Maxi; nunca tinha funcionado. Era uma escolha impossível: manter Maxi na corte e ser visto como cúmplice dos escândalos dele ou mandá-lo embora para onde ele certamente faria mais do mesmo, sem ninguém para conceder títulos e pensões ao próximo pai enlutado. Franz não sabia o que era pior.

Maxi vestiu a indiferença de volta como um terno gasto, sem dar qualquer indicação se planejava mudar. Simplesmente fez uma mesura.

— Irmão.

Franz apontou para a porta e Maxi desapareceu por ela.

QUARENTA E SETE

ELISABETH NUNCA SE INCOMODARA EM FICAR NUA, MAS TAMBÉM nunca tivera tantas pessoas a observando numa sala. Suas damas de companhia não haviam se retirado na hora do banho; em vez disso, se posicionaram ao redor do cômodo. Algumas em pé. Outras sentadas. Uma se reclinava sugestivamente na frente de um espelho e admirava o próprio vestido. As criadas tiraram as roupas de Elisabeth, e ela abraçou o corpo, cobrindo os seios, enquanto todas assistiam como se ela fosse um animal num circo. Um pássaro numa jaula. Uma criatura encurralada.

Uma das garotas ajudou-a a entrar na banheira de cobre grande, e Elisabeth ficou feliz em afundar na água quente, deixando as pontas do cabelo flutuarem ao seu redor como alga marinha. Esterházy a instruiu a não se lavar, então ela se reclinou e deixou as damas a limparem. Elas se aproximaram com esponjas, escovas e jarros de bronze com água quente. Era estranho e desconfortável, e Elisabeth tentou fingir que estava em casa e que era Helene a ajudando a lavar o cabelo. Essa imagem doeu por outro motivo, lembrando-a da saudade de uma irmã que atualmente preferiria arrancar seu cabelo a lavá-lo. A boca de Elisabeth se curvou para baixo. Por quanto tempo Helene permaneceria tão próxima, mas tão inalcançável?

— A pele dela é tão linda — elogiou uma das damas. — Como o luar!

— Aposto que o imperador se apaixonou pelos olhos dela primeiro.

— Não, devem ter sido seus lábios!

Elisabeth torceu o nariz. Ou, então, Franz tinha se apaixonado por sua inteligência. Seu humor. O modo como ela era sincera. A centelha em sua alma.

A ideia de que o amor dele era algo puramente físico a incomodou. Os duques com suas calças abertas podiam ser criaturas puramente físicas, mas era um insulto incluir Franz na mesma categoria.

— Eu queria ter o cabelo comprido como o dela — acrescentou outra, sonhadora.

O desconforto só fez crescer na garganta e na pele de Elisabeth. Por que estavam falando como se ela não estivesse lá? Ou pior, como se fosse uma coisa em vez de uma pessoa? Uma pintura que estavam todas criticando e julgando?

Esterházy ergueu uma sobrancelha cruel.

— Talvez seja melhor cortar toda a cabeleira e pôr uma peruca nela.

Ela só queria assustar Elisabeth. Pelo menos Elisabeth tinha quase certeza de que não iam cortar seu cabelo. Ainda assim, a sugestão horrorosa foi demais para suportar.

Ela respirou fundo e afundou devagar sob a água, deixando-a distorcer e abafar a conversa. Ali, as palavras eram meros sons, quase canções. Murmúrios cantarolados, graves e sopranos, altos e baixos. Ela não era obrigada a entender seu significado.

Elisabeth segurou o fôlego o máximo que pôde e tossiu ao finalmente emergir, vendo as mulheres ao redor trocarem olhares preocupados. Queria que todas fossem embora, queria poder ficar sozinha com o calor reconfortante da água, o leve eco da sala, os pontos de luz do sol que se infiltravam pela janela.

Bem, não completamente sozinha. Com Franz. Ela sentira saudade dele por tanto tempo, e os poucos minutos que tinham tido até então não foram suficientes. Ela era uma terra ressequida ansiando por chuva, uma flor precisando de sol. Era frustrante – sua pele viva implorava pelo toque dele sem o encontrar em lugar algum. Ela esperara outra pessoa, não uma dúzia de mulheres olhando-a se banhar e especulando sobre seus cabelos e lábios.

Enquanto as damas a secavam e vestiam – numa saia duas vezes mais larga do que ela estava acostumada a usar e um pouco longa demais para andar sem tropeçar –, Elisabeth bateu dedos impacientes contra o quadril. Precisava sair dali. Se não pudesse ver Franz – e suas várias perguntas só tinham resultado em garantias insistentes de Esterházy de que era *impossível* –, então precisava ficar sozinha. Em uma floresta, um jardim ou uma colina enlameada. Precisava se *mover*, dissipar a eletricidade reprimida do corpo.

Quando não aguentava mais, anunciou que ia fazer uma caminhada e simplesmente escapuliu entre as mãos estendidas de Esterházy, passando pelas grandes portas duplas e por corredores labirínticos até chegar aos jardins. As damas a seguiram, atabalhoadas. Bem, se conseguissem acompanhar seu ritmo, não havia o que fazer. Se não conseguissem, Elisabeth encontraria consolo na floresta. Talvez até se deitasse no chão. Ela deu um risinho; Esterházy talvez desmaiasse se ela voltasse com sua blusa amarelo-sol manchada de lama e folhas marrons úmidas. Elisabeth pensaria que era uma obra de arte; Esterházy, uma abominação.

A propriedade era muito maior que a Kaiservilla, e ela sentiu um alívio imediato enquanto explorava os caminhos labirínticos. Quase riu ao lembrar como pensara que a Kaiservilla era grandiosa. A diferença entre a villa e esse lugar era como uma mordida em um queijo delicioso contra um suflê de queijo perfeitamente executado. A complexidade de uma pena comparada à complexidade do pássaro todo. A villa era uma mansão bela e extensa construída em um terreno igualmente belo e extenso. Mas esse lugar era uma *cidade* bela e extensa, suas construções cercadas por caminhos de paralelepípedos e jardins que se estendiam até onde a vista alcançava.

Elisabeth seguiu as linhas exatas de arbustos ajardinados, seus saltos triturando os caminhos de cascalho branco. O cheiro terroso de um dia ensolarado depois da chuva ergueu-se para recepcioná-la. Ela só gostaria de estar descalça, sentindo a maciez de cada folha caída diretamente na pele...

As damas atrás dela andavam em perfeita sincronia, com as mãos entrelaçadas educadamente na frente da cintura. Elisabeth se divertiu fazendo curvas súbitas e vendo o grupo se rearranjar para segui-la.

Quando virou numa esquina acentuada, reparou numa ave incomum parada em um trecho de grama entre os caminhos. Era alta e majestosa – até mais alta que ela – e tinha uma penugem branca brilhante,

pontilhada com penas pretas atrás das costas e um círculo laranja-
-avermelhado na testa que descia até um bico azul-cinzento afiado.

Elisabeth se aproximou pela grama, deixando todas as damas para trás exceto uma, nenhuma delas querendo sair do caminho e sujar os sapatos. Ela se abaixou e a saia violeta se espalhou ao seu redor.

— Já viu uma criatura dessas? — Ela estava maravilhada.

— Ele está olhando para Vossa Alteza — disse Leontine.

— Bem, é porque eu sou nova aqui. — Elisabeth inclinou a cabeça, imaginando se a ave conseguia distinguir os humanos.

— Não a ave, Alteza. — Leontine se inclinou ao lado dela, as mãos apertando sua saia azul-céu. — O arquiduque. — Ela virou os olhos em direção a uma das sebes.

Lá, uma surpresa: Maxi. Elisabeth mal o tinha notado quando chegara, de tão concentrada que estivera em Franz. Vê-lo agora, porém, foi um alívio. Era mais uma pessoa que ela conhecia, que entendia suas piadas, que gostava dela e não arquejaria ou riria se ela fizesse uma pergunta boba ou alguma outra tolice. Ela sorriu, ergueu-se e deu um passo em direção a ele. Maxi retribuiu o sorriso. O sorriso dele era exatamente como ela se lembrava: charmoso e divertido, com um pouco de malícia nos cantos.

— É bom ver você de novo. — Maxi falou primeiro.

— Estou feliz em ver você também. — Ela estava sendo sincera.

— Bem, você pode me ver a qualquer hora agora. Por exemplo, esta noite, na minha festa. — Maxi tirou um convite de um bolso e o estendeu para ela, apontando a cabeça para os caminhos serpenteantes. Ela guardou o convite na cintura para ler depois. — Vamos caminhar juntos?

O sim na ponta da língua a fez hesitar. Havia tantas regras ali: será que ela podia caminhar com Maxi? Causaria um escândalo por acidente? Ficou exausta só de pensar. Só passara algumas horas ali e já estava se questionando. E então os avisos do pai na carruagem voltaram a ela. Era outra chance de provar que ele estava errado, de agir como ela mesma e não se importar com as consequências.

Ela tomou o braço de Maxi e o seguiu pelo labirinto, passando por canteiros silenciosos e outras pessoas usando vestidos de gola alta e cartolas elegantes, carregando sombrinhas ou livrinhos pretos. Elisabeth ficou aliviada quando suas damas mantiveram distância, talvez o suficiente para não entreouvir a conversa. Era estranho sentir que tudo que ela dizia estava sujeito a julgamento, repetição ou comentários. Talvez, com o tempo, as damas se tornassem amigas, mas por enquanto era tudo... demais.

— Você mudou desde o noivado — disse Maxi, erguendo uma sobrancelha. — Abriu-se como uma pequena amêndoa.

Elisabeth sacudiu a cabeça e riu. Não se sentiu ofendida.

— Como você faz isso?

— Faço o quê?

— Um elogio que na verdade é um insulto. — Ela ergueu uma sobrancelha como ele.

Maxi fez um ruído satisfeito.

— Estou ensinando você.

— Não preciso da lição. Prefiro um insulto direto.

— Bem, você *é* conhecida pela honestidade.

Elisabeth sorriu. Enquanto caminhavam, os jardins se abriram diante de Elisabeth como pétalas afastando-se de uma flor. Eles estavam em um caminho longo e reto que acompanhava um pequeno canal, adornado com colunas de flores e fontes que jorravam alegremente. Algumas pessoas passeavam à frente, pausando para admirar as panturrilhas formosas de uma estátua, os belos espinhos de uma roseira emaranhada.

— Este lugar é lindo — maravilhou-se Elisabeth.

— À primeira vista, talvez. — Maxi lançou para ela um olhar sério, e ela sentiu o sorriso vacilar.

— Está tentando me assustar?

Aquela tensão que tinha se suavizado ao ver o rosto familiar retornou.

— Só estou dizendo a verdade.

Ela se voltou para o caminho e mudou de assunto:

— Como vai a fascinante baronesa italiana?

Maxi riu, e ela sentiu uma ponta de afeto familiar ao ver que a atenção dele estava completamente concentrada nela.

— Muito bem, até onde sei — respondeu ele após um momento. — Está noiva de um conde.

— E você?

— Eu não estou.

Bom para Francesca. Elisabeth sempre gostara dela, e a baronesa merecia alguém que a tratasse melhor que Maxi, com sua crueldade casual. Elisabeth esperava que ela tivesse encontrado alguém cujo brilho se equiparasse ao seu.

— Elisabeth. — Maxi parou de andar e se virou para ela. — Se me permite lhe dar um conselho... — Ele se inclinou, a respiração quente em seu pescoço, fazendo sua pele se arrepiar. — Fique perto de mim e nada de mal vai acontecer com você.

A voz dele saiu sincera e urgente de um jeito novo. Parte dela queria pedir que falasse mais, mas as damas atrás deles tinham se aglomerado perto o bastante para ouvir. Portanto, ela só ergueu uma sobrancelha de novo.

— Sinto que o contrário pode ser verdade.

QUARENTA E OITO

Culpa e deleite se emaranhavam no peito de Helene. Sophie a tinha chamado – *ela*, especificamente! Não Sisi. Esterházy transmitira a mensagem, perguntara a Helene onde estava a mala de Sisi e, depois de a pegar, conduzira Helene pelos corredores. Helene não sabia *como* sabia disso, mas *sabia* que havia alguma coisa esquisita acontecendo. Sophie não queria a mala de Sisi para levar aos novos aposentos dela; ela a queria para algum outro propósito. Era uma violação de privacidade, e Helene se sentiu ao mesmo tempo sombriamente satisfeita e terrivelmente culpada.

Esterházy a conduziu aos aposentos de Sophie, e Helene se maravilhou novamente. Cada pé de mobília torcido, cada floreio dourado entremeado em um tapete cor de vinho, cada espiral delicada nos parapeitos entalhados a mão exalava beleza e poder. E, em um divã preto de veludo espesso, Sophie se reclinava como se não tivesse qualquer preocupação no mundo – tão grandiosa da cabeça aos pés quanto o cômodo.

Esterházy apoiou a mala de Sisi em uma mesinha na frente da arquiduquesa, e Helene se perguntou rapidamente, ansiosa, se o diário de Sisi estava lá dentro. Era a coisa que a irmã mais iria querer manter em segredo. A coisa que Helene deveria querer proteger de olhos intrometidos.

Esterházy se acomodou em um pequeno divã, rígida em um casaquinho azul que Helene pensou – um tanto cruelmente – que combinava com as veias no pescoço translúcido dela.

— Há algo errado com aquela garota — reclamou Esterházy, com os olhos mirando a distância e os lábios apertados.

Sophie franziu o cenho e olhou para Helene.

— Condessa, não dê uma impressão errada a Helene.

Helene fez uma mesura.

— Majestade, meus lábios estão selados. — Lá vinham a culpa e a satisfação sombria outra vez. Helene não sabia como se livrar de qualquer uma das duas.

Sophie sorriu.

— Uma mulher igual a mim. Todas precisamos guardar nossos segredos.

Igual a ela? As palavras se envolveram ao redor de Helene como um abraço. Depois de meses sendo ignorada, posta de lado, era um alívio ser vista. Se tudo tivesse caminhado de acordo com o plano, aquela mulher seria a sogra dela. Mais uma coisa que Sisi lhe tinha roubado.

Sophie ergueu o diário de Sisi da mala, e o coração de Helene despencou. Então o diário *estava* ali. Entregar a mala a Esterházy fora uma traição maior do que ela percebera.

Enquanto Sophie folheava as páginas, correndo um dedo elegante pelos poemas, movendo cuidadosamente as penas que Sisi usava como marcadores, Helene sentiu uma pontada de desconforto. Sisi nunca deixava ninguém além dela ler seus poemas. Ficaria muito zangada ao saber que Sophie os estava vendo agora, e ainda mais ao descobrir que Helene a deixara fazer isso.

Mas Sisi não tinha se importado com a dor de Helene, então por que ela deveria se preocupar com a dela agora? O fato de que ela *se importava* a deixou ainda mais furiosa. Ela só queria conseguir odiar Sisi sem que o amor constantemente tentasse voltar à força para o seu coração.

Esterházy agora tinha um livro nas mãos: *Os sofrimentos do jovem Werther* – uma história sobre amor não correspondido. Helene queria rir. Como se Sisi soubesse algo sobre isso.

Esterházy jogou o livro de lado.

— Eu contei a você como ela interrompeu a prova de vestidos? E você viu como ela cumprimentou Sua Majestade?

A lembrança doeu em Helene. Ambos tinham parecido tão felizes. Sisi havia se jogado nos braços dele, e ele olhara para ela como se fosse a única mulher no mundo.

— Você esquece como é estar apaixonada, condessa — respondeu Sophie, fechando o diário. — E já ouviu minha decisão: meu filho escolheu sua noiva e eu não vou mais me opor a ele. Não o faremos mudar de ideia. O que podemos fazer e *faremos* é garantir que ela se torne a imperatriz de que todos precisamos. Você será firme com ela sobre os protocolos, assim como eu, mas não precisamos fofocar sobre os defeitos dela para fazer isso.

Como Sisi odiaria aquilo – ser obrigada a seguir o protocolo o tempo todo. O coração dividido de Helene se afligiu e ao mesmo tempo sentiu que era o que ela merecia.

— Helene — continuou Sophie, olhando para ela agora —, eu a trouxe aqui porque queria lhe dizer que você teria sido uma imperatriz espetacular. Espero que saiba disso.

O rubor de aprovação voltou, aquecendo a alma trêmula de Helene. Era tudo que ela queria que alguém lhe dissesse. Tudo que ansiava ouvir havia meses. Você teria sido uma boa imperatriz. Você merecia. Você é boa. Você é...

Amável.

Amada.

Importante.

Helene tentou enterrar a culpa no conforto das palavras.

QUARENTA E NOVE

O CORAÇÃO DE FRANZ ERA UMA PEDRA EM SEU PEITO. ELE ESTIVERA a caminho do salão de baile, ansioso para ver Elisabeth, antecipando o ensaio de dança como uma criança esperando a sobremesa. Tinha suportado horas de reuniões tensas – com os generais e Maxi – e, quando finalmente tivera um momento sozinho, alguns minutos antes de Elisabeth encontrá-lo no salão, havia parado em uma janela para olhar os gramados abaixo. Estava procurando por ela, e a encontrou: uma explosão de amarelo e roxo brilhantes contra o labirinto branco e verde dos jardins. Seu coração deu um salto – e então afundou.

Ela estava com Maxi. Ele caminhava a seu lado, e então se inclinou – perto demais. Ficou parado ali um longo momento, sussurrando algo no pescoço dela. Será que era esse o jogo dele? Será que suas cartas, como Franz suspeitava sombriamente, estavam preparando o terreno para uma tentativa de roubá-la – ou, ao menos, de degradá-lo? Não achava que Elisabeth o feriria, mas acreditava que ela podia não perceber as intenções de Maxi. Acreditava na capacidade do irmão de manipular as pessoas.

E acreditava que Maxi *queria* feri-lo dessa forma. Como Franz tinha – acidentalmente – o ferido quando começara seu caso com Louise. Franz nem sabia que Maxi estava interessado em Louise, mas isso não importara. Maxi sentira a traição profundamente, quaisquer que fossem as intenções de Franz. E se o irmão – que já tinha roubado o afeto da única mulher que Franz amara – pudesse retribuir a dor agora, Franz não duvidava de que faria isso.

Afaste-se, Elisabeth, sussurrou o coração de Franz.

Mas ela não se afastou. Só ficou parada ali por mais um momento antes que uma de suas damas de companhia a puxasse.

O peito de Franz se apertou, seu estômago embrulhando. Ele se virou da janela e pressionou as costas contra o papel de parede florido do corredor. Era só uma caminhada, só um sussurro, mas ele ainda se sentia traído. Apertou a mão contra o coração acelerado.

Por que seu corpo estava reagindo tão intensamente a um gesto tão pequeno? Ele tateou no escuro da própria mente em busca da resposta.

Medo. Foi essa a revelação. Era o medo que fazia seu coração acelerar por causa de algo tão pequeno quanto uma palavra sussurrada. Um medo pequeno que começava a crescer incontrolavelmente dentro dele. Ele tinha medo de nunca tocar Elisabeth de novo, nunca mais sentir os lábios dela nos seus, a eletricidade de uma mão em seu quadril. Tinha medo de que as manipulações de Maxi funcionassem e de ter que passar a vida toda a vendo amar o irmão em vez dele – assim como passara a infância sabendo que era o filho mais bem-comportado, o mais velho, o herdeiro, mas que Maxi era o *favorito*, o rei no coração de todos. Maxi gostava de dizer que Franz tinha tudo que queria, mas Franz conhecia o poder de Maxi sobre todos, ainda que ele mesmo não o notasse.

Não tinha percebido o quanto se importava com aquele talento específico do irmão até esse momento. Maxi podia conquistar qualquer coração no palácio, até mesmo em Viena, qualquer coração no império – exceto um.

Franz sabia que era um medo irracional, mas aquele era o presente deturpado que a tentativa de assassinato lhe dera: qualquer temor podia ser interpretado como o fim do mundo. Uma gotinha de tinta podia desabrochar na água como uma explosão.

⚜

Franz esperou Elisabeth no salão de baile do segundo andar, com suas janelas circulares iluminadas pelo sol e um teto alto que se curvava no

centro, terminando em uma pintura e combinando com lustres rosa-
-dourados que cintilavam como gotas de chuva.

No percurso entre a janela e o salão, seu corpo tinha se aquietado, mas a agitação permanecia em sua mente. Por que Elisabeth estava passeando nos jardins com Maxi, para começo de conversa? Franz não tinha lhe contado histórias suficientes sobre o irmão para ela entender o perigo? Ela não percebia como fazia Franz parecer tolo quando andava por aí com seu irmão famosamente libertino?

Então as portas se abriram.

Os olhos dela eram centelhas; seu rosto, o sol saindo de trás das nuvens. O sorriso, a empolgação, os passos apressados. Era tudo por ele – não por Maxi. *Ele.*

Como seus receios pareciam tolos diante daquele sorriso radiante. Ele havia entrado em pânico sem motivo. Maxi podia querer feri-lo, mas o irmão não tinha esse poder.

Elisabeth parou diante dele, fez uma mesura e os ombros de Franz relaxaram, seu coração acelerando de novo – dessa vez de animação.

Eles estavam juntos. Finalmente. E podiam se tocar. Sozinhos exceto por alguns criados e um pianista.

— Vossa Alteza Real. — O pianista ergueu-se do banco e fez uma mesura a Elisabeth quando ela parou diante deles. — Permita que eu me apresente. Sou Johann Strauss, compositor. Compus uma valsa em sua honra para a dança após o casamento.

Franz inclinou-se de leve em cumprimento e o homem voltou ao piano. O rosto de Elisabeth transbordava de esperança e alegria, e, conforme a música começou, ela caiu nos braços de Franz. Não disse nada, mas não precisava dizer. A empolgação no canto dos olhos, fazendo o corpo nos braços dele estremecer, dizia tudo que Franz precisava saber. Ele contou os passos na mente – um, dois, três, um, dois, três – e a puxou para a dança.

Enquanto se moviam, Elisabeth se inclinou para perto, seu hálito quente cheirando a canela no pescoço e no ouvido dele.

— Nosso amigo compositor parece estar com dor de estômago.

Ela não estava errada. Franz olhou por cima do ombro, vendo Johann curvado sobre o piano como se tocar fosse a pior coisa que já lhe acontecera. Tão sério. Tão agitado. Tão compenetrado.

Alguma coisa na brincadeira desfez o que restava da tensão de Franz, e ele se sentiu leve enquanto a conduzia para longe do piano, através do salão. Uma risada subiu por sua garganta e Franz a ouviu ecoando do teto alto, a risada de Elisabeth acompanhando-o em uma sinfonia própria.

— É bom ver você rindo. Percebi que algo está pesando em sua mente — disse Elisabeth, procurando os olhos dele enquanto Franz os girava pelo salão, seguindo os três passinhos familiares da valsa.

O coração dele se suavizou de novo. Mesmo depois de tantos meses separados, ela ainda conseguia entendê-lo, enxergá-lo, de um jeito que ninguém mais conseguia. Ele passara a maior parte do dia tão tenso. Não só por ver Maxi com Elisabeth, mas por ter que lidar com as indiscrições do irmão, o conselho de guerra, a ferrovia. Tudo tinha sido tão pesado. Agora, porém, o peso quente e firme dela em seus braços fazia todo o resto parecer muito menos importante. Muito mais leve.

Ele escolheu uma das coisas que pesavam em seu coração.

— Todo mundo quer que eu escolha um lado na guerra, e o quanto antes.

— E você não quer. — Era uma declaração, não uma pergunta. Ela entendeu apenas pelo seu tom que ele não queria entrar na guerra. Franz fora tolo ao pensar que Maxi tinha qualquer poder sobre o que existia entre eles.

— A verdade é que... eu tenho outros planos. — Ele não deu mais detalhes. — Vou contar para você em breve.

Ela assentiu, os olhos brilhantes e cheios de expectativa conforme a música os impelia juntos. Franz os girou mais depressa, sorrindo mais largo, deixando o mal-estar do dia deslizar dos ombros como se não fosse nada.

A risada de Elisabeth era uma coisa mágica, emergindo de sua garganta delicada vez após vez. Ele se deleitou com o som enquanto soltava sua cintura e então a puxava de volta contra si, apertando-a contra o peito.

A proximidade o deixou sem fôlego – quase atordoado. Sentia o coração dela batendo contra o seu, o calor da pele dela onde se pressionava à dele.

Ele a girou de novo, viu mais uma risada escapar dela, e seu sorriso radiante, e seus olhos reluzentes.

Então Elisabeth soltou a mão dele e dançou alguns passos para longe, virando-se para olhar para ele de um jeito que mudava tudo. Do humor para o desejo, um jogo em direção a...

Algo mais profundo.

Ela dançou de volta e se inclinou contra ele. Automaticamente, ele se aproximou também, apertando a testa na dela e absorvendo seu aroma e o calor que emanava de sua pele. Desse ângulo, conseguia ver cada um de seus cílios – perfeitamente curvados e delicados.

Ele ergueu as mãos pelas bordas suaves como penas das mangas bufantes dela, sentiu as mãos dela apertarem sua cintura e o próprio corpo imprensado contra o dela. Percebeu que era o mais perto que eles chegavam de estar a sós o dia todo. Seu coração acelerou, dessa vez uma sensação palpitante e revigorante em vez de um peso opressivo. Talvez os dois pudessem fugir para algum canto, encontrar uma cortina volumosa, uma clareira escondida, uma entrada sombreada onde lábios famintos e mãos exploradoras não seriam vistos.

Como se lesse seus pensamentos, Elisabeth inclinou a cabeça em direção a uma portinha decorativa, camuflada contra um papel de parede idêntico com detalhes dourados. Ela baixou a voz:

— Para onde leva essa porta?

Ele ergueu as sobrancelhas, maravilhado. Sabia aonde levava.

À paz. Segurança. Possibilidade.

E aos lábios dela nos dele.

CINQUENTA

ELISABETH NÃO SABIA AONDE A PORTA LEVAVA, MAS SABIA O QUE queria fazer. Era aquilo por que cada centímetro do seu corpo implorava – o máximo de minutos que eles conseguissem para se apertar um no outro, pele contra pele, lábios contra lábios, quadris contra quadris.

A boca dele se abriu sem fazer som, os olhos iam de Elisabeth para a porta e da porta para Elisabeth. Ela sorriu, agarrou a mão dele e correu para a porta, um portal para um mundo só deles. Se alguém estivesse observando, seria um escândalo. Mas os criados estavam ocupados com suas próprias tarefas e o compositor arrebatado pela sua música.

Franz a puxou pela porta e a fechou atrás deles. A sala continha uma coleção indistinta de móveis prontos para serem tirados dali no evento seguinte. Era um depósito, na verdade. Beijar atrás de cortinas não tinha sido tão diferente.

Ela parou entre pilhas de cadeiras e ele se aproximou até seus corpos estarem próximos outra vez. Franz ergueu o rosto dela com um dedo gentil em seu queixo, examinando-a enquanto se inclinava devagar.

O primeiro beijo foi hesitante – risos e sorrisos trocados em proximidade. O segundo foi mais faminto. As mãos dele traçaram as curvas de Elisabeth; as mãos dela se embrenharam em seu cabelo, movendo-se devagar pelas suas orelhas enquanto ele traçava suas curvas. Como seria ter mãos em seu corpo sem o espartilho e todos aqueles metros de tecido?

Ele recuou do beijo lentamente e traçou os contornos do rosto dela com os dedos, da bochecha ao queixo. Ela se inclinou para a sensação como um gato sob o sol. Por que esse momento parecia tão mais *real* que qualquer outro do dia? Era como se estivesse ouvindo tudo sob a água e agora emergisse para um mundo cheio de sons altos e nítidos. Como se estivesse se esforçando para enxergar através da névoa e agora o sol se erguesse – brilhante – para ofuscar todo o resto. Ela poderia chorar de alívio.

Então Franz falou, e ecoou seus pensamentos:

— Quando estou com você, sinto que tudo é possível. — Ele beijou a bochecha dela.

Ela hesitou e deixou os dedos se demorarem nos fios suavemente encaracolados na nuca dele.

— Você está planejando alguma coisa, posso ver.

— Estou. — Os olhos dele cintilavam.

— Me conte. — O coração dela estava em chamas.

— Eu espero por este momento há meses. — Ele enfiou uma mecha solta atrás da orelha dela. — Foi tão difícil não escrever sobre isso nas nossas cartas, mas eu queria ver o seu rosto quando falasse.

Ela ergueu uma sobrancelha curiosa.

— Estou construindo uma ferrovia. — Como se as palavras tivessem rompido uma barragem, o resto dos planos saiu numa torrente. Ele lhe contou sobre sua visão para um império conectado, para distribuição de alimentos mais rápida, expansão comercial. Descreveu os contornos do interior que as ferrovias cortariam, as pessoas a que atenderiam.

— Ninguém mais terá que ficar separado por tanto tempo quanto nós. — Ele disse as palavras entre beijos no pescoço, na mandíbula dela.

— Então nosso sofrimento terá valido a pena. — Ela correu dois dedos pelo cabelo dele.

— Imagine como o mundo estará mais integrado — disse ele, sem fôlego.

A imaginação dela alçou voo com a vastidão da visão de Franz, uma vastidão que ela teria a vida toda para explorar.

Ele era uma maravilha. Sua mente vagou para um de seus poemas e ela o recitou em voz alta:

> *E se estivesse ao meu alcance,*
> *Eu te levaria ao mar,*
> *Então finalmente verias*
> *O teu esplendor...*
> *O mar do Norte seria o espelho*
> *Para olhares a ti mesmo*
> *Onde, nas ondas altas e revoltas,*
> *Estás construindo um novo império.*

As palavras eram verdadeiras. Era isso que ele estava fazendo; realmente estava realizando algo novo. Construindo um novo império. Era um eco do que ele lhe escrevia nas cartas – um homem que conhecia e defendia seus valores. Ela sorriu para ele e apoiou as mãos em seu peito, sobre o coração.

— Amei.

Ela viu o corpo todo de Franz exalar, os ombros relaxando, a expressão ficando aliviada. Ele se balançou nos calcanhares, depois riu de si mesmo. Eufórico. Como um garoto.

— O plano todo foi inspirado em você — ele disse depressa, e então riu de novo.

Ela ergueu as sobrancelhas, bem-humorada.

— Ah, então quando pensa em mim, você pensa em *ferrovias*.

— Meu amor — ele brincou de volta. — Você não acha que milhares de quilômetros de barras de aço representam você?

— Bem, eu sou confiável *e* veloz. — Ela beijou o lábio inferior dele.

Deus, como ela o queria. Queria todas as partes dele. Sua mente, o modo como ele respondia às piadas dela com um humor sutil, o modo como defendia firmemente suas convicções. E o corpo dele, tão próximo ao dela e ao mesmo tempo tão longe, separado por mil camadas de tecido. Malditas modas de Paris.

Franz devia estar pensando a mesma coisa, porque a pressionou contra a parede, tomou os pulsos dela e os segurou em cima da cabeça antes de inclinar-se e beijá-la de novo. Ela retribuiu com a mesma intensidade, aprofundando o beijo, mordendo gentilmente o lábio inferior dele. Seu corpo ficou eletrizado, ansiando estar mais perto. Tão perto que não seria possível dizer onde uma pessoa acabava e outra começava.

— Como foi que eu tive tanta sorte? — murmurou ele no pescoço dela. — Você é um milagre. — Ele beijou o pescoço dela um pouco mais alto. — Maravilhosa. — Ele arrastou os lábios mais para cima. — Uma criatura selvagem saída da floresta para se aninhar no meu coração. — Os lábios dele estavam atrás da orelha de Elisabeth agora, pressionando suavemente aquele ponto sensível. Sophie uma vez dissera que ele não era do tipo poético; a lembrança fez Elisabeth querer rir agora. Aquele homem era um poeta e ela era o poema. Ele traçava os contornos do seu corpo, falando entre beijos.

— Sabe — ela deu um sorriso malicioso para Franz —, as pessoas aqui na corte não usam roupas de baixo.

Ele ergueu uma sobrancelha enquanto ela desvencilhava os pulsos do aperto e envolvia os braços ao redor do pescoço dele, aprofundando o beijo. Ele usou a mão libertada para traçar a curva de sua cintura, erguendo sua saia, movendo um dedo de leve sob...

— Ham-ham.

A voz foi chocante no silêncio – um silêncio que Elisabeth não percebera cair. A valsa no salão ao lado tinha se interrompido como uma chama apagada.

Eles se afastaram relutantemente e se viraram para o som.

Era Esterházy, claro. Ela tinha um dom para escolher o pior momento – e estragar tudo. Exalou alto, a desaprovação evidente no som.

Franz se sacudiu e se afastou. Elisabeth sentiu a perda em cada molécula do corpo.

— Majestade — Esterházy dirigiu-se a Franz. — Peço desculpas pela interrupção, mas a noiva imperial deve continuar os preparativos.

Nem Elisabeth nem Franz se moveram.

— Se puder me seguir. — Esterházy fez um gesto para Elisabeth vir até a porta.

— Seguirei — disse Elisabeth. — Só uma última coisa.

E então ela beijou Franz de novo, com a mão contra o peito dele e os lábios abertos nos seus.

Eles só tinham esses momentos roubados – ela não ia desperdiçar nenhum.

CINQUENTA E UM

O BOM DE SER INVISÍVEL ERA QUE NINGUÉM FICAVA DE OLHO EM seus movimentos. Helene podia caminhar pelos corredores do palácio o quanto quisesse: ninguém a chamava para ensaios de dança, ninguém se perguntava onde ela estava durante o chá.

Doía, mas também era libertador. Ela descobrira cada canto do lugar. A ala imperial onde ficavam os aposentos de Franz e Maxi. Os aposentos de mobília simples onde os sons de um casal desfrutando um do outro atravessavam uma porta de madeira. Os escritórios de homens importantes decorados com seriedade, com seus armários de licor e estojos de cigarro dourados, onde Helene se debruçou sobre janelas de moldura branca com um cigarro roubado na mão.

Ela vagou por uma dúzia de corredores e entreouviu uma dúzia de conversas breves que normalmente não teria a chance de escutar. Uma criada estava com medo de ser demitida por causa de uma gravidez não planejada. Uma cozinheira se desesperava porque os doces favoritos da arquiduquesa tinham acabado. Duas damas fofocavam sobre como Sophie nunca quisera Sisi como nora.

E havia a conversa que ela estava ouvindo agora, encostada contra um papel de parede com ilustrações de pavões, outro cigarro na mão. Casual e invisível.

Era Maxi. E era menos uma conversa e mais um discurso. Ele ensaiava sozinho ou discutia com uma pessoa invisível, tentando achar as palavras certas para anunciar alguma coisa enquanto andava de um lado a outro sobre o padrão de estrelas no chão de madeira. Nem reparou em Helene num canto dos fundos.

Ela se escondeu ainda mais nas sombras, curiosa, e ficou ouvindo. Parecia tão atípico do Maxi que ela conhecia, mesmo a versão mais sincera dele nas cartas para Sisi.

— Ele não é certo para você. — A voz de Maxi ficou mais suave e vulnerável quando ele começou, parou e depois fechou os olhos como se tentasse se lembrar do que vinha em seguida. — Ele não é certo para você. Ele não é como nós. Você e eu, nós somos iguais.

A voz dele passou da paixão a ternura, ambas as emoções surpreendentes vindas dele.

— Nós formamos um bom par. Simplesmente combinamos. Só nos imagine... juntos.

Ele parou de andar.

— Elisabeth. — Ele fez uma pausa após a palavra, como se fosse doce. Uma prece. Uma bênção.

Helene sentiu um aperto no peito. Será que nunca conseguiria escapar de Sisi? Se não estivesse tão irritada, teria ficado satisfeita ao saber que tinha previsto aquilo: outro irmão apaixonado pela irmã dela. Ela se perguntou se Franz sabia, se a irmã sabia – e então percebeu que não se importava.

— Ele vai te jogar aos leões assim como fez comigo. Ele não é o que você pensa... — Maxi se virou e seguiu na direção oposta, suas sobrancelhas franzidas.

A amargura se ergueu como uma onda no corpo de Helene. Sisi também não era quem as pessoas achavam. Ela tinha seus próprios segredos, suas próprias traições. Mentira com tanta facilidade. Helene não fazia ideia de que ela estava prestes a puxar o seu tapete.

Maxi parou, correu uma mão pelo cabelo e então se virou para o parapeito da janela, contemplando os jardins. Sua voz era só um sussurro agora, mal audível do outro lado da sala.

— A primeira vez que nos vimos, eu pensei... eu *soube*... que você foi feita para mim.

Helene apagou seu cigarro em um cinzeiro de pedra na mesa ao seu lado.

— Não para ele. — Havia uma nota de desespero na voz dele. — Para *mim*.

Maxi respirou fundo.

— Ele não vai estar sempre no comando, sabe? Nós podemos governar juntos, você e eu. *Minha* imperatriz.

Agora, *isso* era outra surpresa. Helene ergueu as sobrancelhas. Tinha ouvido muito sobre a agitação social e a tentativa de assassinato, tanto em casa como ali no palácio. Será que Maxi esperava que o irmão perdesse o trono? Mas, se a culpa era da agitação social, por que ele imaginaria que poderia governar no lugar de Franz?

Maxi respondeu à pergunta silenciosa:

— Vai haver uma guerra, e Franz não quer se envolver. Se ele não tomar uma decisão, os generais vão colocar alguém no trono que tome. Você precisa ficar longe dele, ele não pode mantê-la a salvo.

A pulsação de Helene acelerou como um alarme. Ela conseguia senti-la no pescoço, no peito. A amargura deu lugar a algo que ela não sentia fazia meses: uma preocupação real, pura e irrestrita. *Medo* pela irmã.

Sisi estava em perigo?

Uma coisa era ver Sisi sofrer com os silêncios afiados de Helene, as várias gafes que cometia na corte, as consequências de suas ações. Outra era se envolver com algo como o que Maxi estava descrevendo. Ele claramente queria manter Sisi a salvo; Helene conseguia sentir sua sinceridade do outro lado da sala. Mas, se o que estava dizendo era verdade, ele *conseguiria* protegê-la?

Maxi fechou os olhos e respirou fundo e devagar.

— Só diga a ela como você se sente — recomendou a si mesmo. — Diga que a ama. — Então, assentindo como se as últimas palavras tivessem lhe dado coragem, se afastou da janela e saiu da sala, sem notar Helene ali.

Ela ficou onde estava por um longo tempo, o coração ainda acelerado. E, pela primeira vez, perguntou-se se talvez fosse bom que não fosse se casar com o imperador.

CINQUENTA E DOIS

Nem a expressão de desagrado de Esterházy conseguiria estragar o humor de Elisabeth. Ela ainda conseguia sentir a ponta dos dedos de Franz no pescoço, o jeito como o corpo dele respondera ao dela, pressionando-a enquanto ela aprofundava o beijo. Estava quase flutuando enquanto seguia a outra mulher pelos corredores, estendendo uma mão para corrê-la sobre o papel de parede lustroso e sobre a moldura dourada dos retratos.

Esterházy conduziu Elisabeth de volta a seus aposentos, escancarando as portas duplas e mandando-a entrar. Elisabeth sorriu para o cômodo, que já era familiar mesmo após tão pouco tempo no palácio. Essa era a casa dela agora. Esse era o seu quarto: o piso de madeira com padrão de diamantes, as portas de um azul-esverdeado opaco, uma estante de livros cheia de novos títulos, e uma estatuazinha alegre de gesso branco que estendia uma mão para os céus.

Elisabeth queria estender a sua junto com ela.

Surpresa, ela notou que um conjunto estranho de pessoas estava no quarto, alguns rostos familiares e outros não. Os mais esperados eram Leontine, outra dama de companhia e algumas criadas. Os menos esperados eram um homem de barba loira reta usando um casaco preto longo, equilibrando óculos pequenos e redondos no nariz, e um padre – severo, com bochechas murchas, usando um barrete violeta berrante na cabeça e um manto da mesma cor sobre a batina. A cor fazia seu rosto parecer terrivelmente rosado.

Esterházy apontou para a cama.

— Você pode continuar de vestido, Alteza. Isso não vai demorar muito.

Elisabeth a encarou depressa, a leveza evaporando do corpo. Do que Esterházy estava falando? É claro que ela continuaria de vestido. Havia homens no quarto.

Esterházy fez um gesto impaciente, mas Elisabeth não se mexeu.

— O que não vai demorar muito?

— O dr. Fritsch está aqui para confirmar a virgindade da noiva imperial — respondeu Esterházy, sem emoção. — E a habilidade dela de gerar um herdeiro para o trono.

Elisabeth continuou a encará-la, a mente e o corpo confusos com a mudança súbita – de amor e leveza para uma sensação estranha e perturbadora. Como o médico confirmaria sua virgindade? A pergunta se alojou em seu estômago como uma pedra. Pesada. Inflexível. E por que Esterházy estava se referindo a ela na terceira pessoa, como se ela não estivesse ali? Algo nisso também era perturbador. Como se a mulher estivesse se distanciando de Elisabeth, do que quer que estivesse para acontecer em seguida.

— É uma honra, Vossa Alteza Real. — O médico fez uma mesura.

Elisabeth se limitou a fitá-lo.

— É claro, a decisão final sobre a pureza e adequabilidade dela ao trono pertence ao Senhor. Se ela for impura, Ele não abençoará a união. — O padre deu um passo sobre o espesso tapete persa verde na frente da cama de Elisabeth, e a mente dela voltou para as palavras do pai na carruagem.

Essas pessoas acreditam que Deus as escolheu, ele dissera. Tinha parecido uma bobagem se preocupar com isso na hora, mas agora Elisabeth sentia a relevância do alerta. Ele estivera tentando dizer que pessoas que pensavam que Deus as escolhera também pensavam que isso lhes dava o direito de fazer... qualquer coisa que quisessem.

— A partir de amanhã — continuou o padre —, você será um receptáculo da vontade de Deus.

Como Elisabeth não respondeu, o médico fez um gesto para a cama.

— Deite-se, por favor.

O pânico correu quente por seu rosto e seus braços. Ela queria ir embora, mas podia ver pela expressão de Esterházy que não iam deixar.

Estremecendo, fez o que o médico ordenou, deitando-se na cama e encarando as cortinas douradas acima dela. Antes as achara encantadoras, agora pareciam pesadas.

Ao lado dela, o médico lavou as mãos, o som da água atingindo a bacia estranhamente dissonante. Mais alto do que deveria ser. O padre se virou e as damas de companhia se colocaram dos dois lados dela, cada uma pegando uma perna e a posicionando inclinada e... aberta. Vulnerável. Eles ergueram a saia dela e o frio varreu a metade inferior do seu corpo.

Será que Elisabeth estava tremendo por causa do frio ou por saber o que estava prestes a acontecer? Não sabia. O médico ia olhar por baixo da sua saia e... o que mais? Seu coração batia forte e pesado nos ouvidos enquanto o rosto do médico aparecia sobre o dela. Ela podia ver um funil branco e grande em sua mão. Será que ele ia...

E então a violação, a pressão abrupta e a dor. Elisabeth ofegou, engasgando com um nó súbito e chocante na garganta. Era sobre esse tipo de coisa que Maxi a alertara? Que eles a machucariam, a humilhariam, literalmente se enfiariam dentro dela para seus próprios propósitos e sem seu consentimento? Que a corte era perigosa de modos que Elisabeth nunca imaginara?

— O médico logo vai terminar. — Esterházy ainda não demonstrava qualquer emoção enquanto presidia aquela violação.

Elisabeth apertou as mãos sobre o rosto, obrigando-se a se concentrar na pressão ali em vez da pressão dentro dela. Olhou ao redor do quarto, procurando alguma coisa – *qualquer coisa* – em que se concentrar. A cabeceira de madeira escura. Os lacinhos no chapéu de uma criada. As linhas cinza finas que serpenteavam pelo mármore branco da lareira.

Então, finalmente:

— Tudo parece saudável — disse o médico.

— Saúde é importante, é claro. Mas a prova de inocência é o que mais importa. — O padre falava para a parede, ainda virado de costas.

— Sim, Reverendo. Estou conferindo isso agora.

Inocência. Elisabeth não deixou de notar a ironia. Ela nunca se deitara com um homem do jeito que eles se referiam, mas sabia que havia modos de contornar essas regras inflexíveis, essa suposta inocência.

Damas que queriam manter tal prova simplesmente optavam por dedos e línguas. Elisabeth tinha tropeçado nas festas devassas do pai vezes suficientes para saber disso. Havia uma centena de coisas que uma mulher podia fazer sem arruinar sua chance de passar nesse teste.

A fúria da ironia atravessou seu entorpecimento. O horror se inflamou em raiva súbita. Conforme o médico retomava seu trabalho, outra cutucada fez Elisabeth chutá-lo, fazendo-o cair no chão enquanto ela se sentava.

— Pare! Por favor, pare. — As lágrimas queimavam junto com a vergonha e a fúria. — Eu sou virgem. Sou casta, eu juro.

Qual era o problema daquelas pessoas?

O padre se virou, fulminando-a com o olhar como se ela fosse uma criança malcriada, e ela o odiou mais que todos.

— É bom saber, Alteza, mas o doutor precisa confirmar. — O rosto de Esterházy era uma tela em branco. Elisabeth se perguntou se ainda estaria assim se fossem as saias dela erguidas para o céu enquanto um homem enfiava um funil em seu corpo.

— Condessa, para dizer a verdade, eu não consegui ver nada. — O médico parecia estar se desculpando, e o medo percorreu Elisabeth. Um novo medo – não da violação, mas de que aquilo pudesse ser em vão.

Que ela tivesse permitido que esses homens a machucassem e, no fim, eles ainda a declarassem inadequada. Ainda a separassem de Franz. Teria sido tudo em vão. Os meses de saudade, a pressão da corte – e perder Helene. Ela teria perdido sua melhor amiga e o amor da sua vida por causa de alguma característica anatômica que não controlava ou entendia.

— Não pode ser. — A voz de Elisabeth estava baixa, seu coração ainda menor.

O quarto caiu em um silêncio. Seu coração bateu uma vez, duas.

Finalmente, Leontine interveio:

— Vossa Alteza cavalga com frequência, acredito?

A mente de Elisabeth se esforçou para compreender as palavras. Ela não sabia por que isso importava, mas assentiu mesmo assim. Desesperada para que Leontine – ou qualquer pessoa no quarto – ficasse do seu lado.

— Não sabe o que isso significa? — Leontine se virou para o médico, erguendo uma sobrancelha.

— De fato — ele disse, com uma pausa. — É uma possibilidade. O hímen de Sua Alteza pode ter se rompido durante uma cavalgada.

O estômago de Elisabeth se revirou. Ela não sabia se essa proclamação era esperança ou ruína.

— Sem uma prova de inocência, não haverá casamento. — O padre de olhos cruéis virou as costas de novo, como se isso resolvesse a questão. Elisabeth o acrescentou à lista mental de pessoas no quarto que mereciam um funil por baixo das saias.

Você ama Franz, ela disse a si mesma. *Você o ama mais que tudo. Faça isso por ele.* Nauseada e chorando abertamente agora, ela se deitou e apertou a mão de Leontine, concentrando a raiva, a mágoa, o medo e a humilhação no gesto. Leontine apertou de volta, reconfortante, e Elisabeth tentou mandar a mente para algum outro lugar. *Voe como uma gaivota voa sobre o mar. Você está livre. Está longe daqui. Está em qualquer lugar menos aqui.*

Muitos momentos depois, o médico se ergueu e fez uma proclamação:

— Eu acredito na virgindade da noiva, embora seu hímen não esteja inteiramente intacto.

As damas soltaram as pernas dela e Elisabeth se sentou, apertando as saias. O padre se virou com uma expressão arrogante, a enorme cruz ao redor do pescoço refletindo um feixe de luz diretamente nos olhos de Elisabeth.

— Que reis sejam gerados de seu ventre e transformem todo o mundo em súditos.

Ele fez uma mesura e saiu.

Elisabeth o viu partir, viu todos partirem exceto suas damas, o choque assentando pesado sobre ela como uma capa encharcada de chuva. Seu coração batia descontrolado, uma tempestade de mágoa, descrença e fúria.

Ela se ergueu com os joelhos trêmulos e se dirigiu para a porta. Precisava falar com Franz. Abraçá-lo. Chorar, provavelmente. Ele era a única pessoa ali em quem podia confiar.

Antes que Elisabeth pudesse escapar, Esterházy ergueu uma mão para impedi-la, sua voz transbordando de ressentimento.

— Temos muito mais a fazer hoje, Alteza.

— Não, não temos. Não podemos. Eu preciso encontrar Franz.

A mulher lhe lançou um olhar irritado.

— Alteza, isso não é possível. Nem apropriado. O imperador tem compromissos importantes esta tarde, e Vossa Alteza deve se preparar para a celebração desta noite. As criadas a estão esperando para um tratamento facial agora mesmo. Não pode parecer exausta hoje ou no seu casamento amanhã.

Como se tratamentos faciais importassem agora. Como se Elisabeth quisesse qualquer outra pessoa a tocando. Seu estômago embrulhou e ela reparou na última palavra de Esterházy.

Amanhã. A palavra que tinha sido motivo de júbilo meras horas antes agora inspirou puro pânico. Amanhã o destino dela estaria selado, prendendo-a na corte para sempre. Ela amava Franz. Ela o queria. Escolhera aquela vida. Mas a dúvida a percorreu gelada agora. Se a corte era assim em seu primeiro dia, ela poderia realmente aguentar as semanas, os meses, os *anos* por vir? Poderia realmente ficar ali – mesmo pelo amor?

A ideia de partir era terrível, mas a de ficar também. Ela se sentia congelada, todos os caminhos levando a dor e humilhação e ao roubo de sua alma. O pai tinha razão: ela se perderia ali.

Precisava ver Franz, ouvi-lo dizer que todos os dias não seriam como aquele, que ele não os deixaria feri-la desse jeito de novo. Precisava vê-lo mandar o padre e Esterházy embora, censurar todos eles. Seu peito se apertou. Ela precisava que alguém – que ele – compartilhasse do seu horror.

— Preciso de Franz. *Agora.*

— Alteza, com todo o respeito, não é assim que funciona. — Esterházy a tomou pelo cotovelo, os dedos esqueléticos frios e afiados enquanto puxava Elisabeth para o quarto de vestir.

Se Elisabeth soubesse onde Franz estava, fugiria. Deixaria Esterházy engasgando na poeira que seus pés tinham erguido. Mas ela não sabia e seus joelhos vacilavam. Portanto, em vez disso, desvencilhou-se de Esterházy, ordenou que todas saíssem do quarto, trancou a porta e chorou.

CINQUENTA E TRÊS

O SOL POENTE PROJETAVA A LONGA SOMBRA DE FRANZ NO CORREdor de mármore conforme ele seguia em direção à festa. Em direção a ela. Sua Elisabeth. Ele não a via desde a dança e, ah, como ansiava por isso. Queria contar mais sobre a ferrovia, ouvi-la dizer de novo que amava a ideia. *Amava* a ideia. Que amava Franz. Eles teriam horas juntos na festa. Cercados por pessoas, claro, mas seriam horas na mesma sala pela primeira vez em muitos meses. Eles conseguiriam ter alguns momentos a sós, ele tinha certeza.

Estava perdido nesses pensamentos quando ouviu os gemidos, o som rítmico de movimentos através de uma porta à sua esquerda. Parou e espiou no interior.

Era uma sala de estar raramente usada cheia das modas do ano anterior: sofás cor-de-rosa e prateados, cortinas roxo-escuras com estampas parecidas com brasões, o teto pintado de cor-de-rosa com nuvens brancas. E, contra a janela, duas figuras entrelaçadas. Uma mulher estava pressionada no parapeito, a garganta reclinada, os lábios abertos para os céus, e uma longa perna curvada ao redor do amante. Um homem — *Maxi*, percebeu Franz com um sobressalto — movia-se contra ela ao ritmo dos gemidos suaves escapando de seus lábios.

Franz recuou para o corredor e se afastou da porta, sentindo a raiva crescer. Ele tinha *acabado* de repreender Maxi por seus casos. O irmão tinha levado uma mulher à morte e outra à loucura e não se importava o bastante para se abster por um único dia. Ele seria a ruína da família. Franz queria esganá-lo.

Ele abriu o punho e se obrigou a respirar fundo. Não havia razão para se envolver agora; ele só deixaria a mulher envergonhada. Mas precisava ficar de olho em Maxi – isso estava claro. O irmão era uma bomba esperando para ser detonada. Ainda.

Ele passou depressa pela porta, esperando que Maxi não o visse, e cerrou a mandíbula até chegar à recepção. Mesmo ali, porém, não encontrou alívio. Não tinha conseguido nem dois minutos de paz e um gole de vinho branco para relaxar quando a mãe começou a falar do dilema político mais recente. Ah, Franz não via a hora de Elisabeth chegar e lhe dar uma desculpa para dançar e brindar ou só respirar por alguns minutos.

— Os oficiais enviaram uma mensagem e disseram que precisam de sua resposta imediatamente. Vamos manter o húngaro como a língua oficial de negócios na parte oriental do império? — A voz de Sophie era profissional, sua própria taça de vinho intocada.

Ela tivera uma reunião breve com um representante húngaro antes da festa e agendara outra audiência igualmente breve com a Croácia na sequência. Ele não precisava comparecer, ela lhe assegurou – ele pedira ajuda para reduzir as reuniões sobre questões triviais para poder se concentrar nas mais críticas –, mas ela precisava de sua resposta.

Ele estava tão cansado de reuniões assim. Quem se importava com a língua oficial quando ele estava fazendo tudo ao seu alcance para mantê-los fora de uma guerra desnecessária? Quando havia inquietação batendo na porta dos Habsburgo e crescia uma revolução que tinha literalmente o apunhalado no pescoço? Era exaustivo.

— Franz? — insistiu a mãe.

Ele suspirou.

— O que você acha, mãe? — Talvez ele pudesse fazer-lhe essa concessão. Estava se opondo a ela em questões de amor e guerra; talvez pudesse apoiá-la se ela tivesse opiniões fortes sobre o problema do idioma.

— Acho que deve dizer aos croatas que vai reconsiderar a proposta deles daqui a um ano, depois que Napoleão parar de enviar presentes para tentar convencê-lo a entrar numa aliança.

Ele assentiu e ela pareceu satisfeita.

E então...
Então.
Finalmente.

Elisabeth chegou, e seu alívio foi tão arrebatador que Franz se sentiu imediatamente bêbado. Como era possível que, toda vez que a via, ele ficasse embasbacado de novo com sua beleza? Ela usava um vestido amarelo e verde-oliva com uma explosão de vermelho-vivo no colarinho emoldurando o pescoço e os ombros, atraindo os olhos para sua clavícula delicada e aquele lugar perfeito onde o peito começava a se curvar para fora.

Sob a luz baixa do salão, parecia etérea. Se ao menos pudesse puxá-la para trás de uma cortina para um beijo escondido... Se ao menos os dois estivessem sozinhos e pudessem fazer muito mais...

— Lá está ela! — A primeira voz que falou soava jubilosa. Ele entendia a sensação. Elisabeth iluminava o salão inteiro com sua entrada. Todos ergueram a taça para ela antes de continuar suas conversas.

Ela encontrou os olhos dele e sustentou seu olhar. Ele poderia viver para sempre nesse momento, só olhando para ela do outro lado do salão.

E então Elisabeth foi puxada para uma conversa e Franz não encontrou um jeito educado de se esquivar da sua. Ele a observou pelo canto do olho, desejando poder tomá-la nos braços, pressionar os lábios em sua têmpora. Ela estava tão próxima e ao mesmo tempo tão distante.

CINQUENTA E QUATRO

— Elisabeth, por que não vem até aqui? — Sophie gesticulou para ela do outro lado do salão, afetuosa e convidativa.

O coração de Elisabeth suspirou de alívio. Ela poderia ter chorado ao finalmente ver Franz pela primeira vez desde o ensaio de dança. Queria que estivessem a sós, mas era um alívio mesmo assim. Franz, que tinha desagradado a mãe por ela, que estava contrariando generais e se opondo firmemente à guerra – ele a consolaria. Ficaria a seu lado. Ela contaria a ele sobre o médico, o padre, a dor. E ele a ajudaria, protegeria, e garantiria que seria a última vez que uma mulher suportaria uma invasão como aquela.

Antes de alcançá-lo, porém, seu coração colidiu com um muro chocante. *O padre estava bem ali,* naquele exato momento entrando num pequeno círculo de pessoas com Franz e Sophie, pontificando.

— Uma guerra também pode ser algo significativo, Majestade. Tira a ralé das ruas.

Franz parecia tão amargurado quanto Elisabeth se sentia. Ele respondeu numa voz lenta e controlada:

— A guerra é o último recurso, Reverendo. Não um passatempo.

Sophie, examinando os dois homens com um olhar afiado, desarmou a tensão:

— De toda forma, daremos ao povo uma nova esperança amanhã, não é? — Ela sorriu para Elisabeth e seu olhar ficou maternal outra vez.

Franz sorriu de novo, erguendo só um canto da boca enquanto tomava e beijava a mão de Elisabeth – segurando-a por mais tempo do que seria decoroso.

— Presumo que já conheceu a noiva imperial, Reverendo? — Sophie puxou o olhar de Elisabeth de volta ao padre horrível em seu barrete violeta horroroso. O estômago dela embrulhou de novo, seu corpo inteiro tensionando.

— Tivemos o prazer, sim, Alteza. — Ele assentiu para ela, contente – como se aquela tarde não tivesse acontecido. Como se ela fosse ficar *feliz* por vê-lo outra vez. Ele estufou o peito. — Eu tive a honra de determinar a inocência da dama esta tarde.

— Que ótimo. — O tom de Sophie era relaxado, como se aquela conversa fosse perfeitamente normal.

Elisabeth cravou as unhas na palma das mãos, o punho combinando com a mandíbula tensa, que por sua vez combinava com seu coração apertado.

O padre não percebeu. Ele sorriu mais largo.

— Tenho o prazer de informar à Vossa Majestade que não há nada que impeça a geração de um herdeiro para o trono.

Novamente era atordoante ser discutida como se ela não estivesse na sala. Ou como se fosse uma *coisa* – presente, mas incapaz de ter seus próprios sentimentos ou reações. Um móvel. Uma máquina. Uma coisa que existia para gerar um bebê e nada mais.

Maxi escolheu esse momento para se juntar ao grupo, bebericando champanhe e parecendo curioso. Franz assentiu para o padre de um jeito que Elisabeth não conseguiu interpretar. E Sophie ergueu uma taça, ainda chocantemente alegre. Uma coisa era ver os homens no círculo agirem como se o exame não fosse nada, mas outra era ver Sophie – que o suportara pessoalmente – dizer ótimo. *Ótimo.* A palavra era uma arma. E incompreensível depois que Sophie fora tão carinhosa com ela mais cedo e acabara de sugerir a cumplicidade entre elas outra vez.

A raiva interior escapou quando Elisabeth encontrou o olhar do padre.

— Fico feliz que pelo menos *você* sentiu algum prazer com aquilo.

— Elisabeth. — A palavra saiu num arquejo quando a expressão de Sophie se transformou em choque. — O Reverendo está apenas cumprindo o seu dever.

Dever. Elisabeth pensara que conseguiria aceitá-lo contanto que viesse acompanhado do amor. Mas isso não era amor *e* dever; ela estava sendo mantida longe do amor por conta do dever. Era isolamento e violação, sem qualquer momento tranquilo e íntimo para compensar.

— Sinto muito que o ritual sagrado tenha sido desconfortável para você. — O padre sorriu para ela.

Como ousavam chamar aquilo de sagrado? Elisabeth olhou para Franz, cujo rosto estava estampado de preocupação, e extraiu forças dele.

— Um ritual sagrado? Ah, perdoe meu erro. Pareceu dois homens olhando por baixo da minha saia.

Atrás dela, uma bandeja de taças se estilhaçou no chão, o som assustando todas as pessoas no círculo. Elisabeth se virou e viu a mãe, pálida, pairando sobre os destroços.

À direita dela, Maxi perdeu a compostura, rindo incrédulo e levando uma mão à boca.

— Perdão, mãe. Perdão.

O padre não deixou a conversa morrer:

— Você parece agitada, minha filha. Não precisa ficar histérica.

Outra pontada de raiva.

— Eu não estou histérica.

Franz estendeu uma mão para ela, os olhos preocupados.

— Está tudo bem, Elisabeth?

Antes que ela pudesse responder, Sophie falou por ela:

— Talvez a noiva precise descansar um pouco.

Elisabeth a encarou, confusa. Descansar? Sophie ia mandá-la embora da própria festa por falar a verdade sobre aquela tarde? Por se recusar a ficar parada ali, fingindo que era tudo normal? Ela não tivera poder sobre o que estava acontecendo, sentira que não tinha escolha, mas pensou que voltaria a ter poder quando estivesse ao lado de Franz. Achava que ele gostava quando ela falava com franqueza. Que ele defenderia a coisa certa.

Ela olhou para Franz, suplicante.

— Não acho que será necessário, mãe. — A voz dele era suave, os olhos examinando Elisabeth.

Elisabeth se virou para o padre outra vez, pronta a exigir um pedido de desculpas.

— Eu...

— Franz — interrompeu Sophie, sem qualquer indício do carinho de antes. — Sua noiva teve um longo dia. Queremos que tudo corra bem amanhã, não é? Elisabeth deve descansar.

Elisabeth olhou para Franz de novo, esperando que ele a defendesse. Em vez disso, ele inclinou a cabeça.

— Bem, foi mesmo um longo dia. Um pouco de repouso lhe faria bem, Elisabeth.

O coração dela se apertou num nó enquanto sua mente voltava ao dia em que Puck morrera. Ela tinha ficado parada lá, coberta de sangue e terra, drenada de lágrimas, sem esperanças, e Helene – a pessoa mais importante na sua vida – não lhe perguntara se ela estava bem. Tinha priorizado o encontro com o duque em vez dos sentimentos de Elisabeth. E agora? Agora, Franz era a pessoa mais importante para ela, e a estava traindo da mesma forma. Ele não podia ver que a raiva dela era justificada? Não conseguia sentir a sua angústia?

— Não, por favor, eu gostaria... — Ela não terminou a frase. *Eu gostaria de ficar. De falar com você sozinha. De mudar esse ritual esquisito.*

— É melhor você descansar — repetiu Franz, dessa vez mais firme.

O nó no peito de Elisabeth ficou mais apertado. Era sempre assim. Os homens se comportavam mal. Abriam as calças no jantar, diziam que os sonhos dela não importavam, tocavam-na sem permissão. E era sempre ela que era mandada embora. Punida. Silenciada.

Era assim que sua vida seria – mesmo agora? Mesmo com um homem que ela pensara que realmente a entendia. Seria igual a sua casa, só que com um novo conjunto de guardiões. A mãe substituída por Esterházy, padres, damas, criadas e médicos enfiando funis pontudos em lugares sensíveis. Agora uma centena de pessoas queria feri-la, em vez de apenas uma.

— Mas... — Ela tentou novamente.

— Eu insisto. — Franz pôs fim à conversa.

Ele lhe estendeu a mão, mas ela ignorou. Tinha que sair daquele salão antes que desabasse. Antes que as rachaduras em sua alma frágil a estilhaçassem em pedaços demais para serem juntados de novo.

Maxi encontrou seu olhar quando ela se virou, e ela viu algo em sua expressão que quase doeu mais. *Compreensão.* Ele lhe dissera mais cedo que era seu aliado na corte, mas ela não tinha acreditado. Agora acreditava.

Quando as portas se fecharam atrás dela, deixando-a sozinha no corredor silencioso e escuro, as lágrimas escorreram depressa, as dúvidas batendo como ondas sobre ela.

Será que tinha cometido um erro? Deveria fugir agora e deixar Helene ser imperatriz, se ela ainda quisesse? E poderia confiar em qualquer um deles de novo depois disso?

O único casamento que ela observara de perto fora o dos pais, e um pressentimento agourento tomou seu coração quando pensou neles. Era assim que começava? Com um mal-entendido, uma dispensa, uma recusa de ver a dor da pessoa amada – até que, de repente, tudo que os dois conseguiam fazer era machucar um ao outro?

Quando Elisabeth voltou a seus aposentos, a primeira coisa que fez foi escrever um poema em um papel manchado de lágrimas:

O mar do Norte irá ressoar e
dizer que parti meu próprio coração?
Esta coisa ingênua me enganou
E eu odeio mentiras.

CINQUENTA E CINCO

Franz pediu licença e saiu na varanda, olhando para os gramados salpicados com a luz das lâmpadas. A recusa de Elisabeth de pegar sua mão tinha doído. Assim como mandá-la embora. Ficou preocupado também.

Parecera a solução certa — dizer a ela para descansar um pouco. Não porque ele quisesse que ela fosse embora. Tudo que Franz quisera o dia todo era ficar perto dela. Mas ela estava aborrecida e a mãe dele estava aborrecida, e permitir que as coisas aumentassem na frente de todos estava fora de questão. Aquele era o tipo de dor que precisava ser discutido em particular, resolvido por trás de portas fechadas.

Não por causa do padre. Franz não sabia exatamente o que o homem fizera, mas não tinha qualquer afeto por ele nem sentia necessidade de defendê-lo.

Eram Elisabeth, sua mãe e a família que o preocupavam. Já havia inquietação demais acontecendo fora do palácio, e Maxi tinha jeitos demais de criar inimigos dentro dele com seus próprios escândalos. Franz não podia permitir que outra coisa piorasse a situação, criasse mais inimigos para eles, tornasse tudo mais perigoso para todos eles.

Só que Elisabeth ignorara sua mão. E isso significava que ela não entendia.

O pensamento roeu as bordas de sua convicção. Será que ele estivera errado? E, se não estivesse, será que ela ainda o perdoaria? Talvez mais importante: será que ela conseguiria mudar?

Franz correu um dedo sobre a balaustrada de ferro áspero da varanda e mordeu o lábio. Ele amava que Elisabeth fosse sincera, amava que ela fosse perfeitamente ela mesma. Amava o fato de que lhe mostrara como ser ele mesmo outra vez. Mas eles encontrariam um equilíbrio? Ele queria que ela fosse ela mesma e precisava que ela soubesse quando lidar com as coisas reservadamente, como conter suas palavras – não para sempre, só um pouco.

Ele apertou o dedo com mais força na balaustrada, como se pudesse empurrar a preocupação para ela e deixá-la para trás. Maxi o acusara repetidamente de arruinar Elisabeth, de prendê-la, mas essa era a primeira vez que Franz se perguntava se ele teria razão. Será que ele quebraria o que ela tinha de mágico ao exigir que aprendesse a segurar a língua? Ele arruinaria as coisas que amava nela pedindo que algumas delas permanecessem secretas, que ficassem restritas aos momentos íntimos entre eles?

A festa continuava a todo vapor atrás dele, a música do piano infiltrando-se pelas portas da varanda, taças batendo umas nas outras em celebração. E ele soube que não podia ficar longe por muito tempo. Uma parte de manter a paz era não permitir que sua mágoa fosse pública, e uma parte era mostrar um rosto sorridente, apertar a mão de generais e ministros, e aceitar felicitações.

Franz quase desejou trocar de lugar com Elisabeth – bem que a mãe podia sugerir que ele estava cansado demais e dizer que ficaria ali para apertar mãos e ser conciliadora.

Ele respirou fundo e tentou empurrar suas preocupações para o fundo da mente. Não havia nada que pudesse fazer agora. Não podia partir; não podia chamá-la de volta. Só podia aceitar uma série de congratulações e tentar não ficar pensando em segurar a mão dela em vez disso.

CINQUENTA E SEIS

O CORAÇÃO DE ELISABETH ERA UM CACO DE VIDRO ALOJADO EM seu peito.

Se ao menos ele não fosse o imperador. Se fosse só um alfaiate! Ela nunca quisera a corte, jantares formais, vestidos, bailes. Certamente nunca quisera *nada* do que acontecera naquele dia. Estava esgotada após perceber como o fato de ir até lá e dizer sim significava entregar-se – sua vontade, seu próprio corpo – ao império.

Lágrimas bloquearam sua garganta e uma dor de cabeça latejou nas têmporas. Ela amava Franz. Amava-o como as árvores amavam a chuva, como as flores amavam o sol, como um cavalo amava o vento através de sua crina. Seu amor era uma coisa visceral e física – tempestades, trovões, estrelas cadentes. Mas o que era o amor de Franz? O quanto valia se ele a tinha mandado embora?

Em poucos minutos, ele havia destruído a certeza dela de que era a rocha pela qual ela esperara, o grande amor dos seus poemas e dos seus sonhos.

Não é tarde demais, Helene dissera após o noivado. Sophie dissera a mesma coisa a Franz. Maxi dissera a ela numa carta. Talvez todos tivessem razão.

Maxi. Ainda havia alguém que falaria com ela, cujo rosto havia mostrado preocupação e compreensão em vez de alarme quando ela se defendera. Ele a tinha convidado para sua festa naquela noite. Ela ainda tinha o cartãozinho verde. E agora sabia que tinha que ir. Não sabia exatamente quem ou o que encontraria lá, só que não queria ficar ali, chorando até dormir em meio às sombras de suas dúvidas.

※

Elisabeth trocou de roupa no quarto, por sorte sem a ajuda de suas damas, que ela pediu que ficassem na sala adjacente. Ela prendeu o cabelo em dois coques bagunçados. Sentia-se muito mais à vontade assim, o cabelo ondulado e reconfortante enquanto cachos roçavam em seu pescoço e suas orelhas expostas. Vestiu uma blusa de seda branca translúcida contra sua pele e um colete azul-escuro que contrastava com ela. Manteve o colar que Sophie lhe dera ao redor do pescoço e acrescentou outros de comprimentos variados – joias e mais joias. Decidir o que usar e como se vestir a fez sentir que estava de volta no controle. Isso a estabilizou, afastando a tensão em sua garganta e o embrulho no estômago.

As damas a seguiram quando Elisabeth deixou seus aposentos e percorreu corredores silenciosos até a festa, que aconteceria em outro salão de baile, no lado oposto do palácio à festa formal. As festividades de Maxi estavam a todo vapor, e havia algo reconfortante no caos – toda aquela fumaça de narguilé, risadinhas, taças de champanhe e pessoas falando com gestos exagerados. Saias curtas, modas experimentais, mulheres com segredos no arquear de uma sobrancelha, homens com perguntas no curvar dos lábios. Alguns cuidavam das portas usando uniforme de marinheiro, com a barriga à mostra. Um homem com uma barba cheia usando um vestido de baile amarelo atravessava o centro do salão.

E ninguém estava olhando para Elisabeth.

A liberdade era intoxicante. Ela tinha vontade de dançar sobre uma mesa. Não havia ninguém lhe dizendo o que fazer, ninguém explicando mais uma regra. Na verdade, ninguém ali se comportava como se estivesse na corte. Não faziam mesuras. Não havia formalidades. Maxi tinha libertado um salão inteiro das amarras invisíveis e eternamente restritivas da corte.

O salão estava decorado com tapeçarias retratando cenas de Paris, de Londres, dos Alpes. Entre elas, estátuas de mulheres nuas cor de pérola estendiam as mãos para os céus ou encaravam o nada. O lugar era a cara de Maxi. Dizia algo sobre ele, sobre a profundidade por trás de seus sorrisos sedutores, de sua inteligência afiada. Não era só uma festa, mas um portal para outro mundo. Para o mundo interno de Maxi, talvez.

Enquanto Elisabeth se movia pelo salão, absorvendo os arredores, sentiu que o entendia de um novo jeito.

— Devíamos voltar — disse uma de suas damas de companhia, hesitante, atrás dela. Mas a outra dama avistou um pianista famoso, e Elisabeth ficou encantada quando elas foram até ele, ainda continuando por perto, mas não prestando mais tanta atenção nela. Ela se debruçou sobre o piano e deixou a música — muito mais empolgante do que qualquer coisa que já ouvira antes — atravessá-la. Como se sentia viva ali, muito mais ela mesma contra um fundo de música experimental em vez de uma valsa.

Então, em seu ouvido soou uma voz familiar enquanto um hálito quente roçava seu pescoço.

— Está se divertindo?

Maxi. Era chocante como ele parecia à vontade ali, como o salão o iluminava por dentro, como as sombras acrescentavam profundidade a seus olhos, definindo a sua mandíbula. Ele era bonito, ela percebeu. Não tinha notado antes. O luar, a luz das lâmpadas, o colar casual feito de conchas, a chocante expansão de peito à mostra — esse era Maxi verdadeiramente: desabotoado, sem fingimentos, pela primeira vez desde que o conhecera.

— Não se preocupe, eu não convidei o padre repugnante.

Era como se ele tivesse lido seus pensamentos e visto o que ela precisara desesperadamente que Franz visse, o que ela queria que tivesse *importado*. Pela primeira vez ela se perguntou: e se tivesse se apaixonado por Maxi em vez de Franz? Por um rapaz que de alguma forma libertara uma centena de pessoas dos confins da corte? Que amava viajar, que falava francamente. Helene teria sido livre para amar Franz e...

Não. Seu estômago ficou embrulhado. Ela *não tinha* se apaixonado por Maxi. Até mesmo brincar com a ideia feria seu coração. Seu amor por Franz era algo precioso, um poema, uma canção, um pardal. Não uma hipótese.

— Franz está aqui? — Ela ainda precisava vê-lo e explicar como ele a tinha magoado, como ela estava indecisa.

— Não que eu saiba. Eu o convidei, mas ele está sempre ocupado, o nosso Franz. — Maxi olhou ao redor. — Isso é motivo para ir embora?

— Não. — Elisabeth queria ver Franz, claro, mas também queria aproveitar a liberdade daquele lugar, a euforia. A libertação.

— Ótimo. — A voz de Maxi estava suave. — Nesse caso, posso apresentar meu bom amigo, Franz Liszt? — Ele apontou para o pianista. — Maestro, esta é nossa futura imperatriz.

O homem se inclinou sobre o piano e beijou a mão dela, devagar e informalmente. E isso também foi um alívio. Era como se a corte fosse um mundo e esse, seu espelho distorcido. As pessoas ainda beijavam mãos, usavam vestidos, dançavam ao som do piano – mas ali os beijos eram demorados, os vestidos descontruídos, o piano transportado para outro mundo.

— Uma música para Vossa Alteza. — O pianista inclinou a cabeça, o cabelo comprido caindo sobre seu colarinho bordado. Em seguida, com dedos elegantes e hábeis, começou a tocar.

A música era animada, mas de alguma forma também triste. Como o sol saindo para consolar alguém depois que a mãe dizia que seu sorriso não era bonito o bastante, nem sua cintura definida o suficiente. Era romance e um coração partido numa clareira na floresta. Era uma janela para a alma dela. Elisabeth se perguntou se aquele era o poder mágico de um verdadeiro músico: conseguir enxergar uma pessoa completamente.

Enquanto Elisabeth observava as mãos do compositor deslizarem sem esforço sobre as teclas, Maxi se inclinou perto do ouvido dela de novo:

— Aqui embaixo a música segue você, não o contrário.

Ela sentiu o coração crescer com a ideia e as palavras. Era poesia. E tinha vindo de Maxi, entre todas as pessoas. Quem teria imaginado que ambos os irmãos seriam tão poéticos?

Elisabeth ansiava por um cigarro. Era escandaloso uma mulher fumar, mas ela se sentia escandalosa nesse espaço. Queria desfrutar da sensação.

Como se tivesse lido seus pensamentos, Maxi estendeu um para ela.

— Algo para relaxar a noiva. Se preferir, temos um narguilé. Trouxe de Constantinopla. — Ele gesticulou atrás deles. — É feito de ouro puro.

Constantinopla. Elisabeth cedeu à tentação. Como seria poder fazer as malas e partir assim, ir para onde quer que se desejasse? Constantinopla,

Genebra, Grécia, Hungria. Os lugares sobre os quais ele lhe contara em suas cartas. A jaula da corte não tinha mantido Maxi preso. Talvez fosse ele quem contaria a ela como viver ali, ficar com Franz e ainda escapar dos limites da corte.

Elisabeth estendeu a mão para aceitar o cigarro e o deixou acendê-lo para ela.

— Como você consegue? — perguntou ela, observando a ponta do cigarro começar a arder.

— Consigo o quê? — Ele apagou o fósforo.

— Viajar. Viver. Brincar. Preservar sua consciência de si mesmo aqui na corte. Libertar todas essas pessoas das limitações dela por uma noite. Toda vez que acho que conheço você, descubro que é algo diferente. O piadista em Bad Ischl. O viajante em suas cartas. Algo até mais expansivo aqui. Por favor, me conte meus segredos.

Ele deu de ombros.

— Eu sou só um segundo filho insignificante. Ser o mascote da família não vem com muitas expectativas.

Ela franziu o cenho. Era essa a resposta, então? A posição da pessoa ditava tudo? Será que ela escolhera a sua sem entender o que significava, assim como a mãe dissera?

— Estou feliz que tenha vindo hoje. Sabia que viria. — Maxi sorriu, um sorriso real de novo, sem nada da arrogância artificial que ele assumia durante os eventos da corte.

— Franz virá mais tarde? — perguntou ela. Precisava vê-lo mais do que nunca.

Maxi ergueu uma sobrancelha e encolheu os ombros dramaticamente.

— Aparentemente ele tem algo melhor para fazer. E na véspera do próprio casamento!

A decepção deve ter transparecido no rosto dela, porque Maxi lhe estendeu seu champanhe intocado. Sentindo-se inconsequente, ela virou tudo de uma vez. Se não podia encontrar Franz e não ia obter nenhuma resposta útil de Maxi, pelo menos podia tentar relaxar, aproveitar a única coisa na corte que não parecia asfixiante. Maxi pareceu impressionado e estalou os dedos para um criado trazer mais duas taças para eles.

Elisabeth deu uma tragada longa e lenta do cigarro e se deixou absorver o ambiente: o salão, a festa, as pessoas, o álcool, a nicotina. Seu corpo assentou-se com um profundo suspiro de alívio – embora ela pudesse ver que o pânico só tinha se acalmado temporariamente. Uma taça de espumante não resolveria o que acontecera naquele dia. Não resolveria o problema de uma corte que já era sufocante.

Ela virou outra taça.

— Você sabe onde ele está? — perguntou ela após um momento.

Uma pontada de irritação cruzou o rosto de Maxi antes de desaparecer por trás do bom humor de novo.

— Franz? Ele mencionou alguma reunião tarde da noite. Estava tentando ser misterioso, mas duvido que seja algo interessante. Provavelmente ele tem que presenciar a Croácia e a Hungria se insultarem a noite toda. Você ficaria chocada se soubesse como até brigas são entediantes quando são políticas.

Então Franz estava em algum outro lugar. Não em seus aposentos, embora Elisabeth pudesse obter a localização dele por meio de Maxi e fugir para encontrá-lo pessoalmente. Ela deu outra tragada no cigarro, o calor agradável de duas taças de champanhe embotando a decepção e inflamando alguma outra coisa: esperança. Se Franz estava numa reunião, talvez ainda aparecesse na festa. Ela o esperaria.

A hora seguinte foi um borrão. Maxi a apresentou a uma dezena de pessoas de que ela não conseguiria se lembrar. Elisabeth se sentou num divã e deixou a música animada carregá-la para longe. Dançou com desconhecidos. Riu até a barriga doer. As damas de companhia – para o seu deleite – agiram como pessoas normais, não babás. Ela aprendeu mais um de seus nomes. Um *primeiro* nome. Amalia. Quem teria imaginado que recordar nomes pareceria uma deliciosa rebelião?

A certa hora, Maxi se juntou a ela no divã cor de creme e dourado. Ela sorriu, feliz ao ver o rosto amigável dele, ainda extasiada com as danças, as bebidas, a fumaça e a liberdade. Ele esticou a mão no espaço entre eles, erguendo gentilmente o colar dourado de seu decote.

— Gostou? — perguntou ela. — Sua mãe me deu.

— Pertencia a nossa tia-avó, Maria Antonia. — Ele deixou a mão cair.

— Marie Antoinette? — Elisabeth inclinou a cabeça.

— Ela o estava usando quando perdeu a cabeça na guilhotina.

Elisabeth torceu o nariz. Por que ele estava contando isso para ela? E bem quando ela começara a relaxar? O perigo – a tensão – da corte encobriu sua alegria outra vez.

Maxi soltou o colar e seu tom ficou sombrio.

— Minha família tem um talento para usar coisas bonitas para propósitos feios.

— Franz disse que você tinha um lado sombrio.

Ele arqueou a sobrancelha.

— Você também vai ter, se ficar aqui tempo suficiente. Uma tempestade por dentro que vai estraçalhá-la.

Tão poucas palavras, mas ela se sentiu tão exposta. Seu coração *era* uma tempestade, e só levara um dia para deixá-lo assim.

— Por que está aqui, se despreza tanto a corte?

— Tentei partir muitas vezes. — Maxi ficou mais sério e deixou o fantasma de uma expressão perturbada cruzar seu rosto. Esse era o Maxi das cartas: genuíno e honesto. — Elisabeth. — Havia algo feroz em seu rosto, uma vulnerabilidade. E em sua voz, um tremor: — Assim que nos conhecemos, eu pensei que você fosse feita para essa vida. Que fosse feita *para mim*.

As palavras eram inesperadas, e sua força ainda mais: certeiras e ferozes, eram uma onda revolta, um vento açoitador.

— Maxi, eu vou me casar amanhã. — Ao mesmo tempo que falava essas palavras, ela não tinha certeza se acreditava nelas. Ia se casar amanhã? Depois de tudo? Ainda escolheria essa vida, mesmo agora?

— Não é tarde demais. — Maxi se inclinou, os olhos fixos nos lábios dela.

Ele estendeu a mão para ela, e Elisabeth...

Não sentiu nada.

Não houve centelha, arquejo, arrepios. Nenhuma alma reconhecendo outra. E foi a ausência dessa centelha que a trouxe de volta a si, lembrando-a do que ela e Franz tinham.

Algo mágico.

Algo incomparável.

— Não. — Ela empurrou Maxi para longe.

A mágoa cruzou o rosto dele. Elisabeth nunca vira um homem tão diminuído, como se fosse um garotinho que perdera seu último amigo, um marinheiro deixado numa ilha deserta.

Passou-se um momento, depois outro. E então uma cortina caiu sobre a dor dele tão rápido e tão completamente que ela achou que a devia ter imaginado. Em um momento havia um rapaz que a amava, no seguinte não mais. Ele não a amara nem nunca a amaria. Ela o fitou, mantendo a mão erguida entre eles, pressionada contra o calor do braço dele.

— Você devia ver sua cara. — Ele riu. — Achou que eu estivesse falando sério?

Ele queria que ela se sentisse tola, ela sabia, mas em vez disso só ficou triste por ele. Compensar a mágoa com um dardo voltado para o coração de outra pessoa não era uma força, e sim uma fraqueza. Uma máscara. Uma mentira.

— Você nunca sentiu um amor verdadeiro, não é? — Ela falou, com pena. E acrescentou: — Eu amo o seu irmão.

— Apesar disso — inclinou-se ele de novo, dessa vez sem nenhuma ternura —, ainda está aqui.

Ele tentou tocá-la de novo, e agora ela se ergueu. Ele tinha razão. Franz não viria, e era hora de Elisabeth ir embora.

CINQUENTA E SETE

H ELENE JÁ TOMAVA SUA SEGUNDA BEBIDA ENQUANTO OBSERVAVA Sisi do outro lado do salão, tentando decifrar as próprias emoções. A amargura e a raiva ainda estavam lá, mas a preocupação que se enraizara quando vira Maxi mais cedo também. O impulso de proteger Sisi, que ela costumava sentir o tempo todo, se esgueirava pelas beiradas de sua fúria, assim como uma antiga afeição – por sua irmã bêbada, sorridente e dançante, que parecia tão à vontade ali, com o cabelo bagunçado e uma alegria desenfreada.

Helene observava a irmã já fazia uma hora. Apreciando a música do piano. Dançando. E a observava quando Maxi passou por trás de Helene, inclinando-se sobre seu ombro e sussurrando em seu ouvido:

— Eu sei como é ser deixado de lado.

Helene tinha se afastado meio passo e erguido a taça de martíni como um escudo, seu coração confuso tropeçando nas palavras. Maxi a deixava nervosa, especialmente depois do que ela entreouvira, mas as palavras em si eram algo que ela desejava que alguém lhe dissesse, um pequeno conforto.

— Seria bom se as pessoas parassem de me evitar – admitiu ela, hesitante.

Era estranho como até mesmo falar com alguém em quem não confiava inteiramente tinha sido um alívio enorme. Fazia tanto tempo que ela não tinha alguém com quem se abrir. A mãe era péssima confidente, cheia de opiniões afiadas prontas para apunhalá-la. O pai era igualmente ruim: desdenhoso e sempre pronto para rir de sua dor. Spatz ainda era criança. Os cavalos não sabiam falar. E Helene não podia discutir nada daquilo com Sisi, quando fora ela que causara a dor.

— Não se preocupe, eu sofro com rejeições severas há anos. — Maxi erguera sua taça e tocara a dela num brinde gentil.

O rosto de Helene se abriu num sorriso involuntário. Finalmente entendia por que todas aquelas garotas se metiam em problemas. Sabia que Maxi era perigoso e ainda assim sentiu a atração. A lisonja de receber suas atenções. O alívio de ser vista. O carisma desconhecido que emanava dele em ondas. Ela não acreditava nem por um segundo que ele soubesse de fato como era ser rejeitado, mas a mostra de solidariedade foi como uma compressa fria numa testa febril.

Teria sido tão fácil ceder – se Helene não o tivesse ouvido poucas horas antes ensaiando uma declaração de amor. Se não o tivesse visto flertar com Sisi no piano.

Helene se afastou de Maxi e apontou a taça para Sisi, que dançava.

— Você está brincando com ela. — *E comigo.*

Ele arqueou uma sobrancelha.

— Estou brincando com todo mundo.

— Nisso eu acredito.

Ele sorriu sem dentes.

— A vida é um jogo. Por que não jogar?

Ela sabia que ele estava tentando parecer charmoso, mas as palavras pareciam agourentas. Era sobre isso que ele falava mais cedo? Era tudo um jogo para ele? A ascensão e a queda de imperadores, sua substituição ou seu reinado. A simples ideia era perigosa; ver aquilo como um jogo parecia ainda mais.

Helene tinha ficado feliz quando Maxi inclinara um chapéu invisível para ela e se afastara – novamente seguindo na direção de sua irmã. Ela devia avisar Sisi sobre ele, pensou Helene, o instinto protetor deixando a pele tensa. Mas se segurou. *Sisi nunca protegeu você,* ela se lembrou, embora as palavras não tivessem mais sua intensidade usual nem seu senso de justiça.

E então Sisi empurrou Maxi e se levantou subitamente do divã, tropeçando em direção à porta – em direção a Helene. Ela baixou os olhos resolutamente para o chão. Podia não estar sentindo sua raiva normal, mas puniria Sisi de seu jeito silencioso de sempre.

Para sua surpresa, Sisi parou ao lado dela, a voz entremeada de luto e desespero.

— Você nunca mais vai falar comigo?

Helene vinha se deliciando com o desespero da irmã havia meses, absorvendo-o como uma esponja sempre que via a mágoa nos olhos de Sisi, o modo como seus silêncios caíam como golpes. Naquele momento, porém, isso não a deixou feliz. Ela só sentiu a culpa que a vinha gentilmente cutucando esse tempo todo. Só a sensação de que devia estar *protegendo* a irmã e não estava.

Mesmo assim, não estava pronta para falar. Não estava pronta para ceder a uma mudança de sentimentos momentânea. Girou a azeitona na taça e a comeu.

— Quantas vezes vou ter que pedir desculpas? Sinto muito! Sinto muito! Você sabe que eu sinto muito!

— Você está bêbada. — Helene manteve a voz tranquila.

— Eu sei.

— Não é assim que uma futura imperatriz se comporta. — O silêncio fora uma barragem, e agora ela estava aberta e todos os pensamentos cruéis transbordavam.

— Helene... — A voz de Sisi era suave, frágil, um floco de neve derretendo ao mais leve toque. — É que... não foi um dia fácil.

— Sinto muito que você achou que seria mais fácil.

Havia um tipo de justiça cruel ao ver Sisi receber o que merecia. Mas era nisso que Helene tinha se transformado? Uma mulher que remexia o martíni e sorria para uma irmã destruída e desesperançada? A malícia e a culpa lutavam pela alma dela.

Sisi se virou para ir embora, mas Helene tinha mais uma alfinetada para ela. Mais uma crueldade escapou da barragem de seus sentimentos. Mais uma vitória para o despeito.

— Você sempre faz isso, sabia? Quando as coisas ficam difíceis, você foge. É hora de crescer, Sisi.

A mágoa de Sisi também transbordou, e ela virou a crueldade de Helene contra ela:

— Você sabe o que se tornou? — Ela fez uma pausa. — Nossa mãe.

Helene observou a irmã desaparecer pela entrada arqueada, sumindo no corredor. Seria verdade? Ela se tornara tão mesquinha e cruel quanto a mãe delas? Será que estava treinando a si mesma para abandonar todos os seus sentimentos mais ternos e mirar todos os mais duros contra as pessoas ao redor, as pessoas que ela devia amar?

Maxi voltou bem nesse momento. O hálito dele estava doce com uvas e licor, e fez cócegas no ouvido dela.

— Aposto que a paixonite deles dura três meses. O que você acha?

E lá estava a raiva familiar. Só que, dessa vez, para surpresa de Helene, não estava apontada contra Sisi. O sentimento ergueu-se quente, potente e familiar no peito, mirando em *Maxi*. Franz. A mãe. A corte. Todo esse tempo ela vinha punindo Sisi e a si mesma – mas havia tantos outros lugares para onde devia voltar sua raiva.

Devia voltá-la contra as mentiras da mãe: faça as coisas certas e você será recompensada! Devia voltá-la contra Franz, que podia ter dito a ela a qualquer momento que estava apaixonado pela irmã dela, dispensando o fingimento desnecessário. E devia voltá-la contra Maxi, que estava brincando deliberadamente com ela – e com a irmã dela. Que empunhava a dor delas como uma arma. Ela deixou a raiva assentar na pele, queimar os muros cuidadosos que ela tinha erguido contra suas opiniões reais, queimar a vergonha e a culpa que vinham invadindo as beiradas do seu coração. Ela se sentira envergonhada da sua raiva, mas agora percebia que era protetora. Poderosa, até. Ela só a estava mirando para os lugares errados.

Maxi ergueu uma mão e a correu embaixo do cabelo curto dela. Os olhos de Helene eram uma pederneira; e seu coração, uma chama. Ela se inclinou muito de leve em direção a ele, estreitando os olhos, e capturou seu olhar.

— Não sou seu prêmio de consolação.

Era ela quem empunharia a própria raiva.

Ela pousou sua taça de martíni vazia numa mesinha de ferro forjado, empinou o queixo e deixou Maxi parado sob a entrada, observando-a partir.

A noite tinha desalojado algo em Helene. Ela vinha contendo uma torrente, e era hora de soltá-la. Aplainar a barragem, queimar as pontes e ignorar as consequências. Ela se sentia um pouco como...
Elisabeth.
Foi atrás da irmã. Elisabeth não estava no corredor, mas Helene sabia onde ficavam seus aposentos. Só torcia para estar certa e Elisabeth ter ido até lá.

Pela primeira vez em meses, seu coração se estendeu em busca da irmã, desimpedido. Como ela tinha sido tão tola? Pensara que toda a mágoa fora causada por Elisabeth, mas isso não era verdade. Não estava nem perto de ser verdade. Mamãe. Sophie. A corte Habsburgo. Elas tinham separado Helene de sua melhor amiga no mundo. Não era só a rejeição de Franz que tornara Helene diferente; era a perda da pessoa que ela mais amava.

Helene entrou nos aposentos de Elisabeth sem bater. A cama estava vazia, o quarto de vestir também. Mas ela conhecia a irmã melhor que ninguém no mundo. Sabia que camas e quartos de vestir não eram o único lugar onde encontrá-la, nem o mais provável. Grama molhada de orvalho sob uma janela aberta. Galhos próximos demais da casa. Escondida nas dobras de uma cortina pesada, ouvindo todos os seus segredos. Era nesses lugares que ela devia procurar.

Helene a encontrou encolhida atrás de uma cortina cor de creme do outro lado do quarto, o rosto molhado de lágrimas e a saia espalhada ao seu redor como uma poça.

Ela se abaixou até a altura da irmã, examinando seus olhos inchados e a maquiagem escorrida.

— Você está bem?

— Você deve estar feliz de me ver assim. — A voz de Elisabeth estava falhando, e a fúria de Helene se envolveu protetoramente ao redor dela.

Ela estendeu a mão e enxugou uma lágrima do rosto de Elisabeth.

— Achei que estaria, mas na verdade não estou.

Era a verdade. A verdade mais recente.

Depois de uma pausa, Helene preencheu o espaço entre elas com uma brincadeira, o canto da boca curvando-se para cima.

— Você está com um cheiro ótimo, de champanhe velho.

A boca de Elisabeth se curvou como a dela.

— Você também.

Então veio um sorriso real, e Elisabeth sussurrou:

— Eu gosto do seu cabelo curto. Você está linda.

O peito de Helene se expandiu, apaziguando-se. Como era possível que um único elogio consertasse uma fissura tão profunda? A raiva estava esfriando e se transformando em algo novo: alívio. Sua pele formigava.

— Sinto muito pelo que eu disse.

— Eu também, Néné.

— Por favor, diga que eu não sou como a mamãe. — Helene apertou a mão no coração, em horror exagerado.

Ambas riram, então, e Elisabeth se endireitou e se inclinou além da cortina para envolver os braços no pescoço da irmã.

— Juro que não é!

E então as duas estavam se abraçando e chorando. Uma lágrima escorreu pela bochecha de Helene enquanto ela se afastava para olhar a irmã nos olhos.

Havia algo vulnerável na expressão de Elisabeth quando ela sussurrou:

— Néné, eu espero que ele valha a pena.

Helene sorriu, esperando ser reconfortante.

— Você vai se acostumar. Esse circo vai se acalmar.

Elisabeth exalou de surpresa.

— Não foi isso que eu quis dizer.

Helene inclinou a cabeça.

— Eu estava falando de perder minha melhor amiga por causa dele.

Helene fechou os olhos e os abriu devagar. A dor delas era igual. Perder uma à outra. Perder o tipo de amizade que só irmãs podiam ter.

Mas elas não a tinham perdido. Só tinham...

Pausado, pulado um momento.

— Você não me perdeu.

Elisabeth se inclinou para a frente e Helene veio a seu encontro, pressionando a testa na dela. E então a outra barragem no peito dela estourou – sua dor, seu medo, seu desespero para falar com Elisabeth saíram numa torrente. Ela contou a Elisabeth sobre Maxi, sobre ver Sophie revistar a mala dela. A culpa atravessou a raiva e a tristeza.

— Sinto muito — sussurrou Helene, as lágrimas deixando rastros frios no rosto enquanto recuava e apertava as mãos nos olhos. — Muito mesmo.

Elisabeth pegou as mãos dela.

— Eu perdoo você.

Elas ficaram sentadas assim por um longo tempo, ambas pegajosas de lágrimas e maquiagem escorrida. As mãos apertadas, os olhos inquisidores.

Quando Elisabeth falou de novo, sua voz ainda saiu frágil. Vulnerável. Temerosa.

— E se eu estava errada, Helene? E se eu não conseguir?

Ela sentiu uma pontada de surpresa, seguida por mais raiva – de todos que tinham feito Elisabeth se sentir como Helene se sentia fazia meses: *inadequada*.

— Ele ama você — disse ela, tomando as mãos da irmã e transmitindo com o gesto toda a certeza que sentia. — Eu vejo como ele olha para você. Esqueça todo o resto. Você tinha razão. Estava certa o tempo todo. O amor é tudo que importa. É o que vai te fazer superar tudo isso.

— E se a corte me quebrar? E se o nosso amor não conseguir nos proteger?

Helene puxou as mãos de Elisabeth e pressionou o rosto contra elas, beijando-as com força. Ferocidade.

— Você é a pessoa mais forte que eu conheço. Se existe alguém capaz de sobreviver a essa corte, é você. Eu estava errada quando disse que você não seria uma boa imperatriz. — Mas então ela riu, surpreendendo-se. — *Não*, na verdade eu estava certa. Você não será uma boa imperatriz.

Confusão cruzou o rosto de Elisabeth.

Helene apertou as mãos dela.

— Você será uma *ótima* imperatriz.

Elisabeth sorriu e apertou de volta.

— Eu só queria conseguir falar com Franz. Me mantiveram longe dele o dia todo.

A raiva fez Helene se levantar, puxando Elisabeth consigo. Aí estava algo que ela podia fazer. Suas visitas privadas no palácio tinham incluído a ala imperial.

— Então vou levar você até ele.

CINQUENTA E OITO

NÉNÉ ERA UM MILAGRE, UMA EXPLOSÃO, ELA MESMA DE NOVO. *Ela mesma.* Pela primeira vez em mais de um ano. Elisabeth estava encantada. As brincadeiras. A raiva. A indignação justificada. Elisabeth emergiu de trás da cortina, lavou o rosto e se juntou a Helene na porta. Helene tomou sua mão e a conduziu pelos corredores, confiando em seu senso de direção. A irmã mais velha a salvava de novo, era capaz de fazer qualquer coisa. Ah, como a mãe delas odiaria ver isso.

O coração de Elisabeth alçou voo.

Quando finalmente chegaram aos aposentos de Franz, foi Helene quem bateu. Um Franz desgrenhado atendeu a porta, e Néné se afastou. Beijou Elisabeth na bochecha, sussurrou "você é o bastante" e então partiu.

— Franz — suspirou Elisabeth, como se fosse um alívio falar o nome.

— Elisabeth. — O próprio nome saído dos lábios dele parecia uma bênção.

Ela começou a chorar de novo, o coração fragilizado, e ele a puxou para um abraço sólido, quente, com cheiro de cravo, envolvendo os braços fortes ao redor dela. Segura. Amada. Ela mesma de novo. As três coisas que podia ser nos braços dele. No entanto... estaria completamente segura? Ele a mandara embora, e a mágoa ainda estava ali, encolhida sob o alívio do abraço.

Ele a levou para o divã e a fez se sentar, mantendo um braço ao redor de seus ombros, segurando as mãos dela no colo.

— Meu amor, me conte o que aconteceu.

Então ela contou. Contou a ele sobre as humilhações do dia, a raiva, a dor, a impotência. Contou que Sophie tinha mexido nas coisas dela e como ela se sentira violada. Contou sobre como ele a magoara mandando-a embora e ficando do lado do padre. E como as dúvidas tinham se infiltrado profundamente na alma dela.

— Aquilo me quebrou — sussurrou ela. — Me abalou pensar que você preferia me mandar embora do que me ouvir, falar comigo.

Ele a abraçou e chorou – e as lágrimas, acima de tudo, a convenceram de que ele finalmente entendia como ela estava magoada, o quanto importava o que o médico e o padre tinham feito.

— Sinto muito — sussurrou ele no cabelo dela. — Com toda a tensão no salão por causa de outras coisas... a guerra e as línguas oficiais, Maxi e minha mãe... achei que deixar você descansar seria melhor para todos. Eu tinha tanto medo de criar inimigos com uma discussão pública que não parei para pensar... não percebi como seria para você. Não sabia o que eles tinham feito com você. Sinto muito.

Elisabeth suspirou, pressionando o rosto com força contra seu peito quente e forte.

— Preciso que me prometa que não fará isso de novo. Que não vai simplesmente me mandar embora sem perguntar por que estou aborrecida. Eu não posso viver assim, separada de você, lutando minhas batalhas sozinha.

Ele se afastou e a fitou nos olhos.

— Eu prometo. — E respirou fundo. — Eu te amo.

Era a primeira vez que ele falava as palavras em voz alta, e o coração de Elisabeth se acalmou ao ouvir a verdade nelas.

— E eu amo você.

Ela ensaiara as palavras muitas vezes, mas nada se comparava à expressão dele quando as disse em voz alta. Elisabeth encostou a cabeça no peito dele de novo, sentiu seus dedos correrem pelo cabelo dela. Ele beijou o topo da sua cabeça. Duas vezes. Três.

Ela quase riu de alívio. Sempre vira os pais discutirem e magoarem um ao outro, o que sempre tinha enchido a casa de desespero: o pai saía para se embebedar e seduzir alguém, a mãe procurava outra pessoa em quem descontar a raiva. Os desentendimentos e passos em falso os tornavam as piores versões de si mesmos. Bem no fundo, era isso que ela temia que esse momento fosse. Um ponto de ruptura. O ponto em que o relacionamento deles se tornaria um eco da dor que ela presenciara no casamento dos pais.

Mas não era isso. De modo algum. Havia *amor* entre eles, não desdém. Ela e Franz estavam destruindo as coisas que os mantinham afastados, não as fazendo aumentar. Franz não fugiria da dor dela quando a visse; ele a sentiria com Elisabeth, e a abraçaria enquanto ela chorava.

— Antes de conhecer você, eu sentia que todo mundo aqui só queria coisas de mim — sussurrou ele. — Tudo se tratava do dever. As pessoas queriam guerra ou paz. Queriam poder, um lugar na minha corte. Queriam um herdeiro e me pressionavam para casar. Até o casamento era um dever. A única coisa que devia ter sido só minha: o amor. Eu tinha pavor disso.

Elisabeth segurou o fôlego, ouviu e sentiu o coração dele batendo contra as costelas.

— Mas você... você queria tudo e nada ao mesmo tempo. Não consigo explicar. Você me queria, sim, mas só como eu mesmo. Não como uma ferramenta pela guerra ou pela paz. — Ele riu suavemente. — Você me queria como um alfaiate, um amante.

Ela se afastou do peito dele e o olhou nos olhos, fechando os seus quando ele passou os polegares gentilmente em suas bochechas, enxugando suas lágrimas.

— Sinto muito por ter decepcionado você hoje. Você me salvou. Foi a única pessoa para quem eu consegui contar sobre os pesadelos, a única pessoa que me entendeu sem pedir que eu mudasse. Eu quero ser isso para você também. A pessoa a quem você pode recorrer. Vou ser melhor.

O coração inquieto de Elisabeth se acalmou e se estendeu em direção a ele – aquele homem que a via, que a conhecia, que *confiava nela*. Ele também a salvara, bem quando ela começara a pensar que ter seu grande amor podia não ser uma opção.

Ele beijou a testa dela, tão gentil que doía.

— Tem um motivo para você ter me dado coragem. Você valeu a pena, *vale* a pena. E não importa o quanto tivermos que lutar com essa corte pela nossa felicidade. Eu não vou desistir dela. Nunca. Aqui, venha ver...

Ele se levantou e puxou Elisabeth delicadamente até a janela, e então a abriu e apontou para os jardins, os prédios, Viena se estendendo sob o céu noturno. Era uma sinfonia de luzes, milhares e milhares de velas e lâmpadas – azuis, brancas, vermelhas – piscando para o céu.

Ela admirou a vista, fascinada.

Ele ergueu sua mão e a beijou.

— São para nós, as luzes. As cores da Áustria e da Bavária.

Ela riu de surpresa e prazer.

— Não somos os únicos que estão felizes. Não se esqueça disso. A própria Viena está lhe dando as boas-vindas.

Ela lembrou das palavras de Helene: *Você será uma ótima imperatriz.* E o coração de Elisabeth se expandiu sobre a escuridão que cobria Viena, cada vela e lanterna brilhando com esperança para o céu. Eles lhe deram um presente ao recebê-la, acreditar nela. E ela ia lutar contra a corte o quanto fosse preciso por eles – e por Franz. Pelo amor. Pelo limite que ela traçara tanto tempo antes.

Ela teria um grande amor ou nada. Agora entendia o que essa promessa a si mesma realmente significara. Ela tinha achado que sua promessa significava o amor em vez do dever, mas agora sabia que seu grande amor viria *com* o dever, com uma luta. Mas não estava lutando sozinha. Não mais. Franz estava ali. Assim como milhares de luzinhas piscantes para recebê-la em sua nova casa.

Elisabeth se virou para ele e levou uma mão a sua bochecha, vendo os olhos dele se fecharem enquanto se inclinava contra ela. E o ar ficou preso nos pulmões quando percebeu que estavam *sozinhos*. Depois de tantos meses separados. O silêncio se estendia ao redor, as lâmpadas brilhando baixo na sala, projetando sombras românticas sobre os sofás cor de vinho, os tapetes cor de ferrugem, as arandelas douradas. Eles tinham o que desejavam havia tanto tempo: uma noite para si mesmos. Só Helene sabia que ela estava ali, e ela guardaria o segredo.

Franz também percebeu. Ela viu seus olhos se arregalarem, as sobrancelhas se erguerem.

Ele ocupou o espaço remanescente entre eles, ergueu o queixo dela com um dedo e a beijou delicadamente. Seus lábios encontraram as faces dela, sua mandíbula, suas pálpebras, e ela derreteu com cada toque. As mãos dele passearam suavemente pelo pescoço dela, através do seu cabelo, até sua cintura – sem pressa dessa vez, sem urgência. Exploradoras.

Finalmente, finalmente, *finalmente* – o corpo e a alma dela celebraram, dançaram, cantaram. Ela o amava. Ele a amava. Amanhã, eles lutariam juntos; essa noite, amariam juntos.

Ela ergueu as mãos e desabotoou o colarinho dele, beijou seu pescoço. Um lado e depois o outro. Mais um botão se foi, mais um beijo no peito dele. E de novo. E de novo. Depois do último botão, ela espalmou as mãos na pele macia da sua barriga, subindo pelo peito e os ombros, afastando sua camisa, maravilhando-se com cada curva de músculo esguio, o aroma pungente da colônia de cravo ficando mais forte, tão próximo. Era uma cena que imaginara centenas de vezes, mas tão melhor agora que era real.

O corpo de Elisabeth estava leve como o ar, ciente de cada movimento dele, cada toque. As lanternas iluminavam a cidade para convidá-la a vir para casa, e o corpo dela se iluminou para convidar *Franz* a entrar.

Ele desfez cada laço do vestido dela com cuidado, traçando cada novo trecho de pele exposto. Ela beijou cada linha da cicatriz dele. Ele beijou cada curva de seu corpo. E, quando ela estava finalmente nua, ele arquejou – e um arrepio perfeito percorreu o corpo dela.

Franz começou a tocá-la, os dedos deixando centelhas em seu caminho. A boca dele se demorou na curva do pescoço dela, no declive de seus seios, na pele sensível no interior de cada coxa. Quando ele avançou além, Elisabeth já estava ardendo de desejo, precisando de mais – da sensação de se aprofundar um no outro, de conhecê-lo de toda forma possível.

Sexo. Foi tudo que Elisabeth esperara – e nada como ela esperara. Disseram-lhe que haveria dor, mas não foi assim. Foi seu corpo inteiro ofegando: ah! E então: *ah*. Um *ah* que ecoou por ela, acomodou-se dentro dela. Elisabeth suspirou de alívio ao se conectar com a pessoa que mais amava no mundo.

— Está gostando? — ele perguntou, a respiração quente no rosto dela. — Como se sente?

— Sim. — Ela estava sem fôlego. — Continue.

Ela se sentia... inexplicável. Feliz de um jeito que nunca fora antes, sem qualquer preocupação à espreita. Estava imersa no momento, formigando. Sua pele, seu coração, seu corpo inteiramente engajados. Sentia-se vulnerável e amada. Linda de um jeito novo, vista por outra pessoa.

Ela se deliciou a cada sensação, ao ver como a pressão dos lábios era diferente da dos dedos, como a dos dedos era diferente da...

Foi a língua que a deixou arquejando, chocada, lânguida. Ele não teve pressa e ela afundou na cama, sentiu o corpo arquear involuntariamente, torceu as mãos nos lençóis de seda.

Eles se exploraram por horas, pressionados um contra o outro, dentro um do outro, e então, enquanto ele ofegava de um jeito novo, apertando os quadris dela com mais força, outro sentimento emergiu.

— Como se sente? — ele perguntou de novo, agora deitado ao lado dela, pele contra pele enquanto ambos esperavam o coração se acalmar, enquanto ela se maravilhava com a experiência e revivia cada momento na cabeça.

— Feliz — respondeu ela. Então, depois de um momento: — Segura. — Outra batida do coração. — Estive esperando por você a vida toda.

Ele entrelaçou os dedos nos dela.

— Eu também, e nem sabia disso.

Cada batalha que ela lutaria naquela corte valia a pena por aquilo. Por ele. Por *eles*.

CINQUENTA E NOVE

FRANZ TINHA DESISTIDO DO AMOR VERDADEIRO, MAS O ENCONtrara mesmo assim. Encontrara sua própria risada e seu coração, as partes mais ocultas de si e os modos pelos quais ele precisava ser visto e conhecido. Os dois adormeceram juntos, pele contra pele, os lençóis de seda acariciando a ambos. Antes disso, tinham conversado: ferrovias e estradas, grandes e pequenos sonhos. Liberdade, viagens, cavalos. Ela queria visitar a Hungria; ele queria levá-la.

Agora ele teria a chance. Ela também. Os dois iriam juntos.

E aquele era o dia do seu casamento.

Ele esperava na frente da igreja em um uniforme recém-engomado, ao lado de um padre com cara de cão bassê. Ficou pensando se a observação a faria rir mais tarde: eles casados pelo padre bassê. O santo padroeiro dos ossos caídos.

Ela saíra do palácio numa carruagem de vidro: o veículo era um globo de neve, e ela, a princesa. Imperatriz. A única vez que a vira mais radiante tinha sido na noite anterior, quando ficaram deitados. *Depois.* Seus olhos tinham sido estrelas, sua risada exprimira a alegria incontida de um riacho borbulhante.

A beleza de hoje era de outro tipo. Os olhos dela reluziam travessos através da carruagem de vidro, os lábios pintados de vermelho, o cabelo entrelaçado em uma coroa prateada. Ela estendera a mão para tocar o interior do vidro quando o viu. Ele tocara o outro lado, mantendo a mão ali até a carruagem começar a se mover.

Quando a cerimônia começou, ele a viu de novo e ficou sem fôlego. As rebuscadas contas brancas do vestido abraçavam a curva de seu peito e caíam perigosamente dos ombros. Flores feitas com contas cobriam parte do pescoço e desciam pelas costas dela. A saia do vestido era como luz estelar, cintilando enquanto ela se movia em direção a ele. O coração de Franz tropeçou e titubeou de empolgação. Lá estava ela. Seu par. Sua pessoa. Aquela que ele nem estivera procurando. Indomável, linda e *dele*.

O padre falou:

— O imperador luta por nós. Luta pelo nosso império sagrado. Ele nos mostra o caminho.

Franz prometeu a si mesmo que lutaria por *ela*.

— Com força e sabedoria, o imperador nos protege e protege nosso império das forças sombrias que querem maculá-lo.

Franz prometeu a si mesmo que protegeria a *ela*.

— Ele nos protege dos demônios da revolução que querem destruir nosso futuro.

No primeiro banco, a mãe e Maxi assistiam à aproximação de Elisabeth. O rosto da mãe estava preocupado; o de Maxi, furioso. Mas os sentimentos deles não podiam tocá-lo. Não hoje. Não agora. Maxi afogaria suas mágoas com as damas da corte; a mãe aprenderia a confiar na intuição dele, Franz tinha certeza. A corte aprenderia a amar Elisabeth também. E ele – Franz – interviria, se necessário. Lutaria por Elisabeth, mesmo que tivesse que lutar contra a corte inteira – o mundo inteiro.

— E agora Deus todo-poderoso enviou-lhe uma noiva: Elisabeth.

O nome dela era uma bênção, centelha e chama. Ela estava mais perto agora e deu uma piscadinha atrevida para ele enquanto subia os degraus até o altar.

— Ela deve ser como uma ilha no meio de uma tempestade trovejante.

Ela era a ilha, e ele moraria nela. Era a tempestade, e ele se afogaria alegremente nela.

— Em seu colo, nosso imperador divino encontrará segurança.

Franz deu um sorriso malicioso; Elisabeth arqueou uma sobrancelha.

— O elo entre Franz e Elisabeth nos protegerá e brilhará por toda a eternidade.

Franz tomou a mão dela, tirou o anel do bolso e o deslizou no dedo dela. Ela retribuiu o favor: anel em troca de anel. Um toque gentil em troca de outro. Uma promessa em troca de outra.

— Pela graça de Deus, eu os declaro marido e mulher.

Franz conteve uma risada de deleite. Eles tinham conseguido – pertenciam um ao outro. E o que Deus tinha unido, o padre sempre lhe dissera, homem algum podia separar. Homem, mãe, irmão, império algum. Franz era todo dela.

SESSENTA

— Pela graça de Deus, eu os declaro marido e mulher.
Marido e mulher. Lágrimas queimaram o fundo dos olhos de Elisabeth quando Franz se inclinou para beijá-la com ternura. Seus lábios eram familiares a essa altura, mas seu cheiro ainda era intoxicante. E pensar que ela estivera tão amedrontada que quase abrira mão dele no dia anterior. Agora nem conseguia imaginar algo assim.

Enquanto se afastava, ela viu Helene aplaudir na primeira fileira, com lágrimas escorrendo pelas curvas das bochechas. Ela estava feliz por Elisabeth, *de verdade*. Elisabeth aceitou o sentimento, o coração quase explodindo de felicidade. Havia tanta alegria ao seu redor: Franz brilhando como uma das lâmpadas deles, Helene sorrindo de amor através das lágrimas, Spatz batendo palmas com entusiasmo, a mãe quase quicando nos calcanhares com um sorriso arrogante agora que a filha era imperatriz. O pai parecia mais reservado, mas Elisabeth sabia que ele ia superar. Franz só tinha que se aproximar dele com um bom charuto e uma descrição de seus sonhos para ferrovias. O pai ia adorar.

Franz e Elisabeth deixaram a igreja juntos, de mãos dadas. O povo lá fora os cercou.

— Elisabeth! — gritavam. — Elisabeth, amamos você! — O som fez seu coração transbordar de alegria.

O sol dançava até eles, aquecendo-os completamente. E ambos embarcaram na mesma carruagem – era hora de ir para casa.

Casa.

O palácio era o seu lar agora.

Não, isso não era exatamente verdade. Não era o palácio. *Franz* era o seu lar. Onde quer que ele estivesse, era lá que ela ergueria suas muralhas para amar, lutar e defender. Ali, na Bavária, até na Lua se necessário.

※

Quando chegaram ao palácio, a festa estava só começando: lustres reluzentes com milhares de velas no teto, champanhe nas varandas, tortas de cogumelo passando em bandejas.

— O que vai acontecer agora? — sussurrou Elisabeth para Franz enquanto cinco casais ocuparam a pista de dança e fizeram mesuras formais uns aos outros.

— A corte vai dançar em nossa honra. Nós só dançamos no fim da noite.

Ela sorriu e não conseguiu se conter.

— Ah, não contaram para você? Nossa dança está cancelada para preservar a sua honra.

Ele riu.

— Não sou tão ruim.

— Bem, não ensaiamos tanto quanto deveríamos. Ficamos um pouco... distraídos — provocou ela.

— Você sabe que é uma distração incrível. — Ele deu um beijo atrás da orelha dela, e o corpo todo dela formigou de novo.

Um puxão na sua saia a fez desviar a atenção relutantemente, e quando abaixou os olhos ela viu os olhos brilhantes de Spatz.

— Já volto — disse a Franz, virando-se e deixando a irmã caçula puxá-la até a varanda.

Lá fora, no ar fresco do crepúsculo, ela caiu de joelhos e beijou Spatz na testa. A irmã estava usando um vestido azul-escuro como um mar revolto, com bordados dourados nas bainhas. Estava perfeita. Elisabeth quase riu de si mesma: dois dias na corte e ela estava começando a apreciar as complexidades dos vestidos, da beleza.

Spatz se inclinou e suspirou, de olhos arregalados.

— Você parece uma princesa das fadas.

Elisabeth assentiu solenemente.

— *Imperatriz* das fadas.

Os olhos de Spatz ficaram ainda maiores.

— É você que parece uma princesa das fadas. — Elisabeth estendeu a mão e puxou a saia de Spatz delicadamente. — Ou uma ninfa das águas, talvez.

— Eu sou a deusa do oceano — afirmou Spatz com seriedade, girando de modo que a saia inflasse ao seu redor.

Elisabeth riu. Ela era mesmo.

Spatz olhou para trás, para o salão de baile e Franz, e então se virou para Elisabeth, uma pequena ruga aparecendo entre suas sobrancelhas agora sérias.

— Então... é ele?

— É ele o quê, irmãzinha?

— Ele que sacia a sua alma?

Elisabeth recordou-se daquele dia, poucos meses antes. Ela dissera à irmã que queria um homem que saciasse sua alma. Tinha pulado por uma janela e cavalgado para longe de um homem que não faria isso e jamais poderia. Como sua vida tinha mudado desde então.

A resposta era fácil, mesmo que o caminho até lá não tivesse sido.

— Sim. — Elisabeth arregalou os olhos. — Sim, ele sacia a minha alma.

Spatz deu uma risadinha e se atirou nos braços de Elisabeth.

Elisabeth deu um abraço apertado na irmã e beijou o topo de sua cabeça, pressionando o rosto ali.

— Espero que você também encontre isso um dia. Uma pessoa que sacie sua alma. Lembre-se: nunca aceite menos que isso.

Era uma esperança e uma bênção, Elisabeth transmitindo sua própria alegria para o corpinho da irmã com um beijo em sua cabeça. Uma alegria que tinha vencido a duras penas – e continuaria sendo assim, ela sabia. Elisabeth ainda podia não saber quais regras quebrar e a quais se curvar, ou quais novos desafios a corte jogaria contra ela.

Mas sabia que, quaisquer que fossem esses desafios, eles valiam a pena. Inteira e absolutamente.

Por Franz. Por si mesma. Pelo império.

Pelo amor.

E por cada alma que isso inspirasse.

AGRADECIMENTOS

Vamos começar com Veronica Park – minha agente incrível e também escritora. Você acreditou no meu trabalho antes de qualquer pessoa no mercado e lutou com unhas e dentes para me trazer até aqui. Não há mais ninguém que eu prefira ter ao meu lado. Obrigada.

À minha editora, Caolinn Douglas: desde a primeira ligação, eu sabia que seria um prazer trabalhar com você. Obrigada por suas orientações inteligentes, respostas super-rápidas e gentileza constante ao longo de todo o processo (especialmente quando eu marcava você com perguntas sobre a edição todo dia).

À minha comunidade de escrita – os torcedores, os piadistas, os amigos. Este livro foi um segredo guardado a sete chaves, mas apreciei cada palavra de incentivo, cada celebração de número de palavras e cada palpite absurdamente incorreto sobre o que eu estava fazendo (Sami, sinto muito por decepcioná-lo em seus sonhos sobre os Roosevelt). Um agradecimento especial a Chandra Fisher (a maga das cenas de sexo), Scream Town (guardiões de gritos), A. Z. Louise (guardiã da contagem de palavras), David De la Rosa (guardião da minha sanidade), Lani Frank (minha colega de baia do outro lado do mundo e minha fonte sobre tudo que tenha a ver com gramática), Sarah Rana, Daniela Petrova, Elizabeth Brookband, Zoe Wallbrook, Jessica Lewis, A. Y. Chao, Gladys Win, Emily Varga, Sami Ellis, Amanda "Sexy" Helander, Kate Dylan, Angel Di Zhang, Vaishnavi Patel, Natasha Hanova e todo o pessoal da No Drama Zone.

Nem preciso dizer que este projeto não teria sido possível sem a Netflix (com agradecimentos especiais a Joe Lawson e Cindy Chang) e o time da Zando: Molly Stern, Tiffany Liao, Emily Bell, Andrew Rein, Nathalie Ramirez, Chloe Texier-Rose, Sierra Stovall, Sarah Schneider e Evan Gaffney.

    Finalmente, RJ, obrigada por me deixar ser sua irmã mais velha problemática, a Helene para a sua Elisabeth. Desejo a você um amor que sacie sua alma.

SOBRE A AUTORA

GIGI GRIFFIS escreve ficção histórica feminina, na maioria das vezes apresentando histórias pouco conhecidas de personagens femininas rebeldes. Ela mora na Europa com uma *yorkshire* teimosa chamada Luna, e passa o tempo livre caminhando pelos Alpes, andando de bicicleta por pequenas aldeias e comendo o máximo de comida francesa que pode. Seu trabalho foi destaque na *WestJet Magazine*, *Get Lost Magazine* e *Fodor's Travel*, entre outras. Foi traduzida para o francês, italiano, português e estoniano. *A imperatriz* é a estreia de Gigi com romance adulto.

**Acreditamos
nos livros**

Este livro foi composto em Requiem e impresso pela Gráfica Santa Marta para a Editora Planeta do Brasil em setembro de 2022.